徳 間 文 庫

黄 金 宮 Ⅱ

仏呪《ブードゥー》編・暴竜編

夢枕 獏

徳 間 書 店

目次

3 仏呪《ブードゥー》編

愛すべきライダー・ハガード氏に

◎**本編の主人公についての覚書**
氏名　地虫平八郎《じむしへいはちろう》。
身長　一九二センチ。
体重　九〇キロ。
職業　ストリッパーのヒモ。他。
年齢　三十一歳。
趣味　詩を書くこと。
性格　明朗。下品。助平。茫洋《ぼうよう》として極めて狂暴。
酒癖　極めて悪質。
特技　中国拳法。
性技　極めて巧み。
愛読書　高村光太郎『智恵子抄』宮沢賢治『銀河鉄道の夜』。

地虫平八郎とつきあうための三ヵ条
一、絶対に金を貸さないこと。
二、絶対に女を紹介しないこと。
三、用件は電話で済ませること。

序章

夜。

代々木八幡《よよぎはちまん》――

複雑に曲がりくねった路地に、マンションやら、雑居ビルやらが建ち並んでいる。

商店街が近くにあり、夕刻から夜にかけては人間の往来が途切《とぎ》れることなく続く。

しかし、夜の八時をまわり、商店のほとんどが店を閉める頃になると、極端に人通りが少なくなる。

それでも、近くにある私鉄の駅が、乗客を吐き出す時間には、その路地を歩く人影が増《ふ》える。

が、さらに夜が深まって、飲食店も店を閉める時間になると、人通りは、さらに少なくなる。

タクシーすらも、あまり通らない。

街灯が、ぽつん、ぽつんと建っているため、闇の中を、トンネルのように、その路地がむこうへ続いているのが見える。

その路地へ、ひとつの雑居ビルの地下駐車場から、一台の乗用車が出てきた。

外国製の車であった。

ふたりの男が、その車に乗っていた。

ひとりの男はハンドルを握り、もうひとりの男が、煙草《たばこ》を咥《くわ》えている。

路地に出て、ゆっくりと車が加速し始めた。

と――

車が、まだ、充分にスピードを出さないうちに、ヘッドライトの光芒《こうぼう》の中に、ふいにひとりの男の姿が浮かびあがった。

長身の男であった。

ズボンと、上着を身につけているが、どれもその男の身体《からだ》には小さすぎた。

ズボンの裾《すそ》からは、脛《すね》が見えており、上着の袖《そで》からは、肘《ひじ》近くまで腕が出ている。

黒人であった。

身長は、およそ二メートル。

ふいに、ヘッドライトの灯《あか》りの中に出てきたその黒人は、正面を向いて、そこに立ち止まった。

両手で、胸のあたりに、人の頭部ほどの大きさの石を抱えている。

車を向いて、いったん立ち止まったその黒人は、ふいに、車に向かって走り出した。

走りながら、石を頭上に差しあげてゆく。

「ムンボパ！」

助手席の男が、低い声で、その黒人の名を叫んだ。

運転手が、慌《あわ》ててブレーキを踏む。

しかし、間に合わない。

ぶつかるかと見えたその時、ふいに、運転手の視界から、ムンボパの姿が消えていた。

運転手が見たのは、フロントグラスのすぐ向こう側——自分の顔の正面あたりに浮かんだ石であった。

つい今まで、黒人が持っていた石であった。

その石が、自分の顔面に向かって飛んでくるのである。

ガラスが割れた。

フロントグラス一面に、細かい罅《ひび》が無数に疾《はし》り、視界が白くなった。

運転手の顔面に、もののみごとに、その石がぶつかっていた。

黒人が、車をよけるために、宙にジャンプしたのである。そのジャンプの直前に、黒人は、手に持っていた石を、運転手目がけて投げつけたのであった。

尻を横に振って、車が止まった。

運転席の前面のガラスが大きく砕《くだ》けて、そこに穴を開けていた。ガラスの細片が車内中にちらばっていた。

運転手は、顔面に石の直撃を受けて、ハンドルの上に上体を倒していた。

助手席の男の顔からも、細かいガラスの欠けらを受けて、血が流れていた。

「野郎——」

助手席の男は、上着の内側から拳銃を引き抜いた。

フロントグラスの半分が消失して、残り半分から、風が、車内に入り込んでくる。男は、その穴から外を見た。

正面に、ムンボパの姿は見えない。

右を見、左を見、後方を見る。

ムンボパの姿はない。

「どこへ行きやがった?」

助手席のドアロックをはずして、ゆっくりと、ドアを開ける。

外へ片足を踏み出した。

ゆっくりと、外へ出ようとする。

男の頭部が、ドアから外に出たその瞬間、いきなり、上から抱えられて、持ちあげられた。

男は、喉《のど》の奥で、短い呻《うめ》き声をあげた。

ムンボパだった。

車の屋根の上にムンボパがいて、外へ出ようとした男の首を、屋根から左腕でからめとったのである。

男の右手に握られていた拳銃を、ムンボパが右手でむしり取る。

半分宙に浮いた男の首をムンボパが解放すると、男は、そのまま地面に膝《ひざ》を突いて、咳《せき》込《こ》んだ。

ムンボパは、拳銃をポケットに入れ、屋根から降りて、男の喉を右手でつかんで立たせた。

ムンボパの長い指は、男の首の半分以上をまわってしまう。

「死にたくない、思うなら、言え――」

たどたどしいが、はっきりわかる日本語で言った。

ムンボパの指なら、たやすく、人の喉仏《のどぼとけ》をつまみ潰《つぶ》すこともできるだろう。

「さっき、車、二台、出て行った。どこへ、ゆくか――」

さっき出て行った二台の車はどこへ行ったのかと問うた。

指をゆるめる。

男は、首を振った。

ムンボパが、男の唇《くちびる》を、親指で押した。

ぴきっ、

という音がした。
男の歯が、一本折れていた。
男の唇の端《はし》から、血が筋《すじ》を引いて流れ落ちた。
「二台、車、どこへゆくか?」
また問うた。
男は答えない。
また歯が折られた。
「言え、次、眼を、潰《つぶ》す」
ムンボパが、独特の訛《なま》りのある言葉で言った。
ふいに、ムンボパの指が、男の眼に向かって伸びた。
男が、喉を鳴らして、激しく首を上下に振った。
ムンボパが、喉を押さえていた指の圧力を弱めた。

ひゅう、
と、男は、喉を鳴らして、大量の空気を吸い込んだ。

「い、言うよ」

男は、しわがれた声で言い、激しく咳込んだ。

「どこ、だ？」

「ご、御殿場《ごてんば》、だ……」

「御殿場へ、何をしに、ゆく。小沢《おざわ》が見つかった、それでゆくか──」

「そ、そうだ」

たえだえの声で、男は言った。

ムンボパは、男の首を握ったまま、運転席へまわり、ドアを開けて、気絶している男を引きずり出して、アスファルトの上に捨てた。

喉を摑《つか》んでいる男を、その運転席に座らせた。

ポケットから拳銃を出し、男の頭部につきつけながら、後部座席に乗り込んだ。

「御殿場というところへ、ゆけ──」

ムンボパが言った。

「ゆけ……」

低い声で、もう一度言った。

男は、覚悟を決めたように、エンジンをまわして、アクセルを踏んだ。

「急げ——」

ムンボパが言った。

車が走り出した。

第一章　鬼　魂

1

髪も、髯《ひげ》も、白い。

太い、無数の皺《しわ》が、その顔に刻《きざ》まれていた。縄で造ったような顔であった。眼も、鼻も、口も、その皺の中に埋まり、その皺の一部のようにしか見えなかった。

ンガジ――

その名で呼ばれる老人であった。

黒い、細い肉体に、褐色の布を巻きつけている。

月光の中で、その白髪が、銀色に光っている。

屋根の下方に、もうひとりの男が立っている。

黒い僧衣を着た男であった。

猿のように小さい。

宙に浮いている老人よりも、なお、小さい。

小柄《こがら》な小学生なみの体格であった。

鬼猿《きざる》である。

頭部を、きれいに剃髪《ていはつ》していた。

鬼猿は、両手を胸の前で合わせ、印《いん》を結んでいた。

その鬼猿の唇から、低い、真言《マントラ》が、月光の中へこぼれ出ている。

黒人の老人――ンガジの唇からも、低い呪言《じゅごん》の声が響いている。

ふたつの呪《しゅ》の声が、二匹の蛇《へび》のように、月光の中で身をからめあっている。

ふたりの間にある屋根の斜面を、蛇のように、するすると昇ってゆくものがあった。

鬼猿の足元から、ンガジの方へ向かって、屋根のスロープを、それが生《せい》あるもののように昇ってゆく。

一本のロープであった。

細く裂いた蝮《まむし》の皮と、女の髪の毛とを撚《よ》り合わせて造った特別製のロープである。

一方のロープの端は、まだ、鬼猿の懐《ふところ》に入っている。

ロープの先が、ンガジの真下《ました》に来た時、ンガジの身体が、浮いたまま、屋根の上の宙《ちゅう》空《くう》を、横へ移動し始めた。

それを追って、ロープの先端が、屋根を這《は》ってゆく。

宙を移動するンガジよりも、ロープの動きの方が速い。

ンガジの真下に達したロープの先端が、ンガジに向かって跳ねあがった。

そのロープの先端が、眼に見えぬものではじかれたように、屋根の上に落ちた。

しかし、すぐに、そのロープの端は、蛇のように鎌首《かまくび》を持ちあげた——

今度は、ンガジの足には飛びつかない。

宙に浮いて立ったンガジの正面を、その縄が立ちあがってゆくのである。

ついに、縄の先端が、ンガジと同じ高さになった。

と、その宙空で、それまで一本の棒のように立っていた縄が、今度は、ンガジの動きを阻《はば》むように、ンガジの横へまわり込んでゆく。

ンガジの身体が、こんどは上へ上昇してゆく。

同時に、縄も、ンガジの身体が上へ上昇するのと同じ速度で、上に昇ってゆく。昇ってゆきながら、なお、ンガジの周囲を囲《かこ》む動きを、その縄はやめない。

ンガジが、上へ昇るのをやめて、ふいに、下方へ落下した。

その動きに一瞬遅れて、縄が、ンガジの周囲を包んだ輪《わ》を縮めていた。

屋根の上に足を置いてから、ンガジの右手が一閃《いっせん》した。

ンガジが、その右手に握っていた禍《まが》まがしい曲線を持った短剣が、自分に向かって輪を縮めてきた縄の一部を断ち切っていた。

しかし、断ち切られ、自由になった縄の端は、それで動きを止めたわけではなかった。ンガジの右肩に、短くなった縄の一部がからみついている。それが、するするとンガジの首をめざして右肩を移動してゆく。

「ぬ!?」

ンガジが、左手でその蛇のような縄をつかんで、首へゆかせまいとする。

ンガジの左手に、その短くなった縄がからみつく。

その時、鬼猿の身体が、屋根の上を疾《はし》り出していた。

ロープを、右手に握っている。

走りながら、ロープを振った。

ロープが、縦波《たてなみ》になってンガジに向かって屋根の上を疾《はし》ってゆく。

その縦波のすぐ後方を、鬼猿が疾る。

ンガジが、大きく後方へ跳んだ。

屋根の向こう側のスロープへ跳んで逃げた。

その瞬間、ロープの縦波が終って、ロープの先端が、大きく上に跳ねあがった。

その、ロープの先端に乗って、鬼猿の小さな肉体が、月光の中に舞いあがった。

その真下に、ンガジがいる。

ンガジが、下から、宙の鬼猿に向かって短剣を投げてきた。

宙で、鬼猿が、ロープを握っている右手を振った。

下に落下しかけていたロープの先端が、ふいに鎌首を持ちあげて、宙で、短剣をからめとった。

そのまま、短剣は方向を変えさせられ、ロープにからめとられたままンガジに向かって宙を疾る。

左手に巻きついていたロープを、その時、ンガジはようやくはずしていた。

斜め上方から、自分の顔面に向かって疾ってくる短剣を、首を傾けてかわした。

鬼猿が、屋根の上に降り立ちながら、ロープにアクションを加えると、ンガジの顔の横を通り抜け、後方に疾ったはずの短剣が、大きく上に向かって上昇し、宙返りをして、ロープからはずれ、ンガジの頭部を後方から襲った。

ンガジの頭部に、その短剣が潜《もぐ》り込んだかと見えた時、

ざわっ、

と、音をたてて、ンガジの、長い白髪が動いた。

ンガジの白髪が、その短剣をからめとっていたのである。

ンガジが、さわさわと白髪を揺らしながら、ピンク色の舌を見せて、笑った。
ンガジの長い白髪が、からめとった短剣を、左の肩口へ移動させる。
それを、ンガジは右手でつかんだ。
「見せて、もろうた、わ。ぬし、の、縄技《なわわざ》、を……」
ンガジが言った。
「奇妙な髪の毛を持ってるんだな、爺《じい》さんよ――」
鬼猿が言った。
ンガジは、小さく唇を吊りあげて、それに応《こた》えただけであった。
「いいぜ、爺さん。今度は、そっちからしかけて来な……」
鬼猿は、右手で、軽くロープを引いた。
鬼猿の足元に、ロープがきれいに蟠《とぐろ》を巻いた。
鬼猿は、この対決を楽しんでいる風である。
どちらも動かない。
しかし、それは、外見だけのことだ。
ンガジの肉体の内部で、ふつふつと滾《たぎ》るように満ちて来るものがある。
強い、眼に見えぬ力だ。
それを、鬼猿は、敏感に感じとっている。

ンガジの唇が、低く、何かを唱《とな》えている。

〝フム・マム・セム・ンガジ。フム・ンガジ。ラーヤーマ・オム・フム・ハット・ンガジー……〟

異国の呪《しゅ》であった。

しかし、鬼猿にとっては、どこか、聴き覚えのある単語も混じっているようであった。

ンガジは、右手をゆっくりと持ちあげた。

その手に短剣が握られている。

短剣を顔の高さに持ちあげて、先端を鬼猿の方に向ける。

「ふふん……」

鬼猿も、口の中で、小さく呪《しゅ》を唱える。

すると、ロープの蟠《とぐろ》の中から、蛇のくびのように、ロープの先端が持ちあがった。

ロープが、ゆっくりと持ちあがってくる。

ンガジが、右手を放した。

ンガジの顔の正面に、短剣が浮いた。

鬼猿の足元から、ロープがさらに持ちあがり、鬼猿の顔の高さで止まる。

屋根のスロープの、同じ高さの場所で、ふたりは正面からむきあっている。

鬼猿の左側が、屋根の斜面の下である。

ンガジの右側が、屋根の斜面の下である。

そういう位置関係であった。

ンガジの体内の圧力が、さらに増してゆく。

ンガジの白髪と白髪の間に、細い、電光に似たものが、小さくはじけ、青白い炎のように、めろめろと燃えた。

2

「糞《くそ》！」

声をあげたのは、地虫平八郎であった。

その声だけで、平八郎が焦《じ》れているのがわかる。

「始まりやがったぜ」

平八郎は、顔をあげて天井を睨《にら》む。

御殿場にある貸別荘の寝室であった。

そこのベッドの上に、小沢秀夫《おざわひでお》が横になっている。

小沢は、傷を負っている。数日前に、山中湖にある佐川義昭《さがわよしあき》の別荘で、ムンボパによって負わされた傷であった。

その傷のため、小沢は、御殿場市内の病院に入院した。

その病院から、この貸別荘に、小沢が身を移したのが昨日であった。

それで、今日、小沢は、これまでかたくなに黙っていたアフリカのナラザニアでのことを、ついに語り始めたのであった。

しかし、この御殿場の貸別荘の場所も、すでに獄門会《ごくもんかい》の知るところとなった。

鬼猿が、別荘の庭に潜んでいた獄門会の人間のうちの二人を捕えている。

その後に、工藤《くどう》までが、地虫平八郎を訪ねて、この別荘にやってきた。

工藤は、どうやらマヌントゥの虫《むし》を飲まされているらしかった。肉体に加えられている痛みが、うまく脳まで届かないのである。

その工藤は、すでに捕えられて、皆の眼の前で、縛られて床に転がされている。

その部屋にいるのは、その工藤を入れて、六人。

まず、地虫平八郎。

蛇骨《じゃこつ》。

松尾銀次《まつおぎんじ》。

小沢秀夫。

佐川真由美《さがわまゆみ》。

そして、工藤の六人である。

ツインのベッドが置いてある寝室であった。

六人の人間が入ると、それだけで部屋がいっぱいになってしまう。

小沢が、ベッドの上で仰向《あおむ》けになっており、平八郎、蛇骨、銀次、真由美の四人が、そのベッドを囲むようにして立っていた。

誰も、もうひとつのベッドの上に座ろうとはしない。

「痛い、痛い……」

工藤は、表情のない顔をあげて、さっきから独り言のように、自分の痛みを訴えている。

自らの額《ひたい》を窓ガラスに打ちつけて部屋に入ろうとしたため、その時割れたガラスの破片が、眼球に刺さったりしているのである。今も、血は、眼尻から涙と共に流れ落ちている。

不気味な光景であった。

工藤が割った窓から、外気が部屋の中に入り込んでくる。

工藤を除く部屋の中の男女の注意は、さっきから、その窓の外に向けられていた。

侵入者の気配が屋根の上にあり、その気配が何者の仕業《しわざ》によるのか確認するために、鬼猿が外に出ているからである。

「糞!」

また、平八郎は唸《うな》った。

上方で、ふたつの気が、大きくふくれあがってゆくのが、下にいて感じられるのである。

それが、平八郎にはわかるのだ。

わかるから、唸っているのである。

下品さのある口元が、左右に吊りあがっている。唇の間に白い歯が覗《のぞ》いていて、その歯の間から、唸り声が洩《も》れてくるのである。

地虫平八郎——

身長が一九二センチである。

体重は九〇キロ。

長身のわりには、体重は軽い。

年齢は、三十代の初めである。

男まえではないが、その眼に、妙に人なつこそうな愛敬《あいきょう》がある。下品な口元とその眼が、不思議なバランスで、この男の中に同居しているのである。

平八郎が着ているのは、黒いよれよれのスーツである。そのスーツの袖を、肘《ひじ》までめくりあげている。

シャツのボタンを二段目まで開き、だらしなくゆるめたネクタイが、その首にぶら下がっている。

眼を醒《さ》まして、頭を両手で掻《か》きまわした直後のような髪をしていた。

その平八郎の横に立っているのは、佐川真由美である。

ジーンズを穿《は》いて、その上にシャツを着ている。

平八郎が、この数日間同じスタイル——つまりまったく同じものを身につけているのに対して、真由美は、きちんとジーンズとシャツを着替えている。

真由美の年齢は、二十四歳くらいであろうか。

髪は、長い。

ふっくらとした、形のいい、紅《あか》い唇《くちびる》をしている。

瞼《まぶた》は、二重《ふたえ》であった。

胸のふくらみが、シャツの布地を、下からほどよく押しあげている。

新宿でムンボパに殺された、佐川義昭の娘であった。

真由美の横に立っているのが、蛇骨という名の僧であった。

真由美より、やや歳《とし》が上の、二十代の半ばをいくらか過ぎたくらいであろうか。

頭をきれいに剃髪《ていはつ》している。

美麗の僧であった。

女よりも美しい。

血に濡《ぬ》れたような色の唇をしていた。その唇に、常に、微笑が浮いている。

凝《じ》っと見つめているると、その微笑の中に、不思議な、ぞくりとするような冷たいものがある。さらに、その唇を見つめていると、背の毛が、一本ずつ、ゆっくりと立ちあがってくるような恐《こわ》いものが、ひそんでいるのがわかる。

もうひとり――

ベッドの上に横になっている小沢の枕元に立っているのが、松尾銀次である。

銀次は、ゆったりとしたズボンを穿《は》き、その上に、やはり、ゆったりとした上着をひっかけている。

柔らかなものごしの中に、毅《き》然《ぜん》としたものがある。

何気ない動きをするにも無駄がない。

元掏《す》摸《り》である。

上着の下のシャツのさらに下に、銀次はさらしを巻いている。ちょうど、腹と、背と、胸の位置に週刊誌をあて、その上からさらしを巻いているのである。

刃物沙《ざ》汰《た》になった時に、刃物が通らないようにするためであった。

短い白髪が、きれいな銀色に光っている。

銀次が、武器として身に帯《お》びているのは、日本刀である。

平八郎もまた、日本刀を右手に握っている。

どちらも、銀次が、手に入れてきたものだ。

銀次は、そういう方面に顔が利《き》くのである。

そして、平八郎はさらにナイフを一本、身に帯びている。

真由美もまた、いざという時のためにナイフを持っている。

早いうちに、御殿場市内のホテルにゆかせるつもりが、小沢の話を聴いているうちに帰りそびれたのだ。

もともとの計画では、獄門会の連中に襲われた場合、他の入院患者に危害が及ぶのを避けるために、この別荘に小沢が移されたのである。

ここならば、もし、発見されて襲われても、危険が及ぶのは自分たちだけである。

場合によっては、襲ってきた人間の誰かを捕えて、何故、獄門会の人間が、この黄金の勃起仏《ぼっきぶつ》の一件にかかわっているのか、それを聴き出すこともできよう。

そういう意図を持って、この別荘へ入ったのだ。

その計算が、真由美によって、すでに狂い始めている。

「真由美さんを、早く帰しておくのでした……」

蛇骨が、しきりに歯を軋《きし》らせている平八郎を横目で見ながらそうつぶやいた。

この家の屋根に、すでに敵がいるのであれば、この闇のあちこちに、敵が潜《ひそ》んでいるかもしれない。

真由美の婚約者であった加倉周一《かくらしゅういち》は、これまで、ナラザニアのジャングルで死んだと

伝えられていたが、

〝加倉はまだ生きている〟

小沢がそう言ったため、真由美は帰れなくなってしまったのである。

小沢の話によって、加倉が、何故、死んだことにされているのか、それがわかるはずであったのだ。

しかし、話がそこに至る前に、敵の出現により、小沢の話は中断されたのであった。

「痛いなあ、平八郎……」

床の上に転がっている工藤が、まだ、低い声でつぶやいている。

その工藤に、平八郎が視線を向ける。

工藤が、傷のついた眼球を動かして、平八郎を見た。

「哀れだなあ、工藤よ。おめえも、あのマヌントゥの虫にやられちまいやがってよ――」

平八郎は、歯を噛《か》んで、視線を天井に向けた。

天井のさらに上方、屋根の上で、ふたつの気が、ますます圧力を増しながらふくれあがってゆく。

「畜生、ぞくぞくしてきやがる――」

背中がむず痒《がゆ》いかのように、平八郎は身をよじった。

「気をつけて下さい、地虫さん――」

蛇骨が言った。

「何を気をつけろってんだ、蛇骨」

「そこの工藤に気を取られている間に、屋根にひとり……」

蛇骨が、微笑を絶やさない唇で言った。

「何!?」

「屋根に気を取られている間に、さらにひとり、こんどは、この家の中に入ってきているかもしれません」

「ちっ」

「屋根の上の気配は、あからさますぎました。わざわざ、我々の注意をひくために、気配を殺さなかったのかもしれません」

「わかってるよ。そのくれえのことはな」

平八郎は言った。

「家の中を、見回ってきましょうか?」

銀次が、顔をあげて、低い声で言った。

しかし、気負いはない。

淡々と、それを口にしただけである。

さすがに胆《きも》がすわっている。

「何かあった時のために、我々は一緒《いっしょ》にいた方がいいでしょう。真由美さんの身の安全のためには、できるだけ、真由美さんのそばに人を置いておく方がいいと思います」

蛇骨が言った。

「なるほど……」

銀次がうなずく。

もし、銀次がいない間に、この部屋が襲われたら、真由美を守るための手が足りなくなる。

しかし、真由美は、むこうにとっては必要な人材のはずであった。

黄金仏の隠し場所を知っているかもしれないし、さらには、捕えておけば、黄金仏と真由美とを引換えにできるかもしれない。

いきなり、真由美の生命をねらってくることはないはずであった。

生命をねらわれているのは、アフリカ帰りの人間だけだからだ。いや、必ずしもそうではなかった。皆川達男《みながわたつお》が殺された時には、その妻の皆川由子《よしこ》も殺されている。

しかし、一度は、連中は、真由美を拉致《らち》しようとしたのだ。

それを救ったのが平八郎である。

彼等が、真由美を殺すのが目的であれば、拉致などせずに殺している。

これまで、殺された者たちが、皆、そういう殺され方をしたからだ。

それは、相手が、あのムンボパという黒人だった場合である。

獄門会は、真由美を殺そうとはせずに、捕えようとしているらしい。

つまり、相手が、獄門会であれば、始めから真由美の生命をねらっては来ぬだろうとの読みがある。

しかし、ムンボパと、獄門会とは、仲間ではなかったのか？

獄門会と一緒に山中湖の別荘にやってきた、ンガジという黒人は、獄門会の仲間らしい。

しかし、そのンガジとムンボパは、どうやら敵対関係にあるらしい――。

そういうことはわかっている。

わかってはいるが、しかし、それがどうしてなのか、どうなっているのか、そこが平八郎にはまるでわからないのである。

ともかく――

今、あまりひとりひとりが別々の動きをしない方がよいというのは平八郎にもわかっている。

だが――

平八郎は、飛び出してゆきたかった。

外へ飛び出して、あの、けったいな黒人の爺《じじ》いを、この手でぶん殴ってやりたかった。

「小沢さん……」

眼を閉じ、ベッドの上で、荒い呼吸をくり返している小沢に、真由美が声をかけた。

小沢が、閉じていた眼を開いた。

「加倉さん――加倉周一のことを聴かせて。加倉さんは、本当に生きているの？」

「生きているはずだ」

「はず？」

「そうだ。我々が最後に彼を見た時、彼はまだ生きていた。彼等に殺されていなければ、まだ、加倉周一は生きている」

途切《とぎ》れ途切れに、小沢は語った。

「どういうことなの？」

「加倉周一は、犠牲になったのだ」

「犠牲？」

「我々が、マラサンガ王国から脱出する時にだ」

言って、小沢は、大きく肩で息をした。

「どんなことがあったの？」

真由美が訊《き》いたその時――

ふっ、

と、天井の灯りが消えた。

闇が、その部屋の男女を押し包んだ。

3

灯りが消えたその時、ふたつの気が、同時に爆発していた。

眼に見えない圧力が、鬼猿《きざる》とンガジの間の空間で触れ合い、押し合って、スパークしていた。

ざあっと、ンガジの髪が後方になびき、鬼猿の着ていた衣《ころも》がふわりと後方に持ちあがった。

ンガジの前に浮いていた短剣が消えていた。

その短剣は、鬼猿のすぐ眼の前にあった。

切先を鬼猿の鼻先にむけ、その短剣はその宙に静止していた。

鬼猿が、宙を疾《はし》ってきた短剣を、両手ではさみ、それを、そこで止めていたのである。

鬼猿の前に浮いていたロープの中心が、きれいに、その短剣によって貫《つらぬ》かれていた。

鬼猿は、自分のロープごと、宙を飛んできたナイフをはさみとっていたのである。

次は、鬼猿の番であった。
握っていたナイフをはさんでいる手を放した。
しかし、まだ、短剣は、宙に浮いたままであった。
鬼猿が手を放しても、ロープも短剣も地には落ちなかった。
あらたに放ったふたりの気の圧力が、そこで拮抗《きっこう》しているのである。
「これでは、埒《らち》があかぬか……」
鬼猿がつぶやいた時、ふいに、闇のどこからか、高い、雄叫《おたけ》びが響いてきた。

アイヤ〜〜〜〜〜〜〜〜〜〜〜
ヤラララララララララ

月の天に向かって伸びあがってゆく、澄《す》んだ雄叫びであった。
その声が届いてきた時、ンガジの表情に、明らかな動揺の色が動いた。
「勝機！」
鬼猿がつぶやくと同時に、縄に刺さっていた短剣が、向きを変えていた。
縄がしなった。
縄と短剣が、ンガジに向かって疾《はし》った。

ンガジが、気を迸《ほとば》しらせて、その短剣を受けた。

しかし、縄と短剣にかかっている鬼猿の気は落とせても、すでに縄と短剣についている勢い——慣性は、気では失《な》くすことはできない。

縄については、もとは生体であった蛇の皮や女の髪の毛でできているため、ある程度までは、そのスピードを殺すことはできるが、短剣にまでは、その力は及ばない。

短剣に、気の影響を与えるには、よほどの量の気を体内に溜《た》めてから、それを、いっきに爆発させねばならない。

さっき、ンガジが短剣を飛ばしたのがそれである。

逆に、鬼猿が、蛇の皮と女の髪でその縄を造っているのは、気でたやすくあつかえるようにするためである。

ンガジは、口を大きく開き、

かあっ、

と、喉を鳴らした。

飛んできた短剣を、右手で払い落とした。

その右手と左手に、余った縄が、くるくるとからみつく。

その時には、鬼猿は、軽々と屋根の上を滑るように疾り出している。

ンガジに向かって、大きく跳躍した。

ンガジの頭部を真上から蹴ろうとする跳躍であった。

その、跳躍した鬼猿に向かって、

べっ、

と、ンガジが、口から何かを吐き出した。

白い、ぬめりとした虫であった。

マヌントゥの虫だ。

それが、鬼猿の顔に張りついていた。

「くうっ」

鬼猿が、声をあげて、それを払い落とそうとする。

しかし、その時には、虫の、長い触手が、鬼猿の唇を割って、中に入り込もうとしていた。

かまわず、鬼猿は、ンガジの頭部に踵《かかと》を打ち下ろそうとした。その瞬間——

ざわり、

と、ンガジの髪に、蹴りにいった右足首をからめとられていた。

バランスをたもちながら、自由な左足で、ンガジのこめかみを蹴りにゆく。

その足にも、髪が伸びてくる。

頭部への攻撃をやめて、そのまま、その左足の動きを、跳躍のための動きにかえた。

左足で、ンガジの肩を蹴って、跳躍をする。

凄《すご》い反射神経とバネであった。

右足にからみついていたンガジの髪を、ぶちぶちと引きちぎって、鬼猿の身体は再び宙に舞った。

足に、白髪をからみつかせたまま、屋根の上に降り立った。

ンガジの銀髪が、たちまち血の赤に染まってゆく。

鬼猿が、頭部の皮膚ごと、髪を引きちぎったためである。

「ぬくっ」

鬼猿が、マヌントゥの虫を、顔からむしり取った。

手の中で、それを握り潰《つぶ》す。

鬼猿の唇が、ぶっつりと切れていた。

ンガジは、その時、すでに右手に短剣を握っている。
その短剣で、鬼猿に攻撃をかけてくるかと思われたが、そうではなかった。
ンガジは、その短剣を握って、屋根の上で身構《みがま》えたのであった。
鬼猿と、そして、見えない、どこかにいるはずの敵に対する構えである。
見えない敵――
それは、さきほど闇の彼方《かなた》から響いてきた、雄叫《おたけ》びの主《ぬし》のはずであった。
ンガジは、いきなり、屋根の斜面を駆《か》け降りた。
屋根から、大きく宙に跳んだ。
「逃がさぬ」
鬼猿が後を追って、屋根の斜面を走る。
ンガジが、地に降り立った。
わずかにおくれて、鬼猿も地に降り立っている。
ンガジが疾《はし》る。
鬼猿がそれを追った。
一本の細い欅《けやき》の樹の前で、ンガジは足を止めて鬼猿に向きなおった。
再び、鬼猿とンガジは、向かい合っていた。
ンガジが、その位置を選んだのは、背後からの攻撃を避けようという意味があるらしかった。

「樹を背負ったか……」

鬼猿が、低い声で言った。

「……この鬼猿に対するに、樹のある場所を選ぶとは」

鬼猿が言ったその時であった。

皺《しわ》のようであったンガジの眼が、ふいに、大きく見開かれた。

その瞬間、ンガジの胸から、不気味なものが、生《は》え出てきた。

刃物だ。

槍《やり》の穂先であった。

槍の穂先が、血をからませて、ンガジの胸から生えてきたのであった。

何者かが、背後から、欅の幹《みき》ごとンガジの身体を槍で貫いたのだ。

「ごわっ」

ンガジが、声をあげた。

凄い形相《ぎょうそう》になった。

苦悶《くもん》の表情を浮かべながら、ンガジは両足を踏みしめた。凄い力が、ンガジの肉体の中に生じているのがわかる。

信じられない動きを、ンガジは始めた。

なんと、歩きながら、ンガジは、前に出ようとしたのである。自分が、前に動くことによって、背から潜り込んできた槍から、自分の肉体を抜こうとしているのである。

動いた。

さっき、胸から突き出てきた槍の穂先が、出てきたのと同じ場所にもどってゆく。

いや、正確には、動いているのは槍ではない。

動いているのは、ンガジである。

強烈な光景であった。

その光景を、鬼猿は、ただ見つめていた。

ふいに、鬼猿の背後に、人の気配があった。

鬼猿は、横に跳んで、地に身を伏せた。

気配を感じた場所に、長身の黒人が立っていた。

その黒人は、鬼猿を見ていない。

ンガジを見ていた。

「ム、ムンボパ……」

ンガジが、歯を軋《きし》らせながら言った。

抜けていた。

ンガジが槍から自由になり、右手に握っていた短剣を、ふりあげた。

それを、ムンボパに投げつけようとしたらしい。

しかし、それを、ふりあげたところで、ンガジはその動きを止めていた。

がっ、

と、ンガジが、大量の血を、その口から吐き出した。

その血の塊《かたまり》の中に、あのマヌントゥの虫が、四つ、蠢《うごめ》いている。

ンガジの眼が、ぐるりと裏返って白くなった。

そのまま、ンガジはそこに倒れ伏していた。

4

「いる……」

そう言ったのは、蛇骨であった。

闇の中で、蛇骨は、静かに呼吸を繰り返しながら、そう囁《ささや》いたのだ。

「なにがだ!?」

言った平八郎の声も、囁き声になっている。

「けものです……」

「なに!?」

平八郎は、光る視線を、闇の中でドアに向けた。

「そう、そこです」

蛇骨が囁く。

たしかに、そこに、いた。

木製のドアの、そのむこうだ。

そこに、わだかまっているものが、いる。

闇よりもなおくろぐろと、そこにわだかまっているものの気配が届いてくるのである。

それは、気配を隠そうとはしていなかった。

炎の消えた焚火《たきび》の奥から、熱気と共に、煙がじわじわとたちのぼってくるようなけものの気《け》——

平八郎には、それが、わかる。

真由美が、平八郎の左腕に、両手の爪《つめ》を立てるようにして、しがみついている。

いい気分だった。

真由美の体温がわかるだけでなく、左肘に、真由美の乳房の感触がある。

思わず、眼尻が下がりそうになるが、むろん、そういう状況ではない。

「なにかいるな」

平八郎が言うと、真由美が、さらに強い力でしがみついてきた。

「安心しろ」

平八郎は、太い声で囁いた。

「おれがついてる」

平八郎は、無理に、真由美の両手を、自分の左腕からひきはがし、ドアの方に歩み寄った。

ドアを睨む。

すっ、
と、平八郎の腰がふいに沈んだ。

ゆるゆる、と、平八郎の身体が動き出した。

ゆっくりと動く。

信じられないほど、なめらかな動きであった。

見えない、ちょうど、人間の身体が入るくらいの球体がそこにあり、平八郎は、その中に入ってしまったようであった。

ぶつぶつと、平八郎が、何か、呪《しゅ》のようなものを唱えている。

　智恵子は東京に空が無いといふ、
　ほんとの空が見たいといふ。

『智恵子抄』の、「あどけない話」という詩の一節であった。

その詩の行を唱えながら、低い声で、何ごとかをつぶやいているようであった。

平八郎の動きは、太極拳の動きである。

陳式太極拳、老架式《ろうかしき》──

平八郎は、その動きを真似《まね》ているのである。

平八郎は、ぎょっとなっていた。

わずかな時間しか経《た》っていないのに、あとからあとから、おもしろいように、気の圧力が自分の内部に溜《たま》ってゆくのがわかるのである。

驚くべきスピードであった。

ぬうっ──

平八郎は、唇を噛んだ。

自然に笑《え》みがこぼれそうになるのをおさえるためであった。

身震いしそうなほど、気が自分の中に溜っていた。

一刻も早く、この気を自分の肉体の中から外に押し出さねば、この身がちぎれてしまいそうであった。

「こ、こ、……」

と、平八郎は、低い声でどもった。

「こ、この野郎！」

ドアごしに、体内に溜った気を、その気配に向かってぶつけていた。

ドアが鳴った。

見えない、強い力がぶつかったように、その木製のドアが、大きく音をたてたわんだ。

ドアの向こうの気配が、消えていた。

平八郎が、その体内から解き放った気に、その気配が、散りぢりに霧散《むさん》してしまったようであった。

「野郎！」

平八郎は、ノブに手を掛け、ドアを蹴り開けていた。

ドアが開いたその瞬間に、闇を裂いて、棒のように伸びてきたものがあった。

平八郎の喉の中心に向かって、その棒のようなものは伸びてきた。

ぞくりと、平八郎の背の体毛が立ちあがっていた。

頭を沈めて、平八郎はその攻撃をかわしていた。

鋭いものが、平八郎の頭部の毛を、数本ひきちぎって後方へ疾《はし》り抜けた。

沈めた頭に向かって、斜め下から跳ねあがってくるものがある。

足だ。

両腕で、それをブロックする。

強烈な一撃が、両腕にぶつかった。

左手には、日本刀を握っている。

それを握ったまま攻撃を受けたので、日本刀が鞘《さや》の中で音をたてた。

「糞ばか！」

平八郎は、ぶつかってきたその足を、両腕にからめ取っていた。

さらに、足首の関節を取って、強引にねじくってやった。

しかし――

ぬらりと、その平八郎の手の中から、その足首が逃げてゆく。

平八郎が、関節を極《き》める前に、相手は、自ら足首の関節をはずして逃げ出したのであった。

「逃がすか」

平八郎は、ドアの外へ、大きく一歩を踏み出した。

その平八郎の顔面――正確には、左眼を、真横から狙ってくるものがあった。

平八郎は、歯を喰《く》いしばって、顔を後方へ引いていた。

平八郎の左の眼球の数ミリ向こうの空間を、真横に疾《はし》り抜けてゆくものがあった。
爪《つめ》であった。
よく研《と》がれた、鋭い爪が、平八郎の左の眼球を、真横からほじくろうとしたのである。
「許さねえ！」
平八郎が、思わず日本刀を右手に引き抜いていた。
その、引き抜く動作に合わせて、廊下の暗がりを、横に動くものがあった。
ざ、
と、それが、暗い床の上を奥へと疾る。
蜘蛛《くも》だ。
平八郎には、それは、おそろしく巨大な蜘蛛に見えた。
「待ちやがれ！」
平八郎が、剣を握ったまま追いかけようとした時に、それが、ふいに動きを止めた。
「ぬ!?」
と、平八郎が思った時には、平八郎の顔の前で、きらり、と光るものがあった。
まだ、剣の鞘を握っている平八郎はその光るものを、その鞘で受けていた。
針であった。

その針が、持っていた日本刀の鞘に突き立った。

その時――

廊下にうずくまっていたはずのその蜘蛛が、いきなり宙に跳ねあがっていた。

平八郎の頭上を跳ね越えて、そいつは、平八郎の頭上の天井にぶつかった。

「ちいっ」

平八郎は、日本刀を振ったが、日本刀は、その影を切ることはできなかった。

何故なら、その影は、天井に張りついて、そこで動きを止めていたからである。

天井にいったんぶつかったそれが、落ちてくることを前提として、振られた剣であった。

その剣が空気を裂いた時、再び、影は動いて、平八郎の後方に降り立った。

「待ちやがれ」

平八郎が、後を追おうとした時には、それは、部屋の中へ、魔性《ましょう》の疾《はや》さで入り込んでいた。

真由美の、高い悲鳴が、あがった。

「蛇骨、行ったぜ！」

平八郎は叫んだ。

叫びながら、また、部屋に飛び込んだ。

低い、呻き声が、部屋に飛び込んだ平八郎の耳に聴こえた。

同時に、窓の枠《わく》ごと、残った窓ガラスの砕け散る音——

「どうした!?」

平八郎が言った。

「やられました」

蛇骨が言った。

「なに!?」

「小沢さんよ」

真由美が、ベッドの上に両手を伸ばして、小沢の両肩に手をあてている。

銀次は、窓辺に立って、今、そこを破っていったものが姿を消したばかりの闇を見つめていた。

「小沢がどうした!?」

平八郎が、蛇骨と真由美の傍《そば》に立った。

「肩を——」

真由美が言った。

平八郎の鼻に、濃い血の臭《にお》いが届いてきた。

真由美が、小沢の肩に、タオルをあてている。

そのタオルが、たちまち、血で重く濡れてゆく。

蛇骨の右手に、刃に歪《いびつ》な曲線を持った短刀が握られていた。

その刃の先端に血がからみついている。

「今のやつが、宙からこれを投げてきたのですよ」

蛇骨が言った。

「なんとかならなかったのか、それくらい――」

「みっつ、投げてきましたのでね。ふたつまでは払い落としましたが、残ったひとつを払いきれずに――」

「馬鹿」

「今のありゃあ、人ですかい？」

銀次が訊《き》いてきた。

「人でしょうよ……」

蛇骨は言って、

「……ともかくは」

そう言いそえた。

小沢は、ベッドの上で、痛みをこらえるように、呻き声をあげている。

「小沢は？」

平八郎は訊いた。

「すぐに死ぬような傷じゃないけど、出血の量が多くて――」

真由美が言った。

「また、医者の厄介《やっかい》にならなきゃならねえってわけだな」

平八郎は、唇を噛み、

「舐《な》められたな、おれたちもよ」

吐き捨てるように言った。

平八郎は、窓に視線を向けて、大きく割れたその枠組《わくぐみ》を眺めながら、

「銀さん……」

銀次に声をかけた。

「何ですかい」

「奴はどっちへ逃げた?」

「さあ、とにかく、この窓から外へ出たのはわかりましたがね――」

「くそ――」

平八郎は、窓から顔を出して、外の様子をさぐろうとした。

「やめた方がいいと思いますよ」

蛇骨が、そう、声をかけた。

外へ半分出かけていた頭部を、平八郎が引っ込めたその瞬間、平八郎は、首筋の毛をぞ

くりと立ちあがらせていた。

真上からだ。

真上から、強烈なスピードで落ちてくるものがあった。

短剣であった。

蛇骨が、今、手にしているのと同じ短剣が、平八郎の頭髪を掠《かす》めて、真下に向かって疾《はし》り抜けていた。

頭髪の数本が、実際に、その刃によって切り落とされていた。

もし、首を出していたら、後頭部をその刃によって深ぶかと貫かれていたに違いない。

おそらく、柄元まで、その刃は、平八郎の頭部に潜《もぐ》り込んでいたろう。

「上か、野郎!」

平八郎は叫んだ。

眼の前が暗くなるような怒りが吹きあげた。

窓を割って外へ逃れるには逃れたが、そいつは、下には降りずに、窓の上方の壁にへばりついていたのである。

窓の上方に、黒い塊《かたまり》があった。

人の顔であった。

窓枠の上部から、逆さに人の顔がぶら下がって、部屋の内部を、その顔が見つめているのである。

　ザジであった。

　小沢が、ベッドの上で、顔をねじるようにして窓に眼をやり、

「ザ、ザジ……」

　やっと、その名をつぶやいた。

「てめえっ！」

　平八郎は、床を蹴った。

　もう、そのザジの顔以外、視界から消えていた。

「死ね、馬鹿！」

　日本刀を振りかざして、その首に切りかかっていた。

　首が消えていた。

　平八郎の剣は、宙を裂き、平八郎自身は、勢いのついたまま、その窓から外へ飛び出していた。

　そのまま、ガラスの散乱している地面の上に転がった。

　仰向《あおむ》けになった。

「どこへ行きやがった!?」

　声をあげた。

月が見えた。

見えたその月が、次の瞬間、黒いもので塞《ふさ》がれた。

ザジであった。

ザジの身体が、真上から、平八郎目がけて落ちてくるのである。

ザジは、右手に、あの短剣を握っており、しかも、ザジは、落下しながら、平八郎に向かってその短剣を投げ下ろそうとしているところであった。

逃げられない。

逃げたら、逃げてゆくその場所に向かって短剣を投げつけられる。

仰向けになっているこの格好《かっこう》で、逃げようとする動作をしている時にあの短剣を投げつけられたら、とても、その短剣をよけることはできない。

それだけはわかった。

しゅっ、

と、音をたてて短剣が投げ下ろされてきた。

「ちいっ」

平八郎は、右手に握っていた剣を、横に払って、その短剣を横へはじいた。

剣が横へ流れた。
仰向いた平八郎の身体の前面が、無防備になった。
その上に、ザジの身体が落ちてくる。
爪先《つまさき》からであった。
横へ流れた剣をもどすのでは間に合わない。
「くうっ」
平八郎は、真下から、右足を跳ねあげた。
その、跳ねあげた右足の上に、ザジの左足が乗った。
ザジが、平八郎の右足を蹴って、ふわりと、再び、身体を宙に浮かせた。
「逃げるかっ」
平八郎が起きあがった。
その時、ザジは、すでに地の上に降り立っている。
ザジと平八郎は、ようやく、正面から向き合うことになった。
ザジ――

向き合って見ると、この黒人の男の異様さが、伝わってくる。
ザジは、痩《や》せた、脚《あし》の長い男であった。

黒人である。

人は、まず、ザジの姿を見た時に、その奇妙さに気づく。

ザジの身体の周囲の空間が、妙に歪《いびつ》なのである。正常な空間が、どこかで折り曲げられてしまっているようであった。

だが、よくよく見れば、曲がっているのは、むろん、空間の方ではない。

ザジの身体の方に、常人とは異質の分があるのである。

何か!?

それは、手——腕であった。

ザジの腕は、常人よりも、遥《はる》かに長いのである。

立った時に、腰を曲げずに、自分の膝に手で触れることができるのである。

異様に長いその腕が、ザジの肉体のバランスを、妙なものにしているのだった。

向かいあって、平八郎にもそれがわかった。

「けっ」

平八郎は、唾《つば》を吐き捨てた。

日本刀を、両手に握って、上段に構《かま》えた。

ザジは、素手《すで》である。

両手を、身体の側面に無造作に垂《た》らして、そこに立っている。

しかし、どこかに、まだ、あの短剣を隠し持っているかもしれない。
ザジは、すでに、五本の短剣を使用しているのである。
それを、平八郎も知っているから、やみくもには仕掛《しか》けない。
睨《にら》み合った。
横手から、声がかかったのは、その時であった。
「よう、どうしたい——」
そこに、ひとりの男が、月光を浴びて立っていた。
折り目のきちんと入った、黒いスーツの上下を着ていた。
平八郎のよれよれのスーツとは、だいぶ違う。
癖のない長髪が、肩を越えて、背まで垂れている。
艶《つや》やかな色をしたその髪は、頭頂部で、左右にきっちりと分けられていた。
その髪の分け目と額との境近くに、刃物でえぐられたような傷があった。
左から右へ、斜めに切り下ろされたような刃物傷である。
古い傷であった。
昏《くら》い双眸《そうぼう》を有した男であった。
その昏い双眸の奥に、毒を持った針のような光が、重く沈んでいる。
鼻が高い。

冷たい闇をその内部に抱え持っているような男であった。

闇。

毒。

冷。

その三つを合わせ持ちながら、なお、不思議な気品のようなものが、その男にはあった。

赤木玄馬《あかぎげんば》——

そう呼ばれている男であった。

その男——玄馬の後方に、ふたりの、極道《ごくどう》筋の男が立っていた。

「誰だ、てめえっ」

平八郎が、横眼で男を睨んで吼《ほ》えた。

「赤木玄馬という者だ」

男——玄馬が言った。

「敵か!?」

「まあ、そういうことになるかな」

静かに、玄馬は言った。

「ちっ、ふたりもかよ」

平八郎は、上段に構えていた剣を胸の高さまで下ろし、切先をザジの顔へ向け、視線を玄馬に向けた。

「てめえ、おれよりいいスーツを着てるからって、格好つけるんじゃねえぜ」

平八郎は言った。

したたるような精気が、平八郎の全身に満ちた。

「強さと、スーツの値段とは関係ねえんだからよ」

平八郎は、玄馬に見えるように唾を吐いた。

「構えは、むちゃくちゃでも、腕はそこそこありそうだな」

平八郎の姿を、凝《じ》っと眺めながら玄馬が言った。

「なんだと！」

平八郎が、剣先を、玄馬に向けそうになる。

「やるんなら、相手をしてやってもいいぜ」

玄馬が、小さい声で言った。

――くう。

さすがに、平八郎も、ふたり同時に相手はできない。

ザジの腕は、すでにわかっている。

続いて現われた、この玄馬という男も、並々ならぬ力を秘めているのが、さすがに、平八郎にもわかる。

これだけの人間を、ふたり同時には相手にできない。

どちらか一方であればとの思いもある。

糞！

平八郎は呻いた。

膏汗《あぶらあせ》が、額に湧《わ》いた。

場合によっては、死なねばならぬことになるかもしれない――

そういう発想が、平八郎の脳裏に生まれたのである。

少しでも、そういう発想が生まれると、急速に、平八郎の気力は、萎《な》える。

しかし、その萎えそうになる気を振りたてて、平八郎はそこに立った。

平八郎には、大望がある。

黄金を手に入れることである。

黄金で、大金持ちになり、ストリッパーの七子《ななこ》にダイヤの指輪を買ってやり、嬉《うれ》しさのあまり、

〝平ちゃん、七子は嬉しいよう〟

七子がそう言って座り小便を洩らすのを見てみたいと考えているのである。

ついでに、真由美を、いつでもすきな時に抱けるように、身近にはべらせておきたいのである。

それが、夢だ。
その夢が叶《かな》うも叶わないも、黄金にかかっている。
では、その黄金を、どうすれば手に入れることができるのか。
平八郎には、わからない。
いや、わかっていることはある。
ここで死んだら、黄金は手に入らないということである。
ここでの負けは、死だ。
黄金を手に入れるためには、こいつらに勝たねばならない。
気力が萎えかけた平八郎の脳裏に浮かんだのは、土下座である。
ここで、このふたりに土下座をする。
日本刀を捨て、額を地面にこすりつけて、助けて下さいと頼むのである。
靴を舐《な》めてもいい。
もし、それで助けてもらえるなら、やってもいいと平八郎は考えている。
しかし、日本の社会では最終兵器である土下座が、このふたりに通用するであろうか。
ひとりは黒人であり、ひとりは得体《えたい》の知れない赤木玄馬という男である。
通用しない可能性が高い。
あとは、逃げの一手しかない。

しかし、逃げられるか。

背を向けた途端《とたん》に、あの気色の悪い曲線を持った短剣を、その背に生《は》やすことになりそうだった。

一瞬、怒りに眼がくらんで、ここまでザジを追ってきたが、こうなってみると、大人《おとな》しくあの部屋に残っていた方がよかったかもしれない。

糞！

膏汗《あぶらあせ》を浮かべて、平八郎は腹の中で吼えた。

蛇骨はどうしていやがる。

何故、助けに来ないのだ。

萎えそうになる気力をしぼる。

「どうしたい。やらねえのかい、ふたりとも――」

玄馬が声をかける。

「やれよ、ザジ――」

相手の耳の中に、ひとつずつ、言葉を注ぎ込んでゆくようなしゃべり方であった。

玄馬が言った。

平八郎は、むっとなった。

態度がでかい。

「おまえと、こいつと、どんな風にやるのか、見てみたいのさ――」

玄馬の唇に、笑みが浮いている。

ザジは、しかし、動かない。

無言で、平八郎を眺めている。

ひとりの男が、横手の闇の中から走ってきたのはその時であった。

「ンガジがやられました」

駆けつけてくるなり、その男はそう言った。

「ほう、ンガジが――」

玄馬が声をあげる。

「あの小さな、男に?」

玄馬が訊いた。

「違います。ムンボパのやつです」

男が言った。

その言葉を耳にした途端に、ザジの表情が変わった。

「ムンボパ!?」

ザジが、油断のない眼を平八郎に向けながら、数歩、後方に退《さ》がった。

「来たのか、あの男が……」

「間違いない。ムンボパだ。ムンボパが、ンガジを殺したんだ……」

「どこ、だ」

「反対側の庭だ」

男が言った途端に、ザジは、走り出していた。

あっさりと、平八郎を無視した。

拍子抜けするようなあっけなさであった。

走ってきた男が、ザジの後方に続いた。

そこに、平八郎のみがとり残された。

馬鹿にされたような気分だった。

「おまえたち、見に行って来い」

玄馬が、後方のふたりの男に声をかけた。

「この男は？」

「おれひとりでいい」

言われて、男ふたりが、家の反対側に向かって走り出した。

結局、そこに、平八郎と玄馬が残った。

平八郎は、玄馬と向かいあった。

玄馬も、背が高い方であったが、平八郎は、さらに高い。

ふたりは、高い位置の視線で、数瞬、向かいあった。

平八郎に、ゆとりが生まれていた。

どんなに手強《てごわ》かろうが、相手がひとりであれば、なんとかしのぎきる自信がある。

「あんたが、地虫平八郎さんだろう?」

玄馬が言った。

「ああ」

平八郎は、うなずいた。

「よかったな」

玄馬が言った。

「何がだ」

「あんたが、地虫平八郎本人でだよ」

「何故だ?」

「死なずにすむ」

「なんだと?」

「あんたを捕えて来いと言われてるんだよ。あんたから、色々と話を聴きたがってる人間がいてね。だから生かしておく——」

「おもしれえことを言うじゃねえか、あんた——」

「しかし、気をつけることだ。おれが言われてるのは、あんたを、口が利《き》ける状態で連れてゆくことでね。ケガをさせるなということじゃない――」

「へえ――」

「つまり、腕の骨を折ったって、あんたの両眼を潰したっていいということだ」

「あんたに、それを頼んだ人間が、どれほど慈悲深い人間かということが、よくわかったよ――」

「大人しく、ついてくるなら、ケガもしないですむ」

「知らねえな」

「何をだ」

「おれが好きなことをだよ」

「何が好きなんだ」

「女だ」

平八郎は言った。

「それで？」

「一番好きなのが女。二番目に好きなのが――」

そう言って平八郎は、腰を浅く落とした。

「――てめえみてえな、生意気な野郎を、ぶちのめしてやることだよ」

答えるかわりに、玄馬は微笑した。

平八郎は、大きく日本刀を振りかぶってから、あっさりと、その切先を地面に突き立てた。

「どうした?」

「こんなものは邪魔なだけだ」

「へえ」

「持ってると、てめえをやるのに、手加減しちまうからだよ。こいつは、脅しとハッタリのためだけのもんだ」

平八郎は、大きく腰を落とした。

両手の指先をそろえて、鳥の嘴《くちばし》の型をつくる。

蟷螂拳《とうろうけん》――

平八郎が、台湾の雷《リー》老人から学んだ、中国拳法のひとつである。

「ほう……」

玄馬は、微笑を浮かべたまま、そこに突っ立っているだけである。

玄馬の眼が、小さく細められた。

月光が、玄馬の上から注ぎ、玄馬の双眸《そうぼう》の中に青く光っている。

平八郎は、玄馬を睨んだ。

眼と眼が合う。

「ゆっくり動くことだ」

ふいに、玄馬が言った。

「なに!?」

「ゆっくりと、来い」

玄馬の言葉の意味が、平八郎にはわからない。

「ちいいいっ！」

足を前に踏み出してゆく。

しかし――

足が動かない。

いや、動いてはいるのだが、ゆっくりとしか動いていないのだ。

自分の意志の十分の一程度のスピードしか出ないのである。

どうしたのか？

そう思っている間に、玄馬が迫ってきた。

無造作に、平八郎に向かって歩いてくる。

防禦《ぼうぎょ》を――

そう思う間もなく、眼の前に玄馬が立った。

蹴りだ。

右足で、相手の左足をはらいにいった。

しかし、蹴りとして出した右足が、のろのろとしか動かない。

いきなり、無防備な腹に、玄馬の拳《こぶし》が埋め込まれた。

うっと呻いて前かがみになろうとする顔面に、玄馬の左の膝が直撃した。

上に跳ねもどろうとする後頭部に、肘を打ちあててきた。

膝と肘とにはさまれて、平八郎はあっさりと地面の上に転がった。

あまりにも情けない――

そう思ったのは、しかし、ほんのわずかであった。

すぐに、平八郎の意識は遠くなった。

意識の消える寸前、平八郎は、小さく人の声を耳にしたように思った。

仰向けになって見あげる、頭上の、欅《けやき》の梢《こずえ》が大きく揺れて、そこに人影が見えたような気がした。

「昇月《しょうげつ》……」

誰かの声が、そんな言葉を言ったような気がする。

知っている人間の声であった。

しかし、意識の失《な》くなる寸前であったので、誰の声かはわからない。わかっているのは、知っている人間のそれだというくらいである。
だが——
昇月というのは何か？
人の名か、それとも、もっと別の意味を持った言葉なのか。
一瞬、その言葉について考えようとしたが、すぐに、それもわずらわしくなった。
平八郎は、頭上の月を眺めながら、気絶していた。
まだ、眼を開いたままであった。

第二章　虚　獣

1

七子《ななこ》の尻は、本当によく弾《はず》む。

白くて、弾力があって、リズム感がいい。

七子が上になって、その尻を弾ませている姿は、喰《た》べてしまいたいほど可愛い。

七子の尻を両手で押さえようとしても、弾みすぎるゴムまりのようにつかまえられない。

「七子はこれ好き」

弾ませながら、七子は言うのである。

「平ちゃんのこれ好き」

好き。

好き。

と言いながら、可愛い鼻をふくらませて、眉の間に、皺《しわ》を造るのである。

腰を動かすのである。

「可愛いなあ、七子よう」

平八郎が下から声をかけてやると、七子は凄く喜ぶ。

「七子は嬉しいよう」

そう言って、ひとつふたつやる。

それでも、七子の尻は止まらない。

「どうして欲しい？」

上から、そう、平八郎に訊くのである。

「こう？」

こう？

こう？

と、色々してくれるのである。

平八郎が素直に喜びの声をあげると、七子はもっと喜ぶ。

そしてまた、ひとつふたつゆく。

そういう七子を下から見るのが好きである。

両手を伸ばして、七子の乳房を握る。

この感触が好きである。
この弾力がいい。
いつ握っても、最高の味わいがある。
極上の果実のようだ。
乳首を指の間にはさんで、揉《も》む。
七子の声が、トーンをあげる。
平八郎が、下から浅く動きを送り込んでやると、また、ひとつふたつやる。
乳首の感触がまたいい。
それを、指でつまむ。
そうすると、七子は、半狂乱になる。
下から突いてやる。
もう、七子は動けなくなる。
身体を堅くして、白いきれいな喉を存分に見せてくれる。
たて続けにいってしまう。
「平ちゃん」
「平ちゃん」
「平ちゃん」

七子が言うのはそれだけだ。

平八郎の名前を呼び続ける。

最高に可愛い。

平八郎が、遠慮なく下から動きはじめると、七子は、平八郎の上に上半身をかぶせて、ただ平八郎にしがみつくだけになる。

「七子はいくよう」

七子は、いって、いきっ放しになる。

「おれもいくぜ」

平八郎が言うと、

「来て」

「来て」

先に行った七子が平八郎を呼ぶのである。

我を忘れてゆく。

たっぷりとゆく。

七子とのＳＥＸは最高に楽しい。

七子は、どんなに乱れても可愛さを失わない。

二十代半ばに見えるが、本当の七子の歳は、もう少し下のはずだ。

二十代の半ばよりちょっと手前ぐらいだろうか。

平八郎は、七子の本当の歳を知らない。

知らなくてもいいと思っている。

七子が可愛くて、SEXが充実してればそれで充分である。

七子は、気だてがいい。

わがままで、よく泣く。

それでも、そういうところを全部含めて、平八郎は七子が好きである。

他にも好きな女はいるし、やりたいと思っただけの女なら数えきれない。他の女ともやったことはいくどとなくある。

しかし——

七子ほどのパートナーはいない。

七子は、自分の人生を、手放しで平八郎に預けてしまっている。

他の女とは別れられても、平八郎は、七子とだけは別れられない。

これほどの女は、どこにもいない。

七子が愛《いとお》しかった。平八郎の夢は、七子に、最高級の服を着せてやることである。運転手付きのロールスロイスに乗って、最高のホテルの最高の料理を七子に喰わせてやりたいと思う。

最高のシャンペンで乾杯をし、最高のワインを飲む。

七子の眼の玉が、ころげ落ちるほどゴージャスなダイヤのネックレスを、七子にかけさせてやりたかった。

そんなことをすると、嬉しさのあまり、七子は、座り小便を洩らしてしまうだろう。

「平ちゃん、七子は嬉しいよう」

そう言ってしがみついてくる時の七子が好きである。

その七子の姿を見てみたいという欲望が、平八郎にはあるのである。

そのためにも、黄金が欲しい。

黄金を、他の人間に渡したくない。

偶然から手に入った黄金の勃起仏と、地図である。

それを手にしてから、心が普通ではない。

ときめいている。

真由美という、とびきりいい女もいる。

真由美も黄金も、誰にも渡したくない。

七子が、嬉しさのあまり、座り小便を洩らすのを見てみたかった。

平八郎は、可愛い七子の夢を見ていた。

ふっ、

と、眼が覚めた。
眼を開いていた。
最初に視界に入ったのは、灰色の天井であった。
一瞬、平八郎は、自分がどこにいるのかわからなかった。
自分と七子が暮らしているマンションの天井ではなかった。
どこか——
後頭部に痛みがあった。
そうか——
ゆっくりと、思い出してきた。
後頭部の痛みが、それを思い出させたのだ。
髪の長い男の顔——
玄馬だ。
赤木玄馬という男に、やられたのだ。
やられて、そのまま気絶してしまったのである。
「てめえっ!」
声をあげて、上半身を起こした。
見知らぬ部屋にいた。

ベッドの上であった。

スチール製のベッドだ。

八畳ほどの広さの部屋だ。

いや、部屋というよりは、物置きのような部屋だ。

調度品が何もない。

あるのは、この色気のないベッドと、スチールパイプの椅子がふたつ。スチールのテーブルがひとつ。

他には、何もない。

窓すらない。

天井と同じ色をした壁があり、その壁のひとつに、ドアがあるだけであった。

天井中央に、二本、蛍光灯の明りがあるだけである。

「どこだ、ここは？」

平八郎は、首を振って、ベッドの上にあぐらをかいた。

着ているものは、玄馬にやられた時のままであった。

靴を、まだ、履《は》いていた。

靴を履いたまま、寝かされていたのである。

身体の上には、毛布が一枚かかっている。

腹に、手をやった。
直接、シャツが手に触れる。
どきりと、心臓が跳ねあがった。
ない。
そこに巻いておいたはずの、ウェストバッグがなくなっていた。
あの、黄金の勃起仏が入っているはずのウェストバッグであった。
「どこへ行った?」
平八郎は、毛布を引きはがし、床に放り投げた。
ベッドの上にはない。
ベッドを降りる。
床は、コンクリートだった。
床に立って、ベッドの上を見る。
やはり、何もない。
床の毛布を拾いあげ、振る。
出てくるのは、埃《ほこり》ばかりである。
床に視線をやる。
ない。

毛布をベッドの上に放り投げて、ベッドの下を見る。

ない。

顔色を変えて、部屋中を捜した。

どこにもない。

あの、黄金仏を入れたウェストバッグが、完全に消え失《う》せていた。

むろん、落としたのではない。

いくら、闘いの最中でも、あの重い黄金仏の入ったウェストバッグを落として気づかないということはない。

微笑を唇に張りつかせた玄馬の顔が浮かんだ。

「あの野郎か!?」

平八郎は唸った。

あの玄馬が盗《と》ったのだ。

あの玄馬にやられ、気絶している間に奪われたのだ。

糞。

あの玄馬という男の、奇妙な技にやられたのだ。

技というよりは、術だ。

いったい、どういう術なのか。

〝ゆっくり〟

そう言われただけで、自分の動きが、急に鈍《にぶ》くなってしまったのだ。

催眠術の一種なのか。

とにかく、手足が自分のものでなくなってしまったようであった。

動かない。

それで、あっけなくやられてしまったのだ。

身体《からだ》さえまともに動けば、あんな野郎にやられるわけはなかったのだ。

やつが、あの奇妙な術を使うのを知ってさえいれば、なんとか、しようもあったのだ。

だが、初めて会った人間とケンカを始める時に、自分の得意な技やパターンを言うわけもない。

その意味では、平八郎と玄馬とは、五分《ごぶ》と五分《ごぶ》である。

五分と五分でやりあい、平八郎がやられて、黄金仏を盗られたのだ。

「糞ったれっ！」

平八郎が、ベッドの支柱を、靴底で蹴とばしたその時、ドアにノックがあった。

ドアのむこうに、人の気配が動いている。

鍵をまわした時の金属音が小さく響いて、ドアが開けられた。

最初に、その部屋に入ってきたのは、銃口であった。

次に、その銃を握っている手、腕、本人の順で入ってきた。
やけに眼の細い、痩せた男であった。
いやな眼つきで、斜めに人を見る。
その男の次が、身体つきのがっしりした、陽《ひ》に焼けた男であった。
剣英二《つるぎえいじ》である。
次が、あのザジであった。
その次が、赤木玄馬であった。
そして、最後に入ってきたのが、たっぷりと肉の余った和服姿の男であった。
その和服の男の体重は、一〇〇キロを越えていそうであった。
しかし、身長は人並みの一七〇センチくらいである。
かなり肉が余っている肉体であった。
額が、頭頂近くまで禿《は》げあがっている。
ぬめりとした光沢のある肌をしていた。
たっぷりポマードを塗った髪を、オールバックにしていた。
それにしても――
肉がたっぷりと余っている。
ふくらんで垂れた頬肉が、その口の中まで塞《ふさ》いでしまっているように見える。

この男の体重のほとんどは、脂肪であろうと、平八郎には思われた。

獄門会の会長である、鳴海容三《なるみようぞう》であった。

「お目覚めかね、地虫平八郎くん――」

鳴海容三は、ふたつある椅子のうちのひとつに腰を下ろして、そう言った。

「何者だ、てめえ!?」

平八郎が問うと、鳴海は、厚い唇を横に引いて、微笑した。

「鳴海容三という者だよ」

「鳴海だあ!?」

「わたしが、獄門会を仕切っておる」

静かに鳴海は言った。

「てめえが――」

「そうだ」

鳴海が、顎を引いてうなずいた。

「じゃ、てめえが、おれの仏像を盗りやがったんだな――」

「きみが、ウェストバッグに入れて持っていたものなら、たしかに、わたしが預からせてもらったよ」

「預けた覚えはねえ」

平八郎が言うと、鳴海は苦笑した。

「なかなか、おもしろいことを言う男だな、きみは――」

「けっ」

平八郎は、唾を床に吐き捨て、自分に向けられている銃口に目をやった。

暗い穴が、自分を凝《じ》っと見つめているのを見るのは、あまりいい気分のものではない。

平八郎は、その視線を、剣に移し、ザジに移し、次に玄馬に移した。

玄馬を数瞬ながめて、平八郎は、また、視線を、もとの銃口にもどした。

「さて、平八郎くん、そこのベッドの上に腰を下ろすなりして、くつろいでくれたまえ――」

鳴海が言った。

「きみには、色々と、訊きたいことがあったのだよ。それで、こうして来てもらったのだがね――」

「何だ、その訊きてえことってのは?」

「九州の田中家《たなか》のことだよ」

「へえ」

「そこのザジなどと対等に闘えるような坊主が、昨夜もいたそうじゃないか。おかげで、我々は、ンガジという大切な客分を失うことになった」

「何のことを言ってるのか、わからねえな」

「昨夜の連中は、九州の田中家の者なのだろう?」

「――」

平八郎は、むっつりと黙り込んだ。

それを見て、鳴海は、楽しそうに微笑した。

「とぼけなくてもいいんだよ。我々も、井本良平《いもとりょうへい》の『日本秘教史』くらいは眼を通しているんだから。だから、まあ、今のうちは、答えなくとも、別に痛い思いはしなくてすむんだけどね――」

ぞくりとするような声音《こわね》で、鳴海は言った。

「痛い思いってのはつまり――」

「つまり、きみが言いたくないことがあったとしても、こちらには、色々と、言わせるための覚悟があるってことだよ」

「なに!」

「そこのザジはね、爪と指で、人の肉を毟《むし》るのが好きなんだ。つい先日も、うちの若い者が、彼に顔を毟られてね。あっという間に、顔の肉を全部むかれて、骨まで見えるようにされてしまってね。なかなかぞくぞくする光景だったよ――」

鳴海は笑っていた。

ザジは笑ってはいない。

むっつりと、堅く押し黙ったまま、平八郎を見ていた。

「さて、では、もう一度訊こうかね。田中家というのは、いったい、どういう家なのかね。つい先日まで、きみは、その田中家にいたのだろう」

「工藤を脅《おど》して、色々と聴いたようだな――」

「まあね。しかし、彼も、思ったよりはがんばったよ。すぐに、自分から何もかもしゃべったというわけではない。こちらも、彼がしゃべりやすいように、それなりの努力をさせてもらいはしたがね」

「拷問《ごうもん》したか」

「一生懸命訊《たず》ねたということだよ」

「信じられねえな」

「なら、あなた自身が試してみるといい――」

「そのつもりはねえよ」

「では、まず、さきほど訊ねた件から話していただきましょうか」

「田中家についてか――」

平八郎が問うた。

「訊きたいことは、まだ、ある」

言ったのは、玄馬であった。

「昨夜、鬼猿という男が、昇月、とわたしを呼んでいたが……」

これまで黙っていた玄馬が、わざわざ鳴海の言葉に口を挟《はさ》むかたちで、問うてきたのである。

「……彼等は、わたしが何者であるかを知っているらしい。わたしは、それを知りたいのだ——」

玄馬は言った。

「そんなのは、こっちだって初耳だよ。何であんたの名前を、あの連中が知っているのか、おれが、あんたに訊きてえくらいだよ。そのくれえ、何で自分でわからねえんだ?」

平八郎は言った。

「わからぬ」

「何!?」

「わたしには、五年前より過去の記憶がないのだ」

玄馬は言った。

2

倒れた地虫平八郎を、玄馬は、上から静かに見下ろしていた。

平八郎は、俯《うつぶ》せに倒れている。

ウェストバッグが横にずれて、左脇に来ており、めくれあがった上着の下に、そのウェストバッグが見えていた。

ファスナーが、三分の一ほど開いていた。

そこに、黄色い金属光を、玄馬は見つけていた。

しゃがんで、指先を伸ばした。

冷たい金属の感触があった。

月光の青い光を浴びているが、それは、間違いのない黄金色を放っていた。

「これは――」

黄金の勃起仏であった。

その時、頭上の欅《けやき》の枝が、ざあっと音をたてて揺れた。

一本向こうの樹の梢から、何者かが宙を飛んで、こちらの枝に移ってきたのである。

「む――」

玄馬は、頭上を見あげた。

一本の枝が、風の中で上下に揺れていた。

その梢の葉の中に、小さな人影があった。

その人影が、じっと闇の宙空から玄馬を見つめている。

玄馬も、下からその人影を見つめた。

青い月光が、上から、玄馬の顔にそそいでいる。

「昇月《しょうげつ》……」

樹上の影が、低くつぶやいた。

「昇月だと!?」

「そうよ」

「それが、おれの名か」

「いかにも」

「おれの名を知っているぬしは、何者だ?」

玄馬が訊いた。

玄馬は、下から小さくつぶやいた。

「鬼猿《きざる》よ、見忘れたか――」

影が言った。

その影を、玄馬が見つめる。

「昇月、何故、ぬしがここにいる」

鬼猿が、玄馬に向かって言った。

「昇月――それがおれの名か――」

玄馬が低く、つぶやいた。

その時、さっき、鬼猿が飛んできた樹から、もうひとつの影が宙に舞った。

手足が、異様に長い影であった。

ざん、

と、その影が、鬼猿のいる樹上に飛び渡ってきた時、鬼猿が、樹上でその影を迎え撃っていた。

ざざ、
ざざ、
ざざ、

木の枝が大きくうねり、ふたつの影が、木の葉の中で、激しくからみ合った。

ザジと、鬼猿である。

その最中に、樹の下を、二人の男が走ってきた。

いずれも、さっき、ザジを追っていった男たちである。

「ムンボパは、すでに逃げました。ザジは逃げた男を追って——」

そこまで言いかけた男は、樹上を見あげた。

すぐに、男たちは、そこで何がおこっているかを理解した。

「そこに倒れている男を、車に乗せておけ。今夜のところは、ひとまず、用事はかたづいた——」

男たちが平八郎を抱えて持ちあげた。

「ンガジの屍体は？」

玄馬が声をかける。

「斎藤《さいとう》が、もう、車の方に運んでいます」

平八郎の脇を抱えた男が言った。

「よし……」

玄馬は言った。

「次は、おれの用事だ」

低くつぶやいて、玄馬は、深く身体を沈めた。

いったん縮んだ玄馬の身体が、ふいに、伸びた。

一番低い木の枝をつかむ。

玄馬の身体の重みで、その枝がぐりっとしなり、玄馬の身体が下がる。下がりきったその場所から、反動で、玄馬の身体が上に持ちあがってゆく。

その反動を利用して、さらに高い枝に、玄馬の身体が移動した。

それだけの動きを、玄馬は無造作にやってのけている。

その枝の上に、玄馬は立った。

立って、上下に身体を揺する。

枝が、上下に揺れて、だんだんとその上下の揺れの振幅を大きくしてゆく。

その上下動が、風の中で、さらに大きくなる。

ふいに、玄馬の身体が枝を離れた。

大きく玄馬の身体が宙に舞って、向こうの枝の中でもつれあっているふたつの影の方に飛んだ。

　ふしゅっ、

と、玄馬の唇から、強い呼気が洩れた。
小さな影が、枝を離れて大きく宙に飛んでいた。
その影が、宙で、一転、二転する。
三転して、地に降り立った。
片膝をついている。
右手で、左肩を押さえている。鬼猿であった。
ザジと闘っている最中に、横から、玄馬の蹴りを受けたのである。
ザジと、玄馬が、遅れて鬼猿の前に立った。
鬼猿に向かって、襲いかかろうとするザジを、玄馬が制止した。
「待て――」
しかし、ザジは止まろうとしない。
「ちいっ」
玄馬が、ザジに向かって、蹴りを放った。
ザジが、地に伏してそれをかわす。
膝をついた鬼猿。
地に伏したザジ。
立っている玄馬。

三人が、三様のかたちで睨み合った。

沈黙の後に、

「言え――」

玄馬が言った。

「さっき、おれを、昇月と呼んだな」

玄馬が問うた。

「言うた」

鬼猿が答える。

「おれの過去を知っているのか？」

「本当に、ぬしは、自分のことを覚えてはおらぬのか？」

「いない」

「裏密《うらみつ》の名も、楽翁尼《らくおうに》さまの名も覚えてないのか」

「覚えてない」

答えた玄馬に、

「つくづく、ぬしも業《ごう》の深い男よ。死んだと思うたに、生きていたばかりでなく、こうして再び裏密の秘事に関わってくるとはな――」

「言え、おれは誰なのだ？」

「我らの敵よ」

鬼猿が言った時、遠くから、クラクションの音が響いた。

「どうしました、鬼猿……」

鬼猿の後方から、ゆっくりと歩いてくる白い人影があった。

皎々《こうこう》と照る月光を濡れたように浴びて、そこに、蛇骨が立った。

鬼猿の横である。

「蛇骨……」

鬼猿が、その男の名をつぶやいた。

鬼猿の視線は、まだ、玄馬を見たままだ。

ザジもまた、鋭い殺意を込めた眼で、玄馬を見ている。

蛇骨の視線が、玄馬の上に止まった。

一瞬、軽い驚きの表情が、風のように蛇骨の顔を吹きぬけた。

「――――」

その蛇骨の顔を、玄馬が見た。

「ほう……」

玄馬が、声をあげた。

「おまえも、おれの顔を知っているようだな――」

静かな口調で玄馬が言った。

「昇月……」

「よくよく不思議な因縁《いんねん》があるらしいな」

玄馬は、蛇骨の顔を見つめながら言った。

「蛇骨、昇月は、記憶を失《な》くしている――」

鬼猿が言った。

「なるほど、そういうことですか――」

蛇骨は、そろりとつぶやいた。

「おまえたちと、おれと、どういう関わりがあるのだ?」

玄馬が訊いた。

蛇骨は、闇の中で、黙って、右手を上に持ちあげて、人差し指を立てた。

「あなたの額の、その傷――」

と、蛇骨は、自分の指先を自分の額にあてた。

「――その傷は、わたしがつけたものです」

蛇骨が、静かに言った。

「ぬう!?」

「覚えておられないとは、淋《さび》しいような、ほっとしたような気分ですよ」

蛇骨が言った時、

めりっ、

と、音が聴こえそうなほど、玄馬の内部に強い気が満ちた。

蛇骨が、反射的に、浅く腰を落としている。

その時、クラクションがまた鳴った。

「また、会おうぞ……」

玄馬が言った。

「いつ？」

蛇骨が訊く。

「近いうちにだ。この用事を済ませたらばな。いくらおれでも、この場で三人を相手にするつもりはない」

玄馬は、ちらりと、ザジに視線を走らせた。

「ゆくぞ——」

言うなり、玄馬は、クラクションの聴こえた方角に向かって走り出していた。

ザジが、それに合わせて疾《はし》る。

蛇骨と、鬼猿が、それを追って走り出した。

鬼猿が、すぐに呻き声をあげて、膝を落とす。

蛇骨が、独りで追う。

「待て、ぬしがいない間、あの女の安全はどうするのだ」

鬼猿が声をかけた。

「平八郎は？」

蛇骨が訊く。

「車の中に連れ込まれた」

「なに!?」

「平八郎の持っていた黄金仏もだ」

「しまった」

蛇骨は、とにかく、走った。

車が見えた。

黒ぬりの乗用車だ。

そのドアが開いており、玄馬とザジがその車に乗り込むところが見えた。

「ちいっ」

歩を早めたが、遅い。

追いつく寸前で、車が発進した。

「また会おうぞ――」

玄馬のその声を乗せて、車は、たちまち、闇の彼方に疾り去っていった。

第三章　昇　月

1

豪雨であった。

小石のような雨滴が全身に叩きつけてくる。

森の上も、森の底も、根こそぎ風が荒れ狂っている。

木の葉の全《すべ》てが、ちぎれ飛びそうであった。

春楡《はるにれ》の古木が、大きく身をよじって悶《もだ》えている。

分厚い雲が、凄い勢いで東へ流れてゆく。

黒い溶岩が流れてゆくさまを、地の底から、大地を透《す》かして見あげているようであった。

夕刻である。

まだ、夜にはなりきっていないはずであるのに、夜のように暗い。

風の方向は、一定ではなかった。

右から吹いてきたかと思うと、いきなり左から叩きつけてくる。次の瞬間には、それが前からぶつかってくる。

天が壊れて、どこからか、強烈なエネルギーが、こちらの世界へとめどなく流出してきているようであった。

その豪雨の中で、蛇骨は、ひとりの男と向かい合っていた。

長い髪の男であった。

眼に、刃物の光を宿した男である。

人間の姿をした獣《けもの》のような男だった。

この暴風雨の中で、その男の体内から盛りあがってくる強烈な気《い》の圧力が、間違いなく感じとれる。

昇月である。

昇月の黒い髪は、風に吹き飛ばされ、真横に走り、時には天に駆けあがり、時には黒い蛇のように昇月の顔に巻きつく。

蛇骨と昇月とは、約三メートルの距離を置いて向かい合っていた。

「やっと、会えましたね」

蛇骨が言うその声を、風が、蛇骨の口元からひきちぎって、夜の天空へ運んでゆく。

「やはり、おまえが追ってきていたのか──」

昇月が言う。

昇月のその声も、風にたちまちひきさらわれ、森の中へ四散してしまう。

「楽翁尼さまから、あなたを、裏密寺に連れもどすように言われています──」

蛇骨が言った。

「もどる気はない」

昇月が言う。

「力ずくでもと──」

「ほう」

昇月の唇に、笑みが浮く。

「おまえが、おれを力ずくでか──」

「はい」

「おまえにできるか?」

「やってみなければなんとも──」

「ならば、やってみるまでということになるか──」

ぎりっ、と、昇月の内部に、強い力がたわむ。

「お待ち下さい」

それを、蛇骨が制した。

「怖《お》じたか？」

「このたびのこと、楽翁尼さまは、深くお悲しみです。考えなおしてはいただけませんか
――」

「考えなおすだと？」

「そうです」

「蛇骨、おまえこそどうなのだ。考えなおしてみるつもりはないか？」

「なにを？」

「おれのように、裏密を捨てることをさ――」

「捨てる？」

「訊《き》くかよ、蛇骨――」

「はい」

「裏密が、我らに何をしてくれる」

「――」

「裏密の秘事を守り、裏密の密呪を学び、体術まで学び、そのあげくに何が待っているのだ――」

「――」

「何も待ってはおらぬ。我々は、ただ、老い、そして死んでゆくだけのものだ。よいのか、それで――」

「よいとは?」

「習い覚えた技を、存分に使《つこ》うてみたくはないのか、ということよ」

言われて、蛇骨の背に、おののきのようにひとつの戦慄《せんりつ》が走り抜ける。

「様々の技を身につけながら、我々は、それを使わずに老いてゆく。老いて死んでゆくのだ。空海が、唐より持ち帰ったものを、ただ、守り、先へと継いでゆくだけのことが、我らの役目。博物館や、古文書と同じよ。しかも、我らは、誰にも見られることのない博物館の陳列品だ――」

そうだと、蛇骨の内部でうなずくものがある。

「使うてみたかろう?」

昇月の囁《ささや》き声が、この風雨の中で、はっきりと蛇骨に届いてくる。

「我らの技を使えば、女は思いのままよ。金ものぞむがままに手に入る――」

「しかし、それが、人の法を犯すものであってよいのですか――」

蛇骨が言うと、

「ふふん――」

昇月が笑った。

「——小賢《こざか》しいことを言うて、本気か。本気でそう思うているか」

「——」

蛇骨は答えない。

「おれと共に来い——」

「ゆけば、また、裏密の誰かに追われることになります——」

「追ってきた者を、仲間にすればよい。仲間にできねば、殺せばよい——」

「そうやって、一生、それを続けてゆく気ですか?」

「はっきり言え、蛇骨。ぬしの中には、欲望がないのか。已《おの》れの技ひとつで、この世を押し渡ってゆこうという欲望はないのか——」

「ないと言えば、嘘になります。しかし——」

「しかし?」

「しかし、楽翁尼さまの許《もと》で技を守って暮らす、あの生き方も、わたしはそれほど苦痛ではないのです——」

「——」

「あなたは、楽翁尼さまを、犯そうとなされました」

「おう——」

昇月は、苦痛に満ちた呻き声をあげた。

「そうよ。おれは確かに、楽翁尼を犯そうとした――」

「それが果たせず、裏密寺を出られたのではありませんか」

蛇骨が言うと、昇月がくるおしく身をよじった。

「そうよ。おれは、あの楽翁尼に惚《ほ》れたのよ。惚れたればこそ、生命を賭《と》して、犯そうとしたのよ！」

昇月が吼《ほ》えた。

「それについては、楽翁尼さまは、許すとおっしゃられています」

「帰れるか!?」

昇月が言った。

「帰れば、あの身体を抱けるのか。帰れば、あの身体を自由にさせるのか。帰れば、おれに心をくれるというのか!?」

昇月が、天に向かって叫ぶ。

「楽翁尼さまは、誰のものでもありません。楽翁尼さまは、誰のものにもなりません――」

「おれに、おれの心を殺して、一生、あそこで生きてゆけというか?」

「――」

「どんなに、女を抱いたとて、心が晴れることなどなかったわ。どんなに、女を犯しぬいても、この心の裡《うち》の獣がしずまることなどなかったわ——」

「——」

「蛇骨よ。隠すな。ぬしも、楽翁尼を慕《しと》うておろうがよ」

「お慕いしています」

「抱きたいと思うておろうが」

「はい」

「あの口に、自分のそれを咥《くわ》えさせたいと思うであろうが」

「はい」

「犯したいと思うであろうが」

「はい」

蛇骨が答えると、昇月は、声をあげて笑った。

笑いながら、泣いていた。

「楽翁尼さまは、こう言われました。もし、昇月が、下界において、ただの人のごとく暮らすつもりであれば、追うなと。裏密の技を人知れず使うことあろうとも、多少のことには目をつぶれと。しかし、その行為に目に余るものあらば——」

「連れもどせ——か」

「はい」

「連れもどせねば、殺せと――」

「はい」

静かに、蛇骨が答えた。

「つまり、おれのしたことが、楽翁尼の目に余ったというわけだな」

また、昇月は笑った。

「あなたは、すでに、何人も人を殺《あや》めました――」

「おう、殺めたわい」

昇月は叫んだ。

その昇月を、蛇骨は静かに見つめていた。

「まるで、楽翁尼さまを悲しませるのが目的であるかのように、わたしには思われました――」

「その通りよ」

昇月は言った。

「それしか、あの女との絆《きずな》を保つ方法が、おれにはなかったのだ――」

暴風雨の中で、凄《すさ》まじい愛の告白がなされた。

「蛇骨、おれを殺せ。おれを殺して、おれの首をあの女の許に届けよ」

昇月の周囲で、巨樹が、天空に向かって激しく身をよじっている。

大地全体が、昇月に合わせ、天に向かって吼えているようであった。

「さもなくば、おれが、おまえを殺す。おまえを殺した後、また次の男が来ればそやつも殺す。いつか、楽翁尼本人がおれの前に現われてくるまでな――」

「しかたありません」

「おう、存分に殺し合うまでよ」

昇月は言った。

「わたしに、あなたの術は効《き》きません――」

「おれにも、ぬしの術は効かぬわ」

ふたりは、暴風雨の中で睨みあった。

さっきよりも、さらに闇が濃くなっている。

「互いに、体術の勝負――」

蛇骨が言った。

「来い」

昇月が、初めて、動いた。

蛇骨に向かって、疾《はし》った。

濡れた草が、昇月の足の動きを妨《さまた》げようとする。

しかし、昇月の動きにはよどみがない。

蛇骨は動かない。
昇月の攻撃を待っている。
三メートルの距離が、いっきに縮まった。

ぎいん、

金属音があがった。
昇月が、右手に、半月形の金属板を持っていた。
その金属板の弧《こ》の部分が刃物になっている。
弦《げん》の部分に、指を入れて握るための穴があいている。
そこに指を入れて、昇月はその金属板を握っているのである。
それで、昇月は、蛇骨の顔をねらってきたのである。
それを、蛇骨が、右手に握ったもので受けたのだ。
蛇骨が握っているのは、独鈷杵《とっこしょ》であった。
めまぐるしく、ふたりの身体が交叉《こうさ》する。
動きは、五分《ごぶ》だ。
優劣はない。

闘いの場が、森の中を、移動してゆく。
時に、闘いは、風で波のように揺れている樹上におよんだ。
「体力の勝負かよ」
昇月が言った。
「気力の勝負です」
蛇骨が答えた。
十五分。
二十分。
生命のやりとりの闘いを、これだけの時間闘えば、誰でも体力が続かなくなる。
緊張の連続で、精神が、その緊張を持続できなくなる。
それを、このふたりは持続させた。
三十分。
音が聴こえている。
風に騒ぐ、樹々の梢の音ではない。
叩きつけてくる雨の音ではない。
別の音だ。
闇が、さらに濃くなっている。

ほとんど、夜と同じだ。
その闇の中に、激しい音が聴こえているのである。
水の音だ。
どこかに、水が流れているのである。
森の奥だ。
渓《たに》があるのだ。
この雨のため、その渓を、大量の水が流れているのである。
ふいに、横手に広い空間が現われた。
水音が、蛇骨の耳を叩いた。
強烈な水の音であった。
重い音だ。
地面が、そのまま崩れ落ち続けているような音であった。
闇の底に、白い獣が荒れ狂っていた。
十メートルは下方である。
そこに、水が流れている。
水というよりは、半分は空気とブレンドされた泡だ。
水が、猛《たけ》っている。

雷に似た重い音が、絶え間なく地面を揺すっている。

水の中を、岩石が転げまわっているのである。

岩と岩とが、水の中でぶつかり合う、ぎいんという底にこもった音が響く。

こんな流れの中に落ちたら、たちまち肉は潰れ、骨は折れ、身体はばらばらになってわからなくなってしまうだろう。

その流れの縁に、闘いは移った。

相手の身体に、ダメージを与える闘いとは別に、相手をその水の中に落とす闘いにもなった。

落ちた方が死ぬ。

「いつの間に腕をあげた」

昇月が、蛇骨に言った。

「そちらの腕が落ちたのではありませんか」

蛇骨が笑った。

その時――

ふいに、ふたりの足元が崩れていた。

水が、川岸の土を大きく抉《えぐ》っていて、岸の下が空洞になっていたのである。

その上に、ふたりの体重がのって、そこが崩れたのだ。

横手の樹が、大きく傾いた。

「むう」

蛇骨は、倒れかかったその樹に飛びついた。

すでに、水の中に倒れたその樹は、先端を水の中に漬《つ》けていた。

根は、まだ岸に残っている。

水に押されて、樹の先端が、下流に押し流されてゆく。

いったん、岸から離れていた幹が、先端が流されることによって、また岸へ近づいてゆく。

その幹の上に蛇骨は立った。

同じ幹の、根に近い場所に、昇月がやはり立っていた。

しかし、どちらも動けない。

跳んで、岸へ移ろうとすれば、その瞬間に相手の攻撃を受けるからだ。

幹の動きが、途中で止まっていた。

幹が、水中の岩のどれかにひっかかったのだ。

たちまち、水流が盛りあがって、幹の上にかぶさってくる。

蛇骨は、枝のひとつにつかまって、その流れに耐えた。

腰まで、水がかぶさってくる。

枝につかまってなければ、とっくに流されている。

昇月の方は、根に近い場所——つまり川岸に近い上方の幹の上に立っているため、水はかぶっていない。

つかまる枝は、昇月にはない。

動けない——ということでは、状況は変ってはいない。

岸に跳べば、相手の攻撃を受けるということでは同じだ。

蛇骨は、左手で枝につかまり、右手に独鈷杵《とっこしょ》を握っている。

めきっ、
めきっ、

と、音がした。

水の圧力に耐えきれず、幹が悲鳴をあげているのである。

幹が、その音と共に、曲がりつつあった。

昇月の立っている場所と、蛇骨のいる場所との中間である。

折れたら——

蛇骨に待っているのは死である。

折れる前――折れた瞬間に勝負を決しなければならない。

「逃げぬのか?」

昇月が問うた。

蛇骨は答えない。

握っている枝に、体重を乗せて、たわめる。

もしかしたら、なんとかなるかもしれない。

曲げた枝に足を乗せ、その反動を利用して宙に跳ぶ。

膝ぐらいの深さの水中から、枝の反動を利用して跳ぶのと同じだ。

おそらく、今、昇月が立っている場所くらいまでは跳べよう。

しかし、そこに降り立つには、今、そこに立っている昇月を倒さねばならない。

この幹が折れる時――

その時が勝負であった。

蛇骨が、唇に、薄く笑みを浮かべたその瞬間、はじけるような音をたてて、幹が折れていた。

その瞬間に、蛇骨は、高だかと宙に舞っていた。

昇月が予想したよりも、枝の反動の分だけ、さらに高い宙に、蛇骨はいた。

しゃ!

ふん!

同時に、蛇骨の唇と、昇月の唇から、鋭い呼気が洩れていた。

蛇骨の手から、独鈷杵《どっこしょ》が飛び、昇月の手から、半月形の金属板が飛んだ。

昇月の投げた金属板は、蛇骨の、右脚の太股にめり込んでいた。

蛇骨の投げた独鈷杵は、昇月の額に向かって宙を疾《はし》った。

昇月もまた、宙にいた。

大きく後方に跳んだのだ。

その昇月の動きを読んだかのように、昇月の額に向かって、蛇骨の投げた独鈷杵が疾る。

昇月は、顔をねじり、左掌を額の前にかざして、その独鈷杵の攻撃を受けようとした。

その昇月の左掌を貫《つらぬ》いて、独鈷杵は、昇月の額を、斜めにかすめていた。

額に潜《もぐ》りはしなかったが、毛の生えぎわから額にかけてを、独鈷杵がえぐっていた。

宙で、昇月がバランスを崩した。

昇月は、幹の上にいったん落ち、そして、たちまち、かぶさってくる水に押されて、激流の中に姿を消した。

蛇骨は、浅く水をかぶっている樹の幹を蹴って、岸に降り立っていた。

すでに、昇月はどこに流されたか、その痕跡《こんせき》すらわからなくなっている。

強烈な風と、雨に、その身をさらしながら、蛇骨は、そこに立ち尽くしていた。

2

低い、車のエンジン音が、車内を満たしている。

ワンボックスカーである。

ハンドルを握っているのは、銀次であった。

助手席に、鬼猿が座っている。

後方の座席の全てを倒しているため、運転席より後方は、ひとつの室内のようになっている。

その上に、蒲団が敷かれ、その蒲団の中で、小沢がこんこんと眠っている。

その横に、座椅子を置いて、そこに真由美が座っている。

真由美は、しばらく小沢の顔を見つめたり、窓の外に眼をやったり、時おり、銀次と鬼猿に声をかけたりしている。

そして、一番奥には、やはり、薬で眠らされている工藤が、そこで、横になっている。

工藤の身体は、ロープで縛られている。

走っているのは、名神高速である。

そろそろ、京都にさしかかるあたりであった。

九州へ向かっている最中であった。

乗っているのは、その五人だけである。

地虫平八郎も、蛇骨もいない。

平八郎は、昨夜、別荘に押し入ってきた連中に捕えられたままだ。

「大丈夫かしら、地虫さん……」

真由美が、ぽつりと、不安そうな声をあげた。

「大丈夫でしょう。蛇骨が残りましたから」

鬼猿が言った。

「でも……」

「生きているものなら、蛇骨が必ず救い出しますよ——」

「死んでいたら?」

「そんなことはないでしょう。殺すつもりなら、昨夜のうちに殺しているでしょうから。

捕えていったということは、あの男を、生かしておくということです」

「何のために?」

「色々と訊くためでしょう。ことによったら、我々のことなどをね」

「地虫さん、言ってしまうでしょうか?」

「何を?」

「ですから、裏密寺《うらみつでら》のこととか、あなたたちのことです」

「かまいませんよ。どうせ、知られて困ることは、話してはいませんからね」

「では、地虫さんがしゃべってしまうと考えてるわけですね」

「しゃべってしまうでしょう」

「やはり……」

「ただ、地虫さんも、賢明な方であれば、どうして、自分がここで生かされているのかすぐにわかるでしょう。そうなれば、同じ話すにしても、できるだけ小出しにして時間を稼ぐ手には出るはずでしょう――」

鬼猿は言った。

「色々、こちらも、獄門会の事務所やビルについては調べてありますし、東京になら、協力してくれる人間もいないわけではありません――」

鬼猿は、いったん後方を振り返り、真由美と視線を合わせてから、

「しかし……」

鬼猿が、口ごもった。

「何ですか?」

「問題は、昇月——玄馬です」

そう言って、鬼猿は、また前方を見やった。

「玄馬——」

「我々が、昇月と呼んでいた男が、向こうにいる……」

独り言のように、鬼猿がつぶやいた。

「どういう人だったんですか？」

真由美が問うと、鬼猿は、少し押し黙った。

しばらくして、決心がついたように、鬼猿が口を開いた。

「昇月は、一種の天才でした。優れた素質と技を持っていた……」

「はい」

「しかし、昇月は、欲望が強すぎました。己れの力を、世の中で使ってみたいと、いつも考えていました——」

「それで——」

「五年前、昇月は、寺を出て、俗世に降りました。それにはもちろん、きっかけがありましたが——」

「どんなきっかけですか？」

「楽翁尼さまを犯そうとして、失敗したのです——」

鬼猿が言った。

「まあ」

真由美は、驚きの声をあげた。

楽翁尼の顔が、脳裏にまざまざと浮かんだからだ。

楽翁尼は、まるで、人形のようであった。

外見は、六歳くらいの少女にしか見えない。

真由美の前に、楽翁尼が初めて姿を現わした時、楽翁尼は、黒い和服を着ていた。

帯も、帯締も、足袋《たび》までもが黒かった。

癖のない髪も、漆黒《しっこく》であった。

肌の色だけが白かった。

その白の内側に、夜の闇が透けて見える白であった。

頬には、白粉《おしろい》を塗り、薄紅を点《さ》してあった。

唇は、血の赤だ。

唇を、白い、小さなその歯で噛んで、その血を塗ったようであった。

髪を、きれいに苅《か》りそろえてあるため、人形のように見えた。

鼻は小さく、切れ長の眼をしていた。

黒い瞳の奥に、無数の針の先端が、こちらを向いたような光が宿っていた。

どこから見ても、あどけない少女のはずであった。

しかし、その楽翁尼の周囲に満ちているのは、六歳の少女のそれではなかった。

大人のそれだ。

唇を開いてしゃべると、声そのものは、外見通りの少女のものであるのに、そのリズム、抑揚《よくよう》、しゃべり方、間《ま》、あらゆるものが、歳経《としへ》た大人の女のそれであった。

その楽翁尼を、昇月が犯そうとしたという話を耳にして、真由美は信じられない顔つきになったのである。

「本当のことです」

鬼猿が念を押した。

「昇月は、下界へ降りて、盗みを働きました。銀行員を眠らせておいて、その金を奪ったり、独りで暮らしている女の部屋へ押し入っては、女を犯したりしたのです。それだけでなく、昇月は、ついに、そういう女たちの何人かを、殺したりしたのです――」

「殺した？」

「裏密の秘儀を、その女の屍体を使って行ったのです。一般にはわかりませんが、その屍体を見れば、我々には何が行われたかがわかります――」

「――――」

「それで、ついに、楽翁尼さまが、昇月を抹殺する決心をされたのです……」

「――――」

「その役目を受けたのが、蛇骨です――」

「それで?」

「蛇骨は、昇月を赤石山脈に追いつめ、そこでふたりは闘うことになりました。結局、闘いの最中に、昇月は、渓《たに》の濁流に呑《の》まれ、姿が見えなくなりました。流されれば、まず、助かりようのない濁流です。それ以来、昇月の噂も何も出ないことから、昇月はてっきり死んだものと我々は考えていたのですが――」

「生きていたのですね」

「そうです。記憶を失くして、生きていました。しかも、我々の敵として――」

鬼猿は言った。

真由美は、言う言葉がなかった。

沈黙の中で、エンジン音だけが、低く響いていた。

第四章　拳　神

1

渋谷——
駅前から道玄坂にかけて、人が溢《あふ》れている。
どこを見ても人だらけだ。
ＯＬ。
サラリーマン。
学生。
若者が多かった。
駅前の信号が変わるたびに、駅から吐き出された人が、街へ散ってゆく。
夜——

仕事の終わった人々が、一杯酒を飲んで食事をし、次にどこへ行こうかと、うろうろし始める頃である。

その人混《ひとご》みの中を、ひとりの老人が歩いている。

六十代後半というところだろうか。

背は、それほど大きくはない。

周囲を歩いている若者たちに混ざると、拳ひとつか、ひとつ半ほど小さい。

ゆったりとしたズボンに、ゆったりとしたシャツを着ている。ズボンやシャツは、空気を着込んでいるように、ふんわりふくらんでいる。

白髪の老人であった。

柔和な顔をしている。

まるで、眼の前に、孫がいて遊んでいるのを眺めているような顔だ。

老人は、さっきから、しきりに、ほう、ほうと、周囲を見ては讃嘆《さんたん》の声をあげながら歩いている。

道玄坂を登ってゆく。

人と光の渦《うず》だ。

老人は、何かを捜しているらしい。

少し行った所で、人だかりがあった。

歩道で、多勢の人間が輪《わ》を造っている。

その輪は、車道の一部にまではみ出していた。

感情を逆立てた声が、その輪の中からあがっている。

男の声だ。

何人かの男が、その輪の中で争っているらしい。

「ちょいと、ごめんなさいよ……」

ごめんなさい、
ごめんなさい、
そう言いながら、老人は、水のようにするすると、その人の輪の中に入って行った。

輪の内側に出た。

そこに、五人の男がいた。

男がふたり。

警官が三人。

ふたりの男は、もう、この時間でだいぶ酒が入っているらしい。

そのふたりに、警官がしがみついては、あっさりと突き飛ばされるという光景が、老人の目の前で、何度か展開した。

「ははあ――」

老人にも、おおまかのところがのみこめた。

何度か同じ光景が展開するなかでのやりとりで、それがわかってきた。

ふたりが、酒に酔ってケンカになったのだ。どこかの店から出てきて、ケンカを始めたところへ、警官がやってきたものらしい。

店で始まったケンカのため、店の何かがすでに壊されていることも、わかった。

店の人間が、警察へ通報し、ここへ警官が駆けつけたというところらしかった。

しかし――

見ていると、なさけないほどに、警官に分《ぶ》が悪い。

ひと通りは逮捕術を学んでいるはずなのだが、それが、あっさりと男たちにはじき飛ばされている。

ふたりとも、身体が大きかった。

特に、一方の男は、相撲取り並の身体をしていた。

単純に身体の大きな人間が暴《あば》れるだけで、警官もどうしようもないのだ。

後ろからしがみついて、別の警官が手を取ろうとしても、その腕は丸太のようである。

腕を振り回せば、警官が身体ごと動いて飛ばされる。

もうひとりの男も、身体つきはがっしりとしていて、身体の大きな男から見ればひとまわり小さいが、普通の人間よりはずっと強そうである。

「見せもんじゃねえぞ！」

「こらあ」

時おり、大声をあげて、見物人を威嚇《いかく》するが、見物人は増えるばかりである。

警官のひとりは、途方《とほう》にくれたあげくに、警棒を抜いた。

それで、身体の各部にある急所を突けばいいのだが、最初の一撃がうまく決まらないと大変なことになる。

ましてや、酔っぱらい相手に、いちいち警棒は使うわけにはいかない。

半分は脅《おど》しの意味であったのだが、それを、目ざとく、巨漢が見つけた。

「こらあ、なんだ、それは！」

「それで、市民をぶん殴るつもりかよ！」

ふたりの男の間には、なんとなく、連帯感のようなものが生まれつつあった。

見物人の中には、笑いながら、腕を組んでその光景を見ている者もいる。

「何を笑ってやがる――」

巨漢でない方の男が、その男の笑みをとがめて、胸倉をつかんだ。

顔に、拳を叩き込んだ。

「いかんな、こりゃ――」

それを眺めていた老人は、小さくつぶやいて、ひょいひょいと、軽い足どりで歩き出した。

「おい、もうやめなさい」

老人が、まだ、笑った男の胸倉をつかんでいる男の後方に立って、その肩を叩いた。

「てめえ、この！」

酔った男が、振り向きざまに、腰の入ったいいパンチを、老人に向かって突き出してきた。

首を沈めて、ひょい、と老人はそのパンチをくぐって、前に踏み出した。

老人は、男の懐《ふところ》に入り込んで右掌を男の胸にあてた。

軽く、押したように見えた。

まるで、ただ触れたという、それだけの動作のように見えた。

それだけで、男の身体が大きく後方にふっ飛んでいた。

飛ばされた男は、仰向けに歩道の上に転がった。

「こ、こ、この——」

男は、起きあがろうとするが、大きく胸を上下させて喘《あえ》ぐばかりで起きあがれない。

巨漢が、その光景を見た。

「爺い、何をしやがる！」

巨漢が言った。

「大人しくしなさい。わしはちと道を急いでおるのでな」

「なんだと？」

「おまわりさんに道を訊きたいのだが、おまえたちが大人しくせんものだから、おまわりさんはとてもわしの相手などはしておられないではないか――」

老人が、とぼけた声で言った。

微《かす》かに、中国訛りのある日本語であった。

それが、かえって、その男を馬鹿にしているようにも聴こえる。

「危ない」

「退がって――」

警官がその老人に言った時には、巨漢が、老人に向かって右手を伸ばしてきた。

殴ろうとする動きではなく、つかもうとする動きであった。

それを、老人が、軽くさばいて巨漢の横にまわった。

その老人の動きを追って、巨漢が身体を回す。

その瞬間に、老人の足が動いた。

足を、巨漢の足に引っかけて、自分の身体を回したのと同じ方向に、とん、と巨漢の身体を押した。

あっけなく、嘘のように、巨漢の身体が転がった。

倒れた巨漢の首の横を、老人が、かがみ込んで右手の人差し指で突いた。

そのまま、巨漢は、動かなくなった。

「う、動かない」

巨漢は、初めて情けない声をあげた。

「ど、どうしたんだ!?」

「十五分もすれば、すぐ動けるようになる」

老人は、ぱんぱんと、軽く両手を叩《はた》いて身を起こし、三人の警官を見た。

何か言おうとする警官の言葉を制するように、

「ところで……」

老人が唇を開いた。

「道をお訊ねしたいのだが、教えてもらえますかな」

老人が言った。

「はい」

警官のひとりが、いい返事をした。

「ヌードシアター・あやめ劇場というところへゆきたいのだが、どうゆけばよろしいのかな」

中国訛りのある言葉で、はっきりと老人はそう言った。

老人。

雷祥雲《リースーウン》——

台湾で、地虫平八郎に中国拳法を教えた老人であった。

2

村山《むらやま》七子は、その夜、舞台を休んだ。

夕刻の部は、きちんと舞台を務めたのだが、夜は、もう、駄目であった。

この二日間を、村山七子は泣いてすごした。

地虫平八郎がいないからである。

ただいないだけではない。

いないだけのことなら、これまでに何度もあった。

他に女を造って、そっちの女の所へ行っていた時もあった。それは、哀しいことではあったが、我慢した。

地虫平八郎が、自分のことを一番気に入ってくれていることを知っているからである。

〝七子のここが一番気持がいい〟

そう言う地虫平八郎の言葉は、嘘ではないと思っている。

お金や、女のことでは、平八郎は嘘をつくが、ＳＥＸのことでは、平八郎は嘘をつかない。

気持がよくないのに気持がいいなどとは、平八郎は言わない。

平八郎が気持がいいというのは、本当に気持がいいからだ。

平八郎が、〝七子のここが一番気持がいい〟と言えば、本当に、自分のそこが一番気持がいいからだ。

〝七子が一番である〟

いつも、平八郎はそう言う。

他の女の所へ行った時は、平八郎は特別に優しくなる。

平八郎が、他の女の所へ行くのは哀しい。行ってもらいたくない。嫉妬をする。

しかし、その後の、平八郎の優しさも、嫌いではない。

優しい平八郎が好きである。

ケンカをする時もあるが、自分たちは、それなりにうまくやってきたと思っている。

ケンカの後に、急に優しくなる平八郎が好きだった。

平八郎は、助平であった。

男はみんな助平だと思っているが、平八郎は特に助平なのではないか。

その助平な平八郎が好きであった。

助平ということで言うなら、自分も相当に助平ではないかと、七子は思っている。

SEXが好きだ。

もっと正確に言うなら、平八郎とするSEXが好きなのである。

自分が助平になればなるほど、平八郎は喜んでくれる。子供のように喜ぶ。喜ぶその平八郎の顔を見るのが好きだった。

他の女と会ってきた時、平八郎は、どこかはにかんでいる。

あまりうまくない嘘をつく。

そういう平八郎は可愛い。

平八郎は、自分のことを可愛い可愛いとよく言うが、平八郎も、子供のようなところがある。

どこか、茫洋《ぼうよう》としたところがあるかと思うと、やけに、金に意地汚なかったりする。

そういうものの何もかもが好きであった。

平八郎に嫉妬している自分も、自分は好きなのかもしれないと七子は思う。

平八郎といると、自分が、どんどん可愛い女になってゆくような気がする。

可愛い女になってゆく自分が好きであった。

しかし、その平八郎がいない。

獄門会の人間に捕えられたのだという。

何故、捕えられたのか？

そのことを教えてくれた銀次は、はっきりしたことを教えてくれない。

厄介なトラブルに巻き込まれたのだという。

言ってくれたのはそれだけだ。

その銀次は、今は九州である。

平八郎はどうなってしまうのか。

蛇骨という男が、平八郎を救うために動いているという。そのことも、七子は、銀次から聴いている。

もう、平八郎を救い出してくれたのだろうか。

獄門会と言えば、都内では知られた極道《ヤクザ》の組織である。

そこに拉致《らち》されたというのでは、もう、平八郎の生命はないのではないか。

平八郎がいなくなったら、自分はどうしたらいいのか。

平八郎のいない生活は考えられない。

こういう気持のまま、舞台にはあがれない。

平八郎が、生命を失くすかもしれないという時に、他の男たちに大切な場所をさらして金を稼ぐのは耐えられない。

プロとしては失格である。

失格であるが、どうしようもない。

――来てくれるだろうか。

と、七子は思っている。

雷祥雲《リースーウン》がである。

昨日、あやめ劇場の関係者が、台湾へ出発している。

毎年、今頃になると、ローテーションを組んで、二度に分けて台湾へ旅行にゆくのである。

社員旅行のようなものだ。

七子の番は、来週であった。

半分は、昨日、台湾へ出発した。

その人間に、手紙を頼んだ。

雷祥雲《リースーウン》にあてた手紙である。

助けて下さいと、その手紙に書いた。

地虫平八郎が、ヤクザ連中に捕えられてしまった。殺されてしまうかもしれない。だから助けて欲しいと書いた。

日本語である。

雷祥雲《リースーウン》が、日本語ができることを、七子は知っている。

台湾の老人の多くは、日本語ができるのだ。
七子にできることは、それくらいであった。
それしか思いつかなかった。
雷《リー》老人について、七子が知っていることは、雷《リー》が強いということである。
とてつもなく強い。
地虫平八郎でさえ、かなわない。
あの、雷祥雲《リースーウン》なら、獄門会から、平八郎を救い出してくれるのではないか。
そう思ったのだ。
すがれるのは、今は、雷祥雲《リースーウン》しかいない。
だから、手紙を書いたのだ。
預金を下ろした。
百万円の現金を、その手紙にそえた。
このお金で、平八郎を助けて下さいと書いた。
全財産ではない。
全財産の半分近くである。
全財産ではない――ということが、少し後ろめたい気がする。
少し、セコいかと思う。

そのセコさがばれて、雷祥雲《リースーウン》が怒ったらどうしようとも思っている。

とにかく、全財産にすべきであったか？

そんなことも考えている。

何か、平八郎がいない悲しみのあまり、とんでもない非常識なことをしてしまったような気もする。

よくわからない。

わかっているのは、平八郎がいないということだ。

その生命までが危ないということだ。

とにかく、劇場を出ることにした。

マンションへ帰る。

マンションへ帰ったからといって、それでどうにかなるわけではないが、ひとまず、マンションへ帰るという行為をすることで、一時、気はまぎれるかもしれない。

外へ出た。

渋谷だ。

無数の人間が動いている。

ネオンの色が、きらきらと眩《まぶ》しい。

少し歩いた所で、後方から呼び止められた。

「村山七子さんかい」

七子は、立ち止まって、後方を振り向いた。

ふたりの男が立っていた。

スーツを着た男たちだった。

パンチパーマをかけている。

職業が、すぐにわかる男たちであった。

「はい!?」

うなずくと、ひとりの男が、すっと動いて七子の後方にまわった。

「ちょっと、一緒に来てもらいたいんだけどね」

正面の男が言った。

言ったとたんに、男の後ろに停《と》まっていた車がするすると滑り出して、七子の横に来て停まった。

正面の男が、七子に向かって歩いてくる。

七子には、自分に、今、何がおころうとしているのかわかった。

拉致《らち》されようとしているのだ。

獄門会!?

その名が頭に閃《ひらめ》いた。

走って、正面の男の横を走り抜けようとした。
右腕をつかまれていた。
強い力だ。
痛いくらいであった。
「離して！」
叫んだ。
口を塞がれた。
抱えられた。
車のドアが開く。
その車の中に押し込められようとした時、
うっ、
という男の低い呻き声が聴こえた。
力がゆるんだ。
自由になった。
自分の足元に、自分を抱えていた男が倒れていた。
その横に、見覚えのある老人が立っていた。
飄々《ひょうひょう》とした表情の老人——

雷祥雲《リースーウン》であった。

「雷《リー》さん！」

七子は叫んだ。

「危ないところじゃった。なにやら、本当に、とんでもないことに、巻き込まれておるようじゃな――」

雷祥雲《リースーウン》が言った。

「何だ、爺い!?」

もうひとりの男が言ったが、雷祥雲《リースーウン》は、その男の言葉を無視した。

「百万もの金を、突然に送りつけてきて、いったいどうなっておるのかと思うてたのよ。まあ、東京に行ってみて、何事もないのならついでに東京見物をして帰ろうかとも思うていたのだが、そうもいかぬようだなあ――」

雷祥雲《リースーウン》が言っている間に、運転席から男が降りてきた。

「どこの爺いだ!?」

「邪魔をすると、痛《いて》え目に会うことになるぜ――」

ふたりが言った。

雷《リー》老人は、ようやくそのふたりに眼を向けた。

「おまえたちか、わしの、不肖《ふしょう》の弟子をかどわかしたのは――」

「なに!?」

ふたりの男が、身構えた時には、もう、雷老人《リー》は動いていた。

すっ、

と、まず、一方の男の懐に入って、肘で横腹を突いた。

それだけで、その男は、あっけなく膝をついた。

「爺い!」

残った男が、雷祥雲《リースーウン》に、蹴りを入れてきた。

右手首を軽く回してそれを受けると、その蹴りが、あっさりと横へ流された。

「よし、あんただ」

雷老人《リー》は言って、次の男のパンチをひょいと身を沈めてかわし、男の背後に回り込んでいた。

右手の指で、男の後頭部を軽く突いた。

それだけで、男は、あっさりと膝をついていた。

眼を開いたまま、気を失っていた。

「よいしょ」

と、雷老人《リー》は、その男を、無造作に肩に担《かつ》ぎあげた。

「さあ、行こうかね、七子ちゃん。あんたの家はどっちだね――」

集まった見物人を掻き分けるようにして、雷老人《リー》は歩き出した。

「違います。こっちです」

七子が、雷老人《リー》の背に声をかける。

「ああ、そうかね」

雷老人《リー》は、そう言って、飄々と、反対の方向に歩き出した。

「待って――」

七子は、あわてて、雷老人《リー》の後を追った。

見物人たちは、あっけにとられたように、ふたりの後ろ姿を見送っていた。

ふたりが消えた後には、ふたりの男が、だらしない格好で、そこに倒れているばかりであった。

第五章　黒《くろ》 密《みつ》

1

暗い、洞窟の中に、五人は閉じ込められていた。

天然の洞窟に、人の手が加えられたものだ。入口に、丸太を組んで造った格子《こうし》がはめられている。

牢である。

格子の一部が、開閉できるようになっているが、それは、きっちりと閉じられていた。

丸太の交わっている部分を固定しているのは、蔓《つる》のようであった。蔓で、丸太の交わっている部分を、縛ってあるのである。

丸太の、交わっているその部分が、それぞれに浅く削られており、そこを嚙み合わせて、なお、その上から蔓で縛ってあるのである。

頑丈《がんじょう》な造りだ。

手では、まず、ほどけまい。

重い鉈《なた》でもあれば、何度かそれを打ち込めば、蔓は切れる。

しかし、脱出するには、何ヵ所にもわたってその作業をせねばならず、音をたてずにその作業をすることは不可能である。

槍を持った、黒人の見張りがいる。

その黒人が、すぐに気づくだろう。

鉈を一回打ち込んで、見張りの黒人に気づかれ、外側から、槍で突かれて傷を負わされるのがおちだ。

いや、傷も何も、まず、その鉈がないのである。

ナイフもない。

ライフルもカメラも、パスポートも、あらゆるものがとりあげられていた。

五人が持っているものは、自分の肉体と、身につけている服と、そして、靴くらいである。

五人——

佐川義昭。

剣英二。

皆川達男。

小沢秀夫。

加倉周一。

その五人である。

日本から、マヌントゥ調査のためにやってきた五人である。

佐川義昭は、五十代の半ばになる動物学者である。専門は生態学で、佐川の主な研究対象はゴリラである。

剣英二は、三十七歳のハンターだ。佐川に雇われて、アフリカの、このナラザニアまでやってきた男だ。

皆川達男は、二十八歳。佐川に、東亜大学で佐川に動物生態学――主として、ゴリラについてのそれを学んだ。

小沢秀夫は、ナラザニアの主言語であるバントゥー語の通訳で、三十五歳。

加倉周一は、カメラマンで、今回の調査隊についてきた男だ。二十七歳。佐川の娘の真由美の恋人である。

一行五人の表向きの名目は、ナラザニアのジャングルに棲《す》むマウンテンゴリラの調査となっているが、真の目的は、マヌントゥの調査である。

マヌントゥ――

アフリカ版の雪男《イエティ》である。

ゴリラよりは小さく、人よりは大きな、その二足歩行の生き物を、原地の人間が、何人も、見たと報告をしている。

佐川義昭自身も、そのマヌントゥを、ゴリラの調査中に目撃している。

全身に体毛をはやした、ゴリラでも人でもない二足歩行の生物——佐川は、それを、生きたミッシングリンクだろうと考えた。

ミッシングリンク——直訳すると〝失われた環《わ》〟のことである。

生物の系統を鎖の環と見たてた場合、その一連の鎖の切れめ——その環の欠けた部分に想定される未発見の化石生物をその名で呼ぶ。

始祖鳥や、アウストラロピテクスの化石は、そのひとつの例だ。

たとえば、ヒト属の最古の生物であるとされているホモ・ハビリスの化石は、アフリカの東部で発見されている。

およそ、百万年から二百万年前に、この地上に生きていた人類の祖先であると考えられている。

人類と呼ばれる生命が、この世に最初に誕生したのはどこかということになると、それは、おそらくアフリカ大陸であろうというのが、現在の定説である。

超古代の生命が、今も、生きているとすれば、その地がアフリカであるというのは少しも不思議なことではない。

まだ未発見の動物がいる可能性が、最も高いとされているのが、南米のアマゾンのジャングルと、このアフリカのジャングルである。

ちなみに、生きた化石と呼ばれるシーラカンスは、アフリカに近いマダガスカル島の近海で発見されている。

ナラザニアや、その周辺の国で、昔から現在まで何度も原地人の目撃談が伝えられている生物に、〝ムベンベ〟がいる。

これは、水辺に棲む、巨大な爬虫類《はちゅうるい》である。

巨大な鰐《わに》でもなければ、蛇でもない。

鰐も蛇も見慣れている原地の人間が、そうではないと、はっきり言うのである。

ムベンベは、太古の時代より生き残っている恐竜の一種ではないかと考えている学者もいるのである。

ムベンベも、マヌントゥも、原地の人間たちにとっては、神聖な生物だ。

森の精霊と、原地の人間は、マヌントゥのことを呼んでいるのである。

生きたミッシングリンクであるかもしれないマヌントゥがいるという確かな証拠を手に入れるのが、この調査隊の目的であった。

一行は、ジャングルの中で、そのマヌントゥと出会った。

その時、マヌントゥにむかって、剣が発砲した。

それを怒って、原地の案内人が、同行を拒否した。逃げ出したポーターもいる。

それで、五人は、案内人をそこに待たせて、姿を消したマヌントゥの後を追ったのだった。

五人は、ジャングルの中で道に迷《まよ》った。

三日でもどるはずが、もどれなくなり、何日も、ジャングルの中でさまよった。

その時、加倉がジャングルの中で発見したものがあった。

それは、石造りの、獅子《しし》の頭部であった。

加倉は、それとよく似たものをインドのサールナート博物館で見たと言った。

古代インドのマウリヤ王朝の王であるアショカ王が、インドの各地にある仏陀ゆかりの地に、それを記念する意味の碑を建てた。

そのアショカ王の碑にそっくりだと、加倉は言った。

五人は、さらにジャングルをさまよった。

マケホ川の支流らしい川に沿って歩くうちに、一行は、太鼓の音を耳にした。その音に誘われるように歩いてゆくと、岩山に出た。

その岩山の岩肌には、なんと、股間の男根を直立させた仏陀の座像が描かれていたのである。

洞窟があった。
その洞窟の奥で、五人は奇怪な光景を見た。
等身大の、黄金の勃起仏の前で、狂ったように交合する、黒人の男女の群――
それを見た時、五人は、宙に浮かんだ白髪の老婆に発見されたのである。

2

異様な声と喚声《かんせい》の渦で、洞窟内が満たされた。
クァナ！
クァナ！
ガゴル！
ガゴル！
「逃げろっ」
誰が叫んだかはわからない。
全員が出口に向かって走り出していた。
洞窟を出る。
闇が、濃くなっている。

西の、地平線に近い空に、残照が残っているくらいである。

空に、鋭い針先のように、点々と星がきらめきつつあった。

正面のジャングルの上に、大きな、橙《だいだい》色の月が、熟《う》れた果実のように浮かんでいた。

岩肌の斜面を、滑るように駆け下りた。

背後の岩山の上に、洞窟の中から人が出て来た。

「ジャングルの中へ！」

加倉が叫ぶ。

先頭を走っていたのは、皆川だった。

ジャングルの中へ駆け込もうとしていた皆川が、ふいに、つんのめるようにして、そこに足を止めた。

加倉が、皆川の背にぶつかって足を止める。

「何をしている!?」

剣が、皆川を追い越して、数歩走ったところで足を止めていた。

佐川と、小沢が、つられて足を止める。

剣と、皆川は、怯《おび》えたように、ジャングルの上方を見あげていた。

ジャングルと、岩山の手前の広場との境は、ジャングルの中心部より、低い樹の集合した森になっている。

「どうした!?」

加倉が、叫びながら、視線をあげた。

初め、加倉は、自分が眼にしたものが何であるのか、わからなかった。

丸いものだ。

黒い、丸いものが、ジャングルの樹木の上の空に浮かんでいた。

月のすぐ下であった。

黒くて、丸いもの——それが、ジャングルから上に伸びた、枝のない樹の幹のようなものの上に乗っているのである。

その丸いものの中に、小さく光る点がふたつ——

獣の、眼であった。

加倉は、ふいに、それが何であるかを理解していた。

おそろしく巨大な生物が、ジャングルの中から、長い首を伸ばして、夜の宙空から五人を見下ろしているのである。

加倉は、瞬時に反応していた。

カメラを構《かま》え、シャッターを押していた。

ストロボの、眩《まば》ゆい光が、その、黒々とそびえた獣の首に叩きつけられた。

一瞬、その獣の頭部が、ストロボを浴びて、闇の中にくっきり浮かびあがった。

巨大な爬虫類の頭部であった。

SHAAAA!

その獣が咆《ほ》えた。

銃声が響いた。

剣が、ライフルで、その獣を撃ったのだ。

悲鳴があがった。

剣の悲鳴だった。

剣が、地にライフルを落としていた。

剣の左腕に、蛇が巻きついていた。

二発目を剣が撃つ前に、宙を飛んできた蛇が、剣の腕に巻きついたのだ。

蛇が、自分で宙を飛ぶわけはない。

何者かが、剣に向かってその蛇を投げたのだ。

細い緑色の蛇――猛毒を持った蛇であった。

剣が、蛇の頭部を右手でつかみ、左腕からほどいた。剣が、その蛇を遠くへ投げ捨てる。

ジャングルの樹々を、左右に押し分けて、その巨大な獣が出てきた。

それは、二足歩行をする、巨大な蜥蜴《トカゲ》であった。

「これは!?」

加倉が、ストロボを焚《た》いて、声をあげる。

「恐竜だ！」

叫んだのは皆川である。

「ムベンベ！」

小沢が、後方に退がりながら呻くように言った。

それは、まさしく、恐竜であった。

頭部の高さ、およそ、七メートル余り。

前肢は小さく短いが、後肢の二本は、巨大で、太く、長い。

ティラノザウルスの名で知られる、肉食の恐竜は、まさにこのような格好をしていたろうと思える姿であった。

いつの間にか、周囲を、黒人の集団に囲まれていた。

正面は、巨大な爬虫類が塞《ふさ》いでいる。

「クァナ！」

上で、鋭い声があがった。

あの、白髪の老婆が、月の天に浮いて、五人を見下ろしていた。

不思議な光景だった。
何の支えもなしに、人の肉体が宙に浮いているのである。
非現実的な光景であった。
「クァナ！」
「クァナ！」
周囲の黒人たちが、一斉《いっせい》に声をあげる。
何人かが、手に松明《たいまつ》を握っている。
巨大な爬虫類が、ゆっくりと頭部を下げてきた。
「あれを――」
加倉が、下がってくる巨大な爬虫類の頭部を指差した。
それは、圧倒的な量感を持った獣であった。
動く山だ。
アフリカ象、十頭分以上の量感を有する生物が、そこで動いているのである。
その爬虫類の頭部に、てらてらと、赤い炎の色が映っている。
その頭の上に、人が立っていた。
黒人――
それも女であった。

ほとんど全裸に近い。

両の乳房が見えている。

炎に照らされて、黒光りする、ぬめるような肌の上に、無数の蛇が這《は》っていた。

ある蛇は首に巻きつき、ある蛇は肩から腕にからみつき、またある蛇は胸を這い、胴、腰、股間、肢——その女の全身を、余す所なく蛇が這っているのである。

さきほど剣が撃った弾丸が、この獣のどこかに当っているはずなのだが、獣には、どこにも傷を負った様子がない。

象を撃つためのマグナム弾を、直接頭部か心臓へ、数発撃ち込まなければ、とてもこたえはしまい。

五人は、動けなかった。

逃げることも、銃を拾うことも忘れて、その強烈な光景に眼を奪われていた。

そのまま、五人は捕えられていた。

五人の周囲を、無数の槍の穂先が囲んだ。

五人の、すぐ頭上に、獣の頭があった。

その上から、女が、五人を見下ろしている。

その時——

「ンツァイヤ！」

宙に浮いていた老婆が、高い叫び声をあげて、ジャングルを指差した。

獣の頭の上に立っていた女が、笛に似た高い声をあげて、獣の頭部を足で蹴った。

獣が、女を乗せたまま、ぐうっと、頭部を高い宙に持ちあげた。

身体の向きをかえて、獣は、ジャングルの中に頭から分け入っていった。

巨大な体軀《たいく》をしているわりには、おそろしく動きが疾《はや》い。

ジャングルの中に、すぐに、獣は見えなくなった。

獣が、枝を踏む音と、森の樹々を分ける音が、聴こえてくるだけになった。

ほどなく――

不気味な絶叫が、ジャングルの中から響いてきた。

ゆっくりと、獣が森を動く音が近づいてきた。

獣が、姿を現わした。

その獣が、口に何かを咥《くわ》えていた。

人であった。

獣は、人の脚を、爪先から膝のあたりまでその口に咥えて、ひとりの黒人をぶら下げていたのである。

黒人は、しきりに、高い声で、呻きながら何かをわめいていた。

「わかります――」

小沢が、その時、低い声で言った。

「わかる?」

佐川が訊《き》いた。

「この黒人たちの言葉はわかりませんが、今、叫んでいるあの黒人の言葉なら、少しわかります——」

小沢が言った。

「何と言っているのだ?」

「おまえたちは、禁じられている儀式をしたと言っています。ガゴルよ、マラサンガ国王ムンボパがこのことを知ったら、おまえたちを許さないだろうと——」

「マラサンガ国王!?」

「そう言っています」

「ムンボパというのは、その国王の名か」

「たぶんそうだと思います」

「ガゴルというのは?」

「あの、宙に浮いている老婆の名だと思います」

その時、男の悲鳴が長く伸びた。

膝のあたりで、男の脚がちぎれて、男が地に落下したのだ。

落下した男は、まだ生きていた。

這うようにして、上半身を持ちあげた。

その男の眼の前に、宙から、ゆるゆると老婆が降りてきた。

地上、五〇センチの空間に、老婆——ガゴルの身体が浮いたまま静止した。

その時、男の右手が、腰に巻かれた布の下に伸びた。

その手が動いた。

男の右手から、金属光を放つものが、ガゴルの胸に吸い込まれた。

短剣であった。

ハンティングナイフほどの短剣が、深ぶかと、ガゴルの胸に突き立っていた。

しかし、ガゴルは、声もあげない。

ガゴルは、唇をもぞりと動かして、微笑したのであった。

それだけではない。

ガゴルは、杖を持っていない左手で、ゆっくりと、自分の胸に刺さった短剣を引き抜いた。

ガゴルの唇から、低い、しわがれたつぶやきが洩れた。

「〝齢《よわい》二百十二歳、不死身のガゴルを、こんなもので、殺せると思うたか〟と、そう言っています……」

小沢は、低い声で、ガゴルの言葉を通訳した。
ふいに、ガゴルの左手から、その短剣が飛び出した。
投げたのではない。
ガゴルは、短剣を投げるためのどのような動きもしなかった。
静止したガゴルの左手から、いきなり、その短剣が飛び出したのである。
黒人の男の、眼と眼の間に、深ぶかとその短剣が潜り込んでいた。
黒人が、両眼を寄せて、自分の眼と眼の間にはえたものを見ようとした。
しかし、その作業を、黒人は最後までし終えることはなかった。
内側に寄りきる前に、その眼から光が失われた。
黒人は、前のめりに倒れて、そのまま動かなくなった。
ゆっくりと、ガゴルが五人の方に向きなおった。
黄色い眼が、五人を見た。
「ひっ」
皆川が、喉の奥で、ひきつった声をあげた。

3

それが、昨夕のことであった。

五人は、そこで捕えられ、この洞窟の牢に入れられたのであった。

食料と水は、すでに与えられている。

それを食べて、昨夜は眠ったのだ。

用便は、洞窟の奥に、深い穴が掘ってあり、その中にするようになっている。ふだんは、木の板がその穴の上にかぶせてある。用便の時に、木の板をはずし、用便がすめば、また木の板をかぶせる。

すでに、夜は明けて、外には陽光が満ちている。

しかし、その穴の中の空気は、ひんやりと冷たかった。が、それは、あくまでも外の気温と比較してのことで、実際には、外よりも二、三度温度が低いくらいであろう。

五人の男たちは、黙ったまま、互いに顔を見合わせては、重い溜め息をつく。

これまでの間に、ひと通りは話をしてしまっている。何を話すにしても、それは繰り返しになってしまう。

「どうなるのかな、これから――」

皆川が、つぶやいた。

これまでに、何度も口にした言葉だった。

「わかるもんか」

剣が言ったのも、これまで何度も口にされた言葉であった。

「おれたちが帰らなければ、捜索隊が出るだろう?」

「さあな」

「さあなって――」

「出たところで、まさかこんなところにいるとは思っちゃいないだろうよ」

剣が吐き捨てた。

「マラサンガ王国か……」

佐川がつぶやいた。

赤道に沿ったかたちで、アフリカ、ニューギニア、ボルネオ、アマゾンと、熱帯樹林のベルトが広がっている。

このナラザニアを含む、アフリカの熱帯樹林の広さは、日本列島の面積を全て合わせたよりも、なお、巨大である。

そこから、どうやって、捜索隊がこの場所を捜しあてるのか?

ナラザニアには、何度か来ている佐川にも、小沢にも、マラサンガ王国などというのは、初めて耳にする言葉である。

ナラザニアは、基本的に、単一民族の国ではない。

およそ、十二の部族からなる国で、主要言語だけでも五つ——細かい言語まで含めれば、十の言語が、この国では日常に使用されているのである。

マラサンガ王国は、その十二部族のうちの、どの部族のことでもない。そうであるなら、佐川にも、小沢にもわかる。

いったい、どのような国であるのか——

「マヌントゥかよ。とんでもねえことに、おれたちは、かかわっちまったらしいな」

剣が、外に眼をやりながら言った。

外には、槍を持った黒人がひとり、立っている。

そのむこうには、陽光を浴びたジャングルが見える。

「マヌントゥはいた……」

佐川がつぶやいた。

「いたがよ、しかし、それが、あんたの言うミッシングリンクであるかどうかまではわかっちゃいねえ。とりあえず言えるのは、新種の猿か、その類《たぐい》の生き物だってことくらいだぜ——」

「新種の生物というだけでも、たいへんな発見だ」

「それをいうなら、おれたちの見たこと全部が大発見だよ」

剣が、視線を佐川にもどした。

剣の言う通りであった。

昨夜も、皆でその話を何度もした。

マヌントゥ。

アショカ王の碑。

アフリカに伝わっている仏教。

黄金の奇怪な仏像。

秘密の儀式。

マラサンガ王国。

宙に浮く老婆。

巨大な爬虫類——恐竜。

それを操《あやつ》る女。

「どれひとつにしても、証拠もなしに話したって、誰も信用しねえことばかりだぜ……」

剣が言った。

「証拠ならありますよ」

言ったのは、それまで黙っていた加倉であった。

「写真を撮ってあります。マヌントゥも、アショカ王の碑も、恐竜も――」

　そこまで言って、加倉は声のトーンを落とした。

「しかし、フィルムがねえだろうが。カメラもよ――」

「もし、ここを抜け出せる時があるとして、その時に、あのフィルムを持って抜け出せれば……」

「けっ」

　剣が言った時、

「駄目です。もう、我々は帰れませんよ。うまくここを逃げ出したとしても、どうやって帰るというんです。どうやって、人がいるところまでたどりつけばいいんです?」

　皆川が言った。

「とにかく、我々は今、全員無事に生きています。まず、そのことを是として、これからのことを考えた方が――」

　加倉が言った。

「だから、何を考えりゃいいんだよ」

　剣が言った。

　結局は、そこに話題は落ち着く。

どうしたらいいのか？

それが、誰にもわからないのだ。

「ひとつだけ言えるのは、彼等の誰かとは、なんとか話が通じるということだ」

佐川が、話題を変えた。

小沢を見た。

「小沢くんのバントゥー語が通ずるということだ。小沢くんに、我々のことを話してもらえばいい――」

「なんと話す？」

「だから、我々は、あくまでも、マウンテンゴリラの調査にやってきた日本人であるということだ。それが、道に迷って、ここまでやってきてしまったと言うのだ。それは、嘘じゃない。それで、なんとか、帰してもらうのだ」

「へえ」

「ここに、人が住んでいるのなら、必ず、どこかに、道があるはずだ。文明へとつながっている道が……」

「しかし、大丈夫かな、それで？」

剣が、眼を光らせた。

「我々は、あの儀式も見てしまったし、あの男が殺されるところも見てしまったんですよ

――」

皆川が、怯えを含んだ声で言った。

「それに、小沢が、バントゥー語ができることがわかったら、もうひとつのこともわかっちまうぜ」

剣が言った。

「何がだ？」

佐川が訊いた。

「だから、あの黒人が、殺される前に口走ったことを、おれたちが知ってるってことが、連中にわかっちまうってことだよ」

剣が、言った。

「それなら、どうすればいいと言うのかね」

佐川の口調が強くなった。

「それがわからねえから、困ってるんじゃねえか」

剣が、腕を組んで、洞窟の壁に背をあずけた。

洞窟の外に、人の気配があったのはその時であった。

「ガゴル……」

槍を持っていた黒人が、声をあげた。

外に、姿を現わしたのは、儀式の時に、宙に浮いていたあの老婆であった。

槍を持っていた黒人が、脇へのいた。

ガゴルが、ゆっくりと前に進み出てきた。

縮れた白髪を、長く伸ばした老婆であった。

日本の、小学生並に、その身体が小さい。

身に纏《まと》っているものは全て、黄金であった。

腰に巻いているのは、直径が二センチほどの黄金の丸い板——中心に穴の空いたコイン状のものをつなぎ合わせたものであった。

右腰に下げた短剣の鞘《さや》も柄《つか》も、飾りのついた黄金である。

足首と、手首にも、黄金の輪を塡《は》めている。

首からは、何重にも、黄金のネックレスを下げている。

しなびた、皮ばかりとなった乳房が、胸にある。乳首が異様に大きかった。親指の先ほどもある。

額にも、黄金の輪が塡まっている。

耳からは、黄金の耳飾りが下がっている。

唯一《ゆいいつ》、額の輪の中心に、宝石が塡め込まれていた。

老婆の乳首——大人の親指ほどの大きさのダイヤであった。

身体全体が、小さく縮み、その縮んだ分だけ、皮膚が皺《しわ》となって老婆の骨の上にかぶさっているようであった。

背が、歪《いびつ》に曲がっている。

そのため、前かがみになっている。

右手に杖を持ち、その先を地に突いているが、その杖がなければ、前のめりに倒れてしまいそうであった。

眼が、大きかった。

その眼だけが、不気味なほど生気をはらんでいる。老婆の肉体から失せた生気が、実は逃げずに、その眼に凝《こ》り固まったようであった。

老婆の後方に、五人の人間が、付き従っていた。

老婆——ガゴルが、洞窟の前に立った。

ガゴルについてきた五人の人間が、ガゴルの横に並んだ。

その五人のうちのひとりに、見覚えがあった。

そのひとりは、昨夜、恐竜の上に乗っていた女であった。

やはり、全身に、ぬめぬめと無数の蛇を這わせている。昼の光で見ると、まだ若い女であった。

胸も、尻も、大きく肉が張っている。

その女の横に、老人が立っている。

白髪の黒人の老人だ。

その老人の唇に、白い、蜘蛛《くも》に似た虫がもぞもぞと這っていた。

老人の横に立っているのは、両腕の長い男であった。そこに立って、両腕をだらりと下げているのだが、その指先が、地に触れそうであった。

その気になって、腕を真っ直ぐに下げれば、明らかに、指先は地に着くと思えた。

その男の横に立っているのは、おそろしく身体の大きな男であった。

身長は、およそ、二メートル三〇センチほどだ。

肉が、ぱんぱんに張っている。

どこにも、筋肉が浮いているようには見えない。球体のような肉体をしていた。巨大なゴムボールのような男であった。

体重は、おそらく、三〇〇キロ近くはあるのではないか。

その横に立っているのは、子供であった。

可愛らしい、瞳の大きな、七歳ほどの黒人の子供だ。

何故、そんな子供がそこにいるのか、場違いに思えるほどだ。

「小沢くん……」

佐川が、そう言って、口の中に溢れた唾液を飲み込んだ。

「……我々は、日本人で、道に迷ってここまで来てしまったのだと、彼等に言ってくれないか。マウンテンゴリラの調査に来た人間で、帰る道を捜しているのだと――」

言われて、小沢が、格子の近くまで、おそるおそる、歩み寄った。

バントゥー語で、六人の人間に、佐川が言った通りのことを告げた。

「ひひい……」

と、ガゴルが、笛のような声をあげた。

「おホ」

「ひい」

「けっ」

「かっ」

「ふく」

五人が、それぞれに小さく声をあげ、それぞれ、口元に笑みを浮かべた。

小沢は、もう一度、同じことを繰り返した。

こんどの反応は、沈黙であった。

小沢が、また、はっきりとわかるように、ゆっくりと、丁寧《ていねい》に同じことを告げた。

「マヌントゥ！」

いきなり、ガゴルが声をあげた。

「マヌントゥ……」

「マヌントゥ……」

「マヌントゥ……」

「マヌントゥ……」

五人が、同じ言葉をつぶやいた。

また、沈黙があった。

小沢は、途方《とほう》に暮れたように、後方の佐川たちを振り返った。

と——

その時、ふいに、ガゴルが口を開いた。

「知っておるぞえ、知っておるぞえ……」

それは、まぎれもない日本語であった。

たどたどしいが、しかし、それは、聴き違えようのない日本語であった。

「ぬしらはよ、マウンテンゴリラなどではない、マヌントゥを捜しに来たのであろうがよ——」

ガゴルは言った。

「マヌントゥ……」

「マヌントゥ……」

横に並んだ五人が声をあげる。

次に、ガゴルは、英語で同じことを言った。

次が、フランス語であった。

次が、スペイン語であった。

次が、中国語であった。

そして、最後に奇怪な言葉を、ガゴルは口にした。

これまでにガゴルが口にした、どの国の言語とも違う言葉だ。

バントゥー語ですらない。

横の五人が、一斉《いっせい》に、ガゴルと同じイントネーションの言葉を発した。

その言葉に、ふいに、変化がおこった。

五人の声が揃《そろ》い、ひとつの独特のリズムと旋律にのせて、その奇怪な言語を唱え始めた。

それは、日本人なら、誰でも耳にしたことがあるものに、極めて似ている部分があった。

「おお……」

佐川が声をあげた。

「これは……」

加倉が身を乗り出した。

それは、明らかに、読経《どきょう》のリズムと韻律に近いものであった。

それは、すでに、この地上では使用されていない言葉——古代インドの地方語であるマガダ語によって発せられる『阿含経《あごん》』の一部であった。

しかし、そこまでは、佐川にも加倉にも、他の三人にもわかるわけもない。

ガゴルが、低く声をあげると、五人の声がやんだ。

「捕えた男たちが、どういう人間であるかを知るには、ひと晩、同じ場所に閉じ込めておいて、その話を立ち聞きするのが、一番早い——」

ガゴルは言った。

五人の日本人は、声もなかった。

「わかるのか、日本語が——」

やっと、佐川が訊いた。

「おう……」

ガゴルが、肛門のように口をすぼめて声をあげた。

「……このガゴル、しゃべれぬ言葉など、この世にないわ」

ひひ、
と、ガゴルは高い声をあげて笑った。

「我々は、日本に帰りたいのだ。我々をここから出してくれ」

「ひい」

と、ガゴルが眼をむいた。

「そうはゆかぬわい。還《かえ》してどうなる。ぬしらは、ここで見たことを、日本でしゃべるであろうが。しゃべれば、このマラサンガ王国のこと、黄金のこと、何もかも皆話してしまうであろうが。するとどうなる?」

「――――」

「黄金に眼の眩《くら》んだ人間どもが、このマラサンガ王国に押し寄せてこようが――」

「しかし、そのマラサンガ王国というのは、わしは、初めて耳にする。本当に、そのような王国があるのか。ここが、その、マラサンガ王国なのか?」

佐川が訊くと、ガゴルは、おかしくてたまらぬように、声をあげて笑った。

「どうせ、ぬしらを還すつもりはないのだ。教えてやろうかよ。マラサンガ王国というのは、この世には存在しないのじゃ。この世には存在しないが、しかし、マラサンガ王国はあるのだ」

「なに!?」

「わからぬか?」

ガゴルはまた笑った。

佐川を見つめ、

「国とは何だ？」

問うてきた。

「土地のことか？　国民のことか？　政府のことか？　それともその両方のことか？」

「――――」

「ひとつの国家の中に、もうひとつの国家が重なって存在できるのよ。幻のようにな。わが、マラサンガ王国は、幻の王国よ――」

ガゴルは、楽しそうに言った。

「このマラサンガ王国――この国は、いったいどういう国なのだ。あの仏像は何なのだ。この国は、仏教を信仰しているのか？」

佐川が訊いた。

「我々は、あれを、仏教とは呼ばない。我々は、あれを仏陀《ブッドゥー》と呼んでいるのだ――」

「仏陀《ブッドゥー》？」

「そうだ。マラサンガ王国は、仏陀《ブッドゥー》によって、支配されている国なのだ」

「マヌントゥというのは？」

「マヌントゥは、マラサンガの、神聖なる獣よ。マヌントゥと交わり、マヌントゥの血を得ることによって、太古の、失われた力を、我等は得ておるのさあ……」

ガゴルが、けくけくと、声をあげて笑い始めた。

その笑い声に合わせ、五人の人間が、一斉《いっせい》に、

「マヌントゥ」

「マヌントゥ」

「マヌントゥ」

「マヌントゥ」

「マヌントゥ」

声をあげた。

ガゴルの五老鬼が、不気味な声で、マヌントゥの名を呼んでいるのである。

「さて、今夜、あたしの相手をするのは誰にするかね……」

ガゴルは、一同を眺めまわした。

ガゴルの、生気をはらんだ不気味な眼が、ひとりの男の上に止まった。

「おまえだよ……」

ガゴルは言った。

ガゴルの眼は、加倉の上に止まっていた。

第六章　奇　態

1

大きな欅《けやき》が、庭に黒々と立っている。
風の中で、欅の梢が、静かに揺れている。
庭のあちこちには、似たような大きな樹が何本も生えている。
桜。
楡《にれ》。
楠《くす》。
松。
大きな庭であった。
樹々の下には、灌木《かんぼく》が植えられている。

躑躅《つつじ》が多い。

その庭の周囲を囲んで、高さ二メートルの塀《へい》が建っている。

塀で囲われた庭の中心に、その和風の家がある。

豪邸であった。

獄門会の首領《ドン》、鳴海容三の私邸である。

庭には、池もあれば、径《こみち》もある。

そういう径の脇に、その欅は立っていた。

夜であった。

庭には、何本かの外灯が立っている。

その外灯の灯りも、大きな欅の枝の繁ったその内部までは届かない。

その欅の梢のひとつに、黒い影が蹲《うずく》まっている。

蛇骨であった。

いつも着ていた、白い僧衣は、身に纏《まと》ってはいなかった。

目立たぬように、黒いズボンに、黒いシャツ、黒い、薄手のブルゾンを、ふわりと身に纏っている。

枝が、静かに揺れるのにまかせ、蛇骨は、静かに下を見降ろしていた。

下の径を、ひとりの男が、屋敷《やしき》の方から歩いてくるのである。

スーツに身を包んだ、身体の屈強そうな男であった。

夜に、屋敷の庭を見回るのが、この男の仕事らしい。

全部で、三人の男が、時おり庭を見回っている。

そのうちのひとりであった。

その男が、蛇骨のいる枝の下まで、やってきた。

その時——

蛇骨は、小さく、口の中で呪《しゅ》を唱えた。

すっ、と、蛇骨が枝から離れた。

しかし、蛇骨は、落下しなかった。

まるで、羽毛が、無風の大気の中を下りてゆくように、ゆっくりと、蛇骨の身体が下ってゆく——

音もたてずに、蛇骨は、男の背後に立った。

いきなり、男の首に左腕をまわした。

男は、声もあげない。

蛇骨が、男を、灌木の繁みの中に引き込んだ。

男を仰向けにし、胸の上に乗って、蛇骨は男の口を、左手で押さえている。

男の両腕は、後方にまわされて、男の背の下になっている。その両手首も、両足首も、すでに蛇骨が縛ってしまっている。

男が、怖い眼で、下から蛇骨を睨んでいる。

もがこうとしているが、その力を、うまく蛇骨に殺されていた。首を振って、口を塞《ふさ》いでいる蛇骨の手を外《はず》し、声を出そうとしているが、意外に強い蛇骨の手が、それをさせなかった。

蛇骨が、ブルゾンの内側から、右手で、光る、細い金属を抜きとった。

長さが三〇センチ近くある、金属の針であった。

蛇骨は、それが、男の眼によく見えるように、男の上にかざした。

向こうの外灯の灯りを小さく受けて、それが、闇の中で鋭く光った。

蛇骨は訊いた。

「地虫平八郎は、今、どこにいますか?」

「この屋敷にいるのなら、二度、眼を閉じなさい。いないのなら、三度――」

蛇骨が、男の顔に、自分の顔を近づけて、赤い、美しい唇で囁《ささや》いた。

蛇骨の甘い息が、男の顔にかかる距離であった。

男は、眼を開いたままだ。

答を拒否しているのがわかった。

蛇骨は、時間をかけなかった。

すぐに、右手に握った針を持ち替えて、白い指先にその針をつまんだ。

鋭い切先が、男の方をむいた。

蛇骨は、男の胸に腰を下ろしたまま、身体の位置をかえて、両足を男の頭部の両側に投げ出した。

そして、その両足の裏で、左右から男の頭部を押さえ込んだ。

男の顔が、固定された。

これで、男の顔は動かない。

口は、まだ、蛇骨に塞《ふさ》がれたままだ。

優しい微笑を、蛇骨はその男に向けた。

蛇骨が、ぞっとするような優しい笑みを浮かべた時、初めて、男の眼の中に怯えが疾《はし》った。

蛇骨は、すっと、針の切先を下に降ろした。

そのまま、針の先を、男の鼻の穴の中へ潜らせた。

男は、恐怖のため、首を振ろうとした。

しかし、蛇骨に押さえられて、動けない。

蛇骨が握っているのは、針の尻である。

針の尻を指先でつまんで、その先端を、男の右の鼻の穴の中に潜らせてゆくのである。

「大丈夫、最初に、ちくりとするだけです。痛みはありませんから――」

優しい声で、蛇骨が言う。

大人が、注射をいやがる子供をあやすような口調であった。

「ほら、今、鼻の粘膜を、先が潜ったところです。痛みは、ほとんどないでしょう?」

蛇骨が、微笑しながら言う。

「まだ、潜ってゆきますよ。痛みはなくても、進入感はあるでしょう?」

男の眼からは、蛇骨が指先に握った針が見えている。

その針の尻と、自分の鼻との距離が、ゆっくりと短くなってゆくのも、男にはわかっている。

「どのくらい潜ったか、わかるようにしましょうか」

蛇骨が、軽く、指先で針をはじいた。

「ね、わかるでしょう?」

優しく言った。

「今、右の眼球の裏側あたりを通過しています。この先が何だかわかりますか?」

男の眼に、さらなる怯えが疾《はし》る。

「脳です」

蛇骨は、甘い声で囁いた。

「じきに、針が、あなたの前頭葉の下から、脳に潜り込んでゆきます。でも、安心しなさい。このくらいの針が脳に潜り込んだくらいでは、死んだりはしません。もっとも、多少、失敗すると、色々な機能障害が、あとで残るかもしれませんがね。一生、半身不随か、言語障害になるか、他にも色々な症状は出ると思いますよ……」

蛇骨の眼が光る。

「ほう……」

声をあげる。

「この弾力は脳ですね。いよいよ、脳に、針が潜り込みますよ」

蛇骨が言った時、激しく、男が瞬《まばた》きをした。

言う気になったらしい。

蛇骨は、針を進入させるのをやめて、男に言った。

「わたしの言うことに答えるつもりがありますか。あるならば二度、ないならば三度、瞬きをして下さい……」

男は、二度、瞬きをした。

「ならば、これから、あなたの口を押さえている手をはなします。いいですか。でも、少しでもおかしなことをすると、あなたの脳の中に、この針が潜り込みますよ」

そう言って、蛇骨は、針を握っていた指をはずし、人差し指の先端を、針の尻にあてた。

「わたしが、軽く、この指先を動かすだけで、あなたの脳の中に、この針は潜り込みますから……」

蛇骨は、ゆっくりと、男の口にあてていた左手をはずした。

「地虫平八郎は、どこにいますか?」

蛇骨は訊いた。

「こ、ここじゃない」

男は、最小限の唇の動きで答えた。

「どこですか?」

「ま、町田だ」

「町田?」

「岡村喜美代《おかむらきみよ》の家だ」

「岡村喜美代というと、鳴海容三の女でしたか?」

「そうだ。たぶん、そこの、地下室だと思う――」

「ザジというのと、額に傷のある男も、そこですか?」

「額に傷?」

「そうです」

「玄馬のことか?」

「玄馬？」

「おまえの言うのは、赤木玄馬という男のことではないのか」

「その赤木玄馬と、鳴海容三との関係は？」

「う、うちの会長が、五年前、ハンティングで南アルプスに入っている時に見つけてきた男だということくらいしか、知らん」

「ほう……」

蛇骨は、さらに問うたが、それ以上のことは、男は知らぬようであった。

蛇骨は、男から、岡村喜美代の家の場所を聴き出してから、すっと、針を男の鼻から抜き取った。

抜き取った針を、次に、いきなり男の首の横に突きたてた。

男の身体が、一瞬、一度だけ大きく痙攣《けいれん》し、そして、すぐに男は動かなくなった。

眼を開いたまま、夜の天を見あげ、口を半分開けている。

「風邪をひく前に、仲間の誰かに発見されて、針を抜き取ってもらえることを祈ってますよ——」

言い終えぬうちに、ふわりと、蛇骨の身体が、頭上に浮きあがる。

軽い跳躍で、軽々と、蛇骨の身体は宙に浮いてゆく。

蛇骨は、再び、欅の梢の中に姿を置いた。

梢の中で、今、仕込んだばかりの情報を反芻《はんすう》する。

「昇月……」

小さく、五年前に死んだと考えていた男の名をつぶやいた。

蛇骨は、顔をあげた。

今いる場所から、さらに上方の梢の枝に身体を移し、そこから、遠くへ飛ぼうとしたのである。

枝の反動と、筋力と、浮身《ふしん》の法を使うと、信じられぬほど遠くへ飛ぶことができるのである。

顔をあげた蛇骨は、その場で、一瞬、身体を堅くした。

自分が移動しようとしていたさらに上方の梢の中に、黒い影がうずくまっていたのである。

人であった。

何者か!?

いや、それよりも何よりも、いったいいつから、その黒い影はそこにいたのか。

さっき、まだ、この欅の梢の中に自分がいた時、すでに、この人影はここにいたのか。

それとも、自分が男から情報を訊き出すために下に降りた時にそこに来たのか。

わからない。

確実に言えることは、その人影がそこにいることを、自分が、これまでまるで気がつかなかったことだ。

みごとなまでに、己れの気配を殺している。

いや、気配を殺すという作業すらしていないように見えた。

風なら風、樹の梢なら樹の梢――

そういうものに、その人影はなりきっているようであった。

だから、肉眼で、その人影を見るまで気づかなかったのだ。

その人影は、高い樹の梢の中で、梢が風に揺れるのにまかせ、静かに上下に揺れていた。

己れの不覚を恥じる前に、蛇骨は、ゆるりと自分の身体の緊張を解き放った。

敵か？

それとも――

蛇骨が考えたのはそのことであった。

わからない。

どのような気配も、その人影からは伝わって来ないからである。

敵ならば、闘う。

しかし、敵でないならば――

それがわからない。

わからないから、蛇骨はそこで動けなかった。
あの地虫平八郎であれば、
〝てめえ、何者だ!?〟
あからさまにそう訊くところだ。
そういう無神経さが、あの地虫平八郎には有利に働くことがある。
しかし、蛇骨は動けない。
瞬間――
ふっ、と、刺すような殺気が、針のように自分に向かって飛んできたような気がした。
蛇骨は、あやうく、その殺気に応えて、宙に身を躍らせるところであった。
その衝動に蛇骨が耐えたのは、その殺気が何であるかすぐにわかったからだ。
自分の心の中に浮かんだ殺気であった。
その殺気が、高い風の中にいる人影に映ったのである。
それを、蛇骨は、人影から自分に向けられてきたものと考えたのである。
ひゅっ
空気を裂く、小さな音がした。

びくん、と、その音に蛇骨の身体が反応しそうになる。

蛇骨は、軽く右手をあげて、宙を飛来してきたものを受けた。

小さな木の枝であった。

人影が投げてよこしたものだ。

いや、人影は、投げるというような、どんな動作もしていない。

おそらく、口に咥《くわ》えていたものを、ただ、蛇骨に向かって飛ばしてきたのだろう。

その、細い、小さな枝の一方の端が湿っている。

やはり、その枝は、口に咥えられていたものだ。

人影は、蛇骨がどのような反応をするか、それをおもしろがって、蛇骨を試しているようであった。

ならば——

蛇骨は、ブルゾンの内ポケットから、一本の針を抜きとった。

まず、意図的に、その人影に向かって殺気を放ち、その殺気に乗せて、針を投げた。

鋭い先端を先にせず、尻の部分を先にして投げた。

これで、相手には、自分に敵意のないことがわかるはずであった。

相手が、わざと音をたてて、安全な樹の枝を自分に向かって放ってきたのは、自分には敵意はないと、そういう意味のメッセージを込めたものであった。

それを受けて、蛇骨も、似たような方法をとったのであった。

はっきりとわかる殺意――これから攻撃をするぞという合図を送って、その後に、安全な方法で武器を投げる。

これほど自在に、自分の気配を操《あやつ》れる相手なら、それで、蛇骨の意図はわかるはずであった。

人影の中に、音もなく、針が吸い込まれた。

その瞬間に、初めて、小さく影がゆらいだ。

宙で、その針を受けたらしい。

沈黙があった。

やがて――

「ほっ、ほっ、ほ……」

呼気とも、含み笑いともつかないものが、小さく、上方から響いてきた。

「蛇骨というのは、おぬしか?」

そういう声が届いてきた。

日本語であった。

日本語であったが、しかし、中国訛りがある。

「あなたは?」

蛇骨が問うた。

「雷祥雲《リースーウン》という者だよ」

その人影が言った。

2

和服を着た鳴海容三は、満足気な笑みを浮かべて、そのソファーに深々と腰を沈めていた。

口元から、肉のたるんだ顎の下まで、その笑みはつながっているようである。

鳴海の横に座っているのは、やはり、和服を着た女である。

岡村喜美代——三十一歳になる、鳴海の女だ。

テーブルを挟《はさ》んで、ふたりの前に座っているのは、剣英二と、赤木玄馬——昇月である。

テーブルの上には、三つの、黄金色を放つものが置かれていた。

高さが、二〇センチほどの、黄金の塊《かたまり》——仏像である。

ひとつは、仏陀が座して、法界定印《ほっかいじょういん》と呼ばれる契印《ムドラー》を結んでいるものである。

もうひとつは、仏陀が立って、右手で天を指差しているものである。

もうひとつは、仏陀が、右脇を下にし、右腕を枕にして横になっているもの。

最初のものは、仏陀が、菩提樹《ぼだいじゅ》の下で悟りを開いた時のものだ。覚醒仏《かくせいぶつ》と呼ばれている。

二番目のものは、仏陀がこの世に誕生した時に、天と地を指差して、〝天上天下唯我独尊〟と唱えたという仏典の故事を像にしたものである。生誕仏《せいたんぶつ》と呼ばれている。

三番目のものは、仏陀が沙羅双樹《さらそうじゅ》の下で入滅《にゅうめつ》して、この世を去る時の像である。涅槃《ねはん》仏《ぶつ》と呼ばれている。

覚醒仏。

生誕仏。

涅槃仏。

しかし、どれも、普通の仏像ではない。

三体の仏像のどれもが、股間の陽物を勃起させているのである。

覚醒仏では、仏陀の両手の指が造っている法界定印の輪の中を、勃起した陽根がぐってそびえている。

生誕仏では、地を差すはずの左手が、勃起した陽根を握っている。

涅槃仏では、上になった仏陀の左脇に静かに置かれているはずの左手が、やはり、衣の中から勃起した陽根を握っている。

異様な仏像であった。

佐川たちは、その、男根を勃起させた仏像を、勃起仏と呼んでいた。

その三体の仏像は、ナラザニア——マラサンガ王国から帰ってきた三人の男たちが、それぞれ一体ずつ持っていたものである。

覚醒仏を持っていたのは、佐川義昭である。

それが、新宿の歩行者天国で、地図と共に地虫平八郎の手に渡り、最終的に獄門会の手に移った。

生誕仏を持っていたのは、皆川達男である。

それが、ムンボパと剣によって奪われ、今は、ここにある。

涅槃仏は、小沢秀夫が持っていたものだ。それを、ンガジが奪って、今はここにある。

この三体の他に、もう一体、日本には勃起仏がある。

九州にある東長密寺——裏密寺《うらみつでら》と呼ばれる、田中家の屋敷に、その勃起仏はある。

黄金の仏陀が、黒い石でできた黒人の女と、座しながら交わっている像である。

空海が、千百年以上も昔に、唐から持ち帰ってきた像である。

田中家では、それを、交合仏《こうごうぶつ》と呼んでいた。

ここにある三体の像よりは、造りが荒っぽい。

「くふう……」

鳴海容三が、満足そうに声をあげた。

テーブルの上にのっている三体の像を眺めているだけで、そういう声が出てしまうらしい。

テーブルの上には、オールド・パーと、それぞれ人数分のグラスがのっている。

氷の入ったそのグラスに、ほどよく琥珀《こはく》色の液体が満たされている。

四人は、鳴海を中心に会話をしているのだが、さっきから、玄馬の口数だけが、極端に少ない。

「どうした、玄馬――」

鳴海が、思いたったように、玄馬に問うた。

「――さっきから、あまり、しゃべらぬな」

問われて、玄馬は、はいと短く答えただけである。

「自分の過去のことでも考えておるのか？」

鳴海が問うた。

また、玄馬は、短くはいと答えただけであった。

「裏密寺の連中に、昇月と、確か、そう呼ばれたそうだな」

「はい」

「その名に心あたりは？」

「わかりません」

玄馬は言った。

「ぬしは、奇妙な術を使う。裏密寺のきゃつらも、妙な術を使う。どうやら、ぬしと、あの連中とは、浅からぬ因縁《いんねん》がありそうだな」

鳴海容三が言った。

玄馬は、うなずきも、否定もしなかった。

「五年前であったかよ」

鳴海容三は言った。

「わしが、ぬしを拾うたはよ……」

「ええ」

「赤石山脈に、猟で入っている時に、嵐になってな。狂ったような嵐であったわい。山中が金切り声をあげてな……」

「――――」

「森の中で、夜明かしをした。翌日になったら、嘘のように嵐がおさまっていて――」

鳴海容三は、これまでに何度か繰り返した話を、また、始めた。

森の中を帰る途中で、連れていた猟犬が、急に激しい声で哭《な》いた。

下の谷川の方へ、犬が駆け降りてゆく。

何ごとかと思って鳴海が谷川を覗《のぞ》き込むと、奔流《ほんりゅう》となった谷川の岸辺の岩に、下半身を流れに浸したまま、玄馬がひっかかっていたのだという。

玄馬の額からは血が流れていた。

鳴海に付き添っていた獄門会の人間が、岸辺から玄馬を引きあげようとした。

その瞬間に、玄馬の身体が動いたのだという。

水辺から跳ねあがり、助けようとした男の喉へ、二本の指を突き込んで喉仏をつまみ出した。

跳びかかってきた犬を、一撃で蹴り殺し、その後に、そこへ仰向けに倒れた。

そのまま動かなくなった。

玄馬は、意識を失っている中で、無意識のうちに、それをやってのけたのだ。

信じられぬほど、鮮やかな動きであった。

鳴海は、唸った。

感動した。

「おもしろい」

その玄馬を、鳴海容三が、連れ帰ったのである。

赤木玄馬の赤木は、玄馬が殺した男の姓である。玄馬は、玄馬が殺した犬の名である。

玄馬は、獄門会の客分として、遇された。

普段は、浮浪者のように、あちこちを転々としながら、暮らしている。

鳴海が、玄馬の手を必要とした時に、呼び出しがかかる。

その仕事の多くは、暗殺であった。

その仕事を、いとも簡単に、玄馬はやってのけた。

時おり、思い出したように、玄馬は不思議な術を使う。

相手の動きを、極端に遅くしてしまう術などがそうである。

玄馬にないのは、記憶のみであった。

その記憶のないことが、玄馬の性格を特異なものにしているのか、それとも、その失われた過去が原因であるのか、それとも生まれつきのものであるのか――

鳴海にも、玄馬自身にも、それはわからない。

その玄馬の、過去の一端が、黄金の勃起仏を通して、ようやく見えてきたのだ。

話を終えて、鳴海は、ふくく、とまた含み笑いをした。

「裏密寺かよ、とんでもないしろものだな――」

鳴海が言った。

その裏密寺という言葉を鳴海が発した時、玄馬は、何か思いあたるものでもあるように、眼を細めた。

「何か思い出したか?」

「いえ、思い出せそうで、思い出せません」

「ならば、いよいよ、ゆかねばなるまいよ。九州へな――」

「裏密寺!?」

「そうよ。楽翁尼という女、どのような女か見てみたいわ」

鳴海が楽翁尼の名を口にした途端《とたん》、今度は、玄馬の眼が大きく見開かれた。

激しい興奮が、玄馬の裡《うち》に生じているらしい。

玄馬が、鉄の意志でそれを押さえている。

「楽翁尼の名に、心当りがあるか――」

鳴海が問うた。

「ある」

玄馬が答えた。

立ちあがっていた。

いつも、冷徹で、心を乱したことのない玄馬にとっては、珍しいことであった。

玄馬の両手が、テーブルの端をつかんでいる。凄い力がこもっているのだろう、テーブルをつかんだ玄馬の指が、白くなっていた。

玄馬の身体が、小刻みに震えている。

くふ、
くふ、
と、鳴海が笑い声をあげた。

「玄馬よ、ぬしがそれほど動揺するのを、わしは初めて見たわ。これはいよいよ、九州に何かあるぞ――」

玄馬は、その声が耳に入っているのか、いないのか、喉の奥で、小さく声をあげた。

「鳴海さん……」

玄馬が言った。

玄馬の声が、震えていた。

「どうした?」

「女を……」

と、玄馬は言った。

「女?」

「今すぐ、女をひとり、いただけませんか」

玄馬の声は堅かった。

玄馬の、ズボンの前が、高く盛りあがっている。

「今すぐといっても、ここにいるのは、おまえ……」

鳴海は、横の喜美代を見やった。

「まさか、あなた」

喜美代は、拒むような言い方をした。

しかし、その顔がぽっと赤く染まっている。

その顔を鳴海はしばらく見つめ、

「喜美代、どうだ。たまにはわし以外の男の味を知っておくか？」

そう言った。

「本気で？」

「知っておるぞ。おまえ、玄馬を前から気に入っている様子だったではないか——」

「——」

喜美代が、無言で顔を伏せた。

「喜美代が、よいと言っている。玄馬、喜美代を抱いていいぞ」

鳴海が言った。

玄馬が、無言で動き、喜美代の横に立った。

「喜美代がそういう顔をしている時は、興奮している時よ。かまわん。やれ——」

鳴海が言う。

玄馬が、喜美代の腕をとった。

喜美代が、無言で立ちあがった。

「存分にやれ。ただし、ここでだ。このわしの前で、喜美代を抱いてみせろ——」

鳴海の言葉に、喜美代が顔をあげた。

本気かと、鳴海にその眼が問うている。

「やれ」

鳴海が言った。

「いやです」

喜美代が言った。

「ここではいやです。お願いです。むこうで、むこうの部屋でさせて下さい」

喜美代が哀願するのを、鳴海は無視した。

「かまわん、玄馬、そこで好きなように、その女とやれ。いやがれば、好きなように犯していい」

鳴海が言った途端に、玄馬は、強引に喜美代を引きよせた。

「やめて——」

喜美代が抵抗をする。

しかし、玄馬はそれにかまわない。

喜美代の右手首を左手で押さえ、右手で帯を解《ほど》いてゆく。

たちまち、喜美代は服を脱がされてゆく。

「ひどい」

全裸にされた喜美代が、床に広がった自分がそれまで着ていた服の上に、膝を突いた。

その盛りあがりが見えている。

両手で胸を抱えている。

喜美代の眼から、涙が滲《にじ》んでいた。

豊満な、白い身体をしていた。

両腕で乳房を隠そうとしているが、その腕の下から、乳房は溢れて、その盛りあがりが見えている。

喜美代が身につけているのは、白い足袋だけであった。

玄馬は、短い時間の間に、自分の着ているものを脱ぎ捨てていた。

「おう……」

鳴海が声をあげた。

猛々しい肉の凶器が、玄馬の股間からそそり立っていた。

巨大な陽根であった。

玄馬の、ひきしまった腹の中心にある、臍《へそ》まで、その先端は届いている。

玄馬は、膝を突いた女の前まで歩み寄ると、そこに立った。

左手で、女の髪を握った。

堅くなったものを右手で握り、下に押し下げ、その先端を、女の唇に押しあてた。

無理に、その口の中に押し込んだ。

女は、顔を動かさない。

その女の頭を、髪の毛ごと、玄馬は両手で摑《つか》んだ。

自ら腰を動かした。

イラマチオ——

女が、喉の奥まで届いてくる男の攻撃を止めるように、男の腰に両手をあてた。動いてくる腰を、向こうに押し返そうとするが、男の力の方が強い。

女の眼から、涙がこぼれ出ていた。

濡れて光るものが、女の口から抜きとられた。

玄馬は、女を仰向けにした。

女の足首を摑んで、左右に女の脚を開いた。

白い雪のような、女の太股の内側が露《あら》わになった。

その中心に、あからさまな眺めがあった。

女が、腰をよじってのがれようとする。

女の尻が動くたびに、そこがよじれて、かたちをかえる。

玄馬が、そこへいきなり顔を埋《うず》めた。

「あっ」

と、女が声をあげる。

たっぷりと玄馬は、そこへ舌を使った。

女の抵抗が弱くなっていた。
玄馬が、顔をあげた。
「ふたりきりと思え」
そう言った。
低い、堅い声であったが、思いがけなく優しい言葉と言えた。
すぐにまた、中断していた作業を続けた。
急速に、女の声が高くなってゆく。
それまでとは、違う動きで、女の尻がよじれる。
玄馬が、顔の位置をそのままに身体を動かして、女の顔をまたいだ。
女が、玄馬の堅くなったものを手に握り、自分からそれに口をかぶせていった。
女の唇が、舌が、強く動く。
先に負けたのは女の方であった。
唇をはずして、高い声を放った。
玄馬が、また、身体の位置を入れかえた。
女を四つん這《ば》いにして、高く尻を掲《かか》げさせた。
玄馬が、女の後方に膝を突いた。
女の、熱くぬめった肉の中に、肉の凶器をくぐらせた。

「もっと、もっとよ」
女が、うわごとのように言う。
さらに、玄馬のそれが、女の肉をくぐってゆく。
「奥までよ、奥まで頂戴《ちょうだい》。全部頂戴！」
女が言う。
まだだ。
まだ潜ってゆく。
まだ、届いてゆく。
「凄い、凄い！」
女が、たまりかねたように尻をはずませた。
それに合わせて、玄馬が動く。
たちまち、女が、頂《いただき》に駆けあがってゆく。
女が達した。
たて続けだ。
しかし、玄馬は、ますます動きを速めてゆく。
玄馬の手が、女の両の乳房をこねている。
乳首をいじる。

右手の指が動いて、女の前にまわされ、肉の芽に触れる。

女は、半狂乱になっていた。

崩れ落ちた尻を、何度も持ちあげては、また、下に落とす。

玄馬が放った。

しかし、それで終らなかった。

玄馬のそれは、まだ、同じ大きさと硬度を保っていた。

次は、上から女にかぶさった。

ぐったりと死んだようになっていた女が、再び玄馬のそれを埋め込まれると、また息を吹きかえした。

玄馬が、また放つ。

それでも、玄馬は終らない。

さらに交わった。

さらに交わった。

何度交わっても、玄馬の飢えは満たされなかった。

何度放っても、玄馬の欲望は収《おさ》まらなかった。

眼に見えぬ、巨大なものと闘ってでもいるように、玄馬は、女と交わり続けた。

3

地虫平八郎は、仰向けになっている。
スチール製のベッドの上だ。
服は、同じものを着たままだ。
捕えられてから、四日目だ。
その四日の間、この部屋からは、一度も出ていない。
食事は、日に三度、差し入れがある。
大小便は、部屋の隅に置いてあるでかいおまるの中にする。
そのおまるを、夕食の時に新しいものにかえてくれるだけだ。
屈辱的な日々であった。
許し難《がた》い。
しかし、それに甘んずる他は、方法がない。
糞。
と思う。
蘇《よみがえ》ってくるのは、あの、玄馬という男に、一方的にぶちのめされた時の光景である。

あんなにあっさりやられたのが、実に情けない。

次に会ったら——

しかし、その次がいつあるかわからない。

あったとしても、あの玄馬に勝てるかどうか。

どうやったら勝てるのか。

勝てそうになかった。

「ゆっくりと……」

玄馬がそう言うだけで、自分の動きがゆっくりになってしまったのだ。

意識の動きまで、ゆっくりとなってしまったわけではない。

意識の動きは同じだ。

何故なら、意識は、遅くなった自分の動きを、はっきり認識していたからである。

はっきりとはわからないが、たぶん、心臓の動きも、同じであったはずだ。

心臓の動きまでが、催眠術などで遅くなってしまうわけはない。

呼吸の数はどうだろうか。

あの時は、慌《あわ》てていてよくわからなかったが、たぶん、呼吸数も変化してはいないはずであった。

もしそうなら——

何か、方法がありそうな気がする。

しかし、それが、どんな方法かは、思いつけない。

あの技にかからない方法はないだろうか。

どうすればいいのか。

あの眼だ、と思う。

あの玄馬という男の眼を見なければいいのだ。

しかし、闘いの最中に、相手の眼を見なければ、あの術にかかることはない。

眼を見なければといっても、それは、眼を直接に見ないというようなことができるだろうか。

一瞬でも視界の中に入れてしまったら、直接見なくとも、それでもうだめなのだろうか。眼を、
闘いとなれば、どうしても相手を見る。

相手の顔を見て、このやろうと思う。

それで、相手をぶん殴ることができるのである。相手に対する憎しみを掻きたてることができるのである。

相手の顔を見るということは、いやでも相手の眼を見ることである。

相手の顔を見ずになど闘えない。

相手の足元だけを見て闘うなど、よほど、実力に差がなければできるものではない。

あの玄馬という男の眼を見ないようにという、そのことに意識を奪われてしまっては、術にかかる前に、たちまち玄馬にやられてしまうだろう。

眼をつむって闘ったらどうか。

完全に無理だ。

勝てるわけはない。

闘いの最中に眼をつむっても、恐怖のあまり、すぐに眼を開いてしまうだろう。

では、どうするか。

そうだ、やつの声にも問題がある。

〝ゆっくり……〟

そういうやつの声は、眼をつむっても聴こえてくる。

眼をつむって、耳を塞いだらどうか。

しかし、いくら耳を塞いでも、少しは外の声や音は聴こえてくる。

完全に、物音を聴こえなくするなど無理であった。

しかし、耳を塞いで、大声で喚《わめ》いていれば、声は聴こえてはこないだろう。

平八郎は、一瞬、眼をつむり、耳を両手で塞ぎ、大声で喚きながら玄馬の前に立っている自分の姿を想像した。

ただのアホだ。

ただのアホの真似をしても勝てればいい。

しかし、それでは玄馬には勝てない。

それでは、洟《はな》たれの、喧嘩《ケンカ》を覚えたての小学生にだってやられてしまうだろう。

股間を蹴られれば、それでおしまいだ。

勝てるのは、やっと、両足で立ちあがることを覚えた幼児くらいだ。

そのくらいのガキなら、なんとか勝てる。

とにかくそのガキが、自分の身体に触れてくるのを待って——

そこで、平八郎の思考は止まった。

なんと、アホなことを考えているのか、このおれは。

あの玄馬に勝つことを考えねばならない。

それを、この三日半の間、考え続けているのである。

しかし、考えても、考えの行きつくところは、いつも、どうでもいいことばかりだ。

どうしたらいいのか。

そうだ。

と、平八郎は思う。

あの蛇骨ならどうだろうか。

あの蛇骨が、あの玄馬と闘うことになったとして、蛇骨なら、あの術にかかるだろうか。

すました、女のような蛇骨の顔が浮かんだ。

かかるまい――

そう思った。

たぶん、あの蛇骨なら、玄馬の術にはかからないだろう。

くやしいが、そう思う。

蛇骨なら、あの男の眼を見ても、あの男の声を聴いても、あの術にはかからないはずだ。

何故か!?

自分に問うてみる。

考えた。

考えた。

考えた。

ようやく、わかった。

蛇骨の面《つら》の皮が厚いからだ。

あいつが、無神経だからだ。

蛇骨は、他人に、自分がどう見られようが気にしない。他人にどう言われようが気にしない。

平気だ。

あの蛇骨は、特別製の神経をしている。

だから平気なのだ。

おれはどうか?

自分は、他人が言ったことを覚えている。

他人が自分を誉《ほ》めれば、嬉《うれ》しい。

他人が自分を貶《けな》せば腹がたつ。

ねちねちと、それをいつまでも覚えていて、仕返しをしてやろうと思う。

自分はそういう人間である。

蛇骨は違う。

だったら、蛇骨のようになることだ。

蛇骨のように、女と気持のいいことをしても、表情さえ変えないような人間になればいいのだ。

いや、それは無理だ。

自分は、女と気持のいいことをすれば、その気持の良さのあまり、表情を変えてしまう。

嬉しい。

思わず喘《あえ》いで声をあげて放ってしまう。

自分は、あの蛇骨とは、まるで反対のタイプの人間である。

蛇骨のようなやり方は無理だ。
どういう方法があるか？
そうだ。
他のことに、意識を向けていればいいのだ。
何か、別なことに夢中になっていれば、いいのだ。
そうか――
あの、気を集中させる、あの方法を使えばいいのである。

　　智恵子は、
　　東京に空が無いといふ。
　　ほんとの空が見たいといふ。

「あどけない話」の一節が、頭に浮かんだ。
これならばいけそうであった。
この詩を唱えれば、すぐに意識が集中できる。
気が集まってくる。
途中で、あの四文字を入れる。

そうすれば、いい。

『智恵子抄』の詩と、女のあそこのことを考えれば、他の雑念などは入らない。

ついでに、それで集めた気を、あの玄馬におもいきりぶつけてやるのだ。

そのための訓練なら、あれから毎日やっている。

この部屋へ閉じ込められてからも欠かしたことはない。

しかし、それでも、まだ、一週間にも満たない日数である。

しかし、訓練はしているのである。

だが——

と、平八郎は思う。

気を溜めるまでに、時間がかかる。

それまでの時間、相手は自分を待っていてくれるだろうか。

術がかからないなら、いきなり襲ってくるのではないか。そうしたら、やはり、たやすくやられてしまう。

せめて、三十秒、それだけの間、玄馬が待ってくれるだろうか。

そうだ、と、平八郎は思う。

さっき、何か方法はないかと考えていたことが、ようやく、わかったのだ。わかりそうでわからなかったことが、ようやくわかったのだ。

「これだ！」

声に出して、平八郎は上半身を起こしていた。

どうせ、気を溜めるための自分の動きは、ゆっくりしているのである。

太極拳の、あのゆったりとした動きをしなければならないのだ。

こうなったら、一《いち》か八《ばち》か、術にかかったふりをして、あの太極拳の動きで気を溜めてみることだ。

もし、「あどけない話」を唱えても術にかかってしまったとしても、もともと動きはゆっくりなのだ。

それが、さらにゆっくりになったってかまわない。

問題は、呼吸だ、呼吸さえ自分のリズムでできればなんとかなる。

「糞――」

平八郎はまた声をあげた。

「ちくしょうめ、きやがれ、ばか！」

立ちあがっていた。

立ちあがった平八郎は、また、ベッドの上にごろりと仰向けになった。

きやがれも何も、自分は今、捕われの身である。

生命も危ないのである。

それなのに、逃げ出すための具体的なことは考えずに、あの玄馬と闘うことだけを考えていたのだ。

あの玄馬が、わざわざ捕われの身の自分と闘うはずもなく、もし、この部屋であの玄馬と闘って勝ったとしても、それは、逃げることにはまるでつながらない。

「おれと闘え」

そう挑発すれば、あるいは、玄馬は闘うかもしれないが、それには、どれほどの意味もない。

勝つ前に、誰かが助っ人に入るか、勝っても、あるいはそのすぐ後に殺されてしまうかもしれない。

いや、一番ありうるのは、あの玄馬に殺されてしまうことだ。

逆に、自分の生命を縮めてしまうのがオチである。

そのことに、平八郎は気づいたのであった。

これまで、なんとか自分が殺されずに来たのは、やつらが、おれから情報を得たかったからだ。

九州の裏密寺や、楽翁尼のことを、小出しにしながら話してきたからである。

それで、なんとか、この三日間をもたせてきたのだ。

言わねば、拷問《ごうもん》をされる。

拷問をされるのはいやだった。

かといって、知っていることを全部話してしまったら、もう、やつらにとって、おれは用済みとなる。

殺されるか、あの工藤のようにされてしまうかもしれない。

それに、困ったことには、すでに、知っているだけのことは、洗いざらいしゃべってしまった。

楽翁尼に申しわけない気もするが、こちらは生命がかかっているのである。

それに、このくらいなら話してもよかろうという話を、楽翁尼はしたのであるから、それを、自分が他人に話してもかまわなかろうという気がする。

もっとも、楽翁尼は、他人に話しても、他人はそんな話は信用すまいという意味で言ったのだろう。

しかし、自分が話した相手は、あの楽翁尼の話を、そのまま信ずることのできるだけの情報をすでに持っている連中である。

しかも、極道である。

あの交合仏のことや、空海の話までしてしまったのはまずかったのではないか。

だが――

他言するなと頼まれたわけでもなし、ましてや、口止め料をもらっているわけではないのだ。
うしろめたい気持はあるにしろ、
〝かまうものか〟
という気持がある。
なにしろ、自分の生命を救うためなのだ。
しかし、その自分の生命は、これからどうなってしまうのか。
楽翁尼の顔が、脳裏に浮かんだ。
あの小さな赤い唇に、自分の強張《こわば》ったものをしゃぶらせてみたかった。
それにしても、あの玄馬という男め――
と、平八郎は思う。
楽翁尼の話をするたびに、妙に顔をひきつらせやがって――
次に浮かんだのは、真由美の顔であった。
真由美と、思う存分にやってみたかった。
まだ、おっぱいさえも触らせてもらってない。
このままでは、死んでも死にきれない。
七子の顔が浮かんだ。
「平ちゃん、七子は嬉しいよう」

七子のあの声を、もう一度聴きたかった。

助平で可愛い女は、この世の宝だ。

平八郎が思い出した七子は、泣きそうな顔をしていた。

「七子よう――」

平八郎は、情ない声をあげた。

「やりてえなあ……」

平八郎は、深い切ない溜め息をついたのであった。

4

玄馬は、まだ、遠い顔をしていた。

玄馬の飢えは、去ってはいない。

すでに、スーツを着て、玄馬はもとのソファーに座している。

喜美代だけが、席をはずしている他は、もとのままだ。

喜美代は、際限なく玄馬に責められ、数え切れぬほどに果てさせられ、ほとんど動けぬようになった。

その喜美代を、剣が別室に運んだ。

その部屋で、今は、喜美代はこんこんと眠っている。

「困ったことになったわい」

鳴海は、玄馬を見ながら苦笑いをした。

「これで、あの女は、わしがどうやっても、満足せぬようになってしまった……」

そう言ってから、鳴海は、小さく首を振った。

「……いやいや、困るのは、わしではなく、あの喜美代の方だろうよ。おまえ以外の、どんな男に抱かれても、あれにとっては不満だろう――」

鳴海は、どうやら、それをおもしろがっているらしい。

「どうだ、玄馬、あの喜美代を、おまえがひきとるか?」

しかし、玄馬は答えない。

玄馬の眼は、虚空《こくう》を見ていた。

「ぬしの方が、あの女では不満のようだな。やれやれ、本当に喜美代が可愛想になってきたわい。なかなか、世の中は、うまく行かぬようにできているものだな」

鳴海は、玄馬の顔を見ている。

玄馬は表情を変えない。

「そういう面をしたぬしを見るのは初めてだな。どうやら、玄馬よ、おまえ、その楽翁尼とかいう女と、何ぞあったな――」

鳴海が言った。

玄馬の頬が、ぴくりと動いた。

「では、いよいよ、九州へは、ゆかねばならぬな。できることなら、あの地虫平八郎とかいう男の言っていた、交合仏を手に入れたい」

言ってから、鳴海は剣を見た。

「ザジはどうしている？」

訊いた。

「あいかわらずです」

剣が答えた。

「ンガジの屍体を、啖《くろ》うておるのか？」

「ええ」

「おかしな連中よ。死人の肉を啖えば、その死人の能力が自分のものになると思い込んでおる……」

ザジが、獄門会の人間によって運ばれてきたンガジの肉を喰い始めたのは、三日前である。

三日前から喰べ続けて、ザジはまだ、ンガジの肉を喰べているのである。

「そろそろ、腐臭がたまらぬころではないか？」

「今朝あたりから、内臓が――」

剣が言った。

「何と、何を喰べるのであったかな」

「脳と、心臓と、ペニスと睾丸《こうがん》、目だま、胃、それから肝臓――あとは喰べられるだけ――」

「虫《むし》は?」

「はい。ンガジの胃の中に、まだ六匹残っていましたが、すでに死んでいました」

「そうか――」

鳴海はうなずいた。

自分のグラスに残っていたウイスキーを、飲み干すと、

「ザジについてだが、どうしたものかよ……」

低くつぶやいた。

「どうとは?」

剣が訊く。

「殺すか」

囁くように言った。

「何故です?」

剣がまた訊いた。

「そこの勃起仏、全てわしが欲しくなった」

「しかし、殺してしまっては、ガゴルに言いわけがたちません。そうなっては、等身大の黄金仏十二体も、さらには、黄金宮殿の黄金も手に入らなくなってしまいます」

「その黄金宮殿だが、本当にあるのか？」

「はい」

「壁も、柱も、床も、天井も、全てが黄金の宮殿ぞ」

「はい」

剣がうなずいた。

「ムンボパの首をみやげにすれば、大量の黄金が手に入るだろうと、ぬしは言うた」

「はい」

「ぬしは、裏ではガゴルと通じながら、ムンボパを欺《だま》し、日本へ勃起仏を持ち去った三人の日本人を捜すのに協力をすると言って、ムンボパをわしの所へ連れてきた――」

「はい」

「そのすぐ後から、ガゴルが、ムンボパを殺すために放った二人の刺客――ンガジとザジがやってきた……」

「その通りです」

「そのふたりのうちのひとりは、すでに、ムンボパによって、殺された。それを、なんと説明する?」

「ありのままに説明するしかないでしょう」

「ならば、ついでに、ふたり殺されたことにしてもよかろう」

「しかし——」

「仏像は日本に残し、ムンボパの首だけをみやげにする——そのようなうまい方法はないか——」

「マラサンガ王国へ行った後、万が一にも、そのことがガゴルに知れたら、我々は黄金を手にいれることはおろか、生きて帰ることすらできなくなるでしょう」

「それほどの相手か、ガゴルは——」

「はい」

「ふうむ」

鳴海は、玄馬を見た。

「どう思う、玄馬?」

「何がですか?」

「おぬし、そのガゴルとはり合《お》うて、どうだ」

「ガゴルの力を知りませんので、何とも言えません……」

「なら、ザジとなら?」

「いつでも」

玄馬は、静かに答えた。

「しかし、その前に、かたづけておかねばならぬことがあるな」

鳴海が言った。

それは何か、と問うような視線を、玄馬は、鳴海に放った。

「あの、地虫平八郎のことよ」

鳴海は言ってから、
く、
く、
と、額に右手をあてて、笑った。

「どうしました?」

「いや、あの男のことを思い出したのだ。なかなかおもしろい、とぼけたところのある男よ——」

鳴海は、右手を額にあてたまま、小さく首を振ってまた笑った。

「結局、あの男、情報を小出しにしながら、我等に三日もかけさせおったわ」

「痛めつければ、一日で済んでいたでしょう——」

剣が言った。

「まあ、そう言うな。この三日は三日で、おもしろかった。おもしろかったが、しかし、あの男から、必要なことはひと通り訊き出してしまったわけだ」

「ええ」

「あの男を、どうする？」

「どう？」

「マヌントゥの虫を呑ませようにも、すでに虫も、ンガジも死んでしまっておる」

「殺しますか？」

「おもしろい男だが、それがよかろうよ。死ぬ前に、あの男がどのようにじたばたするか、それを見てみたい——」

「それとも、生かしておいて、人間《マン》ハンティングに使いますか？」

「それもおもしろかろうが、この玄馬か、ザジかに殺させるのを見るのも、またおもしろかろうよ——」

鳴海は、そう言って、また、低い声をあげて笑ったのであった。

転　章

1

地虫平八郎は、ベッドの上に仰向けになって、さっきから何度も溜め息をついていた。

今も、七子の、よく弾む尻のことを考えて、何度目かの溜め息を吐き終えたところであった。

ドアが開けられたのは、その時であった。

ドアが開いて、五人の男が入ってきた。

鳴海容三。

赤木玄馬。

剣英二。

ザジ。

そして、拳銃を手に持った男。

「てめえ、何しに来やがった」

平八郎は、上半身を起こして、わめいた。

すぐに、その平八郎に、拳銃がつきつけられた。

「いや、地虫くん、この三日間は、おかげで実に楽しかったよ」

鳴海が言った。

ポマードをたっぷりつけて、髪を後方に撫《な》でつけているため、ポマードの匂いが、すぐにその部屋に漂いはじめた。

「けっ」

そう言って、平八郎は、ゆっくりと、両足を床に下ろし、ベッドに腰を下ろすかたちになった。

「実はね、たいへん残念な結果を、きみにお知らせせねばならなくなった」

「なに!?」

「残念だが、きみには、死んでもらうことになった——」

あっさりと、鳴海が言った。

様子をうかがうように、平八郎を見つめた。

「な、な——」

平八郎には、今、鳴海が言ったことがすぐには呑み込めなかった。

「きみには、死んでもらうことになったと、そう言ったのだよ」

もう一度、鳴海は言った。

「なんだと!?」

やっと、平八郎は言った。

立ちあがっていた。

「しかし、安心したまえ、死に方については、いくつか、きみにはそれを選ぶ機会が与えられている」

「機会!?」

そう言った平八郎の声は、すでに上ずって高くなっている。

「選択肢《せんたくし》は三つだ」

楽しそうに、鳴海は言い放った。

「そのうちのひとつは、きみを、生きたまま、この家の庭に放す。それを、我々が銃でハンティングする。見つけ次第、きみを撃ち殺す——」

とんでもないことを言った。

「本来であれば、ヘリで出かけて、手頃な無人島へきみを放し、そこでハンティングをすることになるのだが、我々には時間がないのだよ」

「ふたつめは？」

「ふたつめは、そこのザジと素手で闘って、身体中の肉を毟《むし》られて死ぬことだ」

「ぞっとしねえな。三つめは？」

「みっつめは、そこの玄馬と闘って、首の骨を折られて死ぬことだ」

「たまらねえな……」

平八郎は声をあげた。

「さて、どうする？」

「考える時間は、どれだけもらえるんだ。一ヵ月考えたって、こちとらかまわねえんだぜ
——」

「まだ冗談を言えるんなら、こっちも嬉しいね。楽しませてもらえそうだからな」

鳴海が言った。

「しかし、考える時間は、三分だ。三分たって、きみが答えなかったらこちらで勝手に、それを決めさせてもらうよ」

鳴海が片手をあげると、剣が、自分の腕時計を見た。

「ま、待てよ、おい——」

平八郎が言う。

しかし、答える者はない。

やがて――

「一分経過――」

剣の声が響いた。

二分経過の声が響いた時、平八郎は決心していた。

「き、決めた。そこの男だ。玄馬とやる！」

平八郎は叫んでいた。

2

平八郎は、静かに、夜の庭に立った。

大気が、ひんやりと冷え込んで、明るく月光が注いでいる。

すぐ近くに、外灯の灯りがあって、闘うには充分な明るさがあった。

平八郎は、そこに立ち、歯を噛みしめた。

強く噛んでいる。

そうしていないと、身体が震えてしまうからである。

そうやって、震えそうになるのを、平八郎は耐えているのである。

糞。

死んでたまるか、と思っている。

死んでたまるか。

七子ともう一回やるんだ。

山のような黄金を手にして、それで最高に贅沢《ぜいたく》な暮らしをするんだ。

そう思っている。

死んでたまるか。

だから、歯を嚙みしめているのである。

どうすればいいのか。

それは、すでに考えていたはずなのに、みんな、頭の中からきれいに失くなってしまったようであった。

思い出せ。

〝智恵子は……〟

と、平八郎は、心の中でつぶやいた。

そうだ、智恵子の詩《うた》だ。

すっと、気持が一瞬楽になる。

〝智恵子は
東京に空が無いといふ〟

いいぞ。

気持が落ち着きかける。

眼の前に、うっそりと立った玄馬を見た。

月光の中に立った玄馬は、幽鬼のようであった。

「やい、鳴海！」

平八郎は叫んだ。

でかい声を出さないと、声が震えてしまう。

「もし、おれが、このバカに勝ったらどうする？」

言いながら、四方をうかがう。

庭樹が何本かある。

そのむこうに、屋敷塀《やしきべい》がある。

高さは、約二メートル。

なんとか、ひと息に越えられる高さだった。

しかし、逃げようとすれば、すぐに玄馬が追ってくるだろう。

うまく塀までたどりつけたとしても、塀を越えようとした時に、玄馬にやられてしまう。

うまく玄馬をやっつけて、塀に走ったとしても、ザジがいる。

銃を持ったやつまでいるのだ。

少なくとも、塀まで走って逃げる手は、ない。

とにかく、玄馬をやっつけることだ。

玄馬をやっつけたら、その勢いで、ザジともやらせろと要求する。

それで、ザジまでやっつけてしまえば、なんとか勝機はあるかもしれない。

ザジとやりながら、隙《すき》を見て、男の手から拳銃を奪うか、拳銃を持っている手を蹴りあげてやるのだ。

そうすれば、チャンスはある。

とにかく、玄馬に勝つことだ。

「さて、どうしようか？」

鳴海は言った。

「玄馬のバカに勝ったら、次は、そこのザジとやらせろ」

「わかった」

鳴海が答えた。

よし——

と、平八郎は思う。

もし、玄馬に勝って、その後、もうザジとやる力が残っていなかったら、正直に、明日、ザジとやらせろと頼めばいい。

あまりにずうずうしい要求かもしれないが、この鳴海という親父は、とぼけたところがあるから、案外、承知するかもしれない。

とにかく、玄馬に勝たねば、そのまま殺されてしまうのだ。

それも、首の骨を折るという。

痛そうだった。

死ぬ時に、自分の首の骨の折れる音が聴こえるのかなと、ふと、平八郎はそんなことを思った。

わかるわけはなかった。

それを確かめようにも、確かめる相手は死んでしまっているからだ。

だいぶ、余計《よけい》なことばかり考えているな、おれは。

そう思う。

「おれを、また動けなくできるものならしてみやがれ！」

平八郎は叫んだ。

しかし、玄馬は、笑いもしない。

表情も変えない。

「おい、玄馬、挑戦されてるぞ。受けて立ってやれ」

鳴海が言った。

ありがてえ親父だと、平八郎は思った。

「智恵子は——」

と、平八郎は、いきなり声に出して言った。

「東京に空が無いといふ……」

言いながら、両手を前に出して、ゆっくり腰を沈める。

太極拳。

老架式《ろうかしき》。

呼吸を整えてゆく。

「ほんとの空が見たいといふ……」

動く。

気を練り始める。

四文字の言葉を、声に出してつぶやく。

女のあそこの部分の俗称だ。

さすがに、鳴海は、あっけにとられた顔つきになった。

しかし、玄馬には、表情がない。

「私は驚いて空を見る……」

いいぞ、ぐいぐいと気が溜ってゆく。

しかし、玄馬は、まだ声をかけてこない。
平八郎を見ている。
いきなり、玄馬が、
「かあっ！」
鋭い呼気を、殺気と共にぶつけてきた。
思わず、平八郎の意識の一部が、そちらに気をとられた。
その瞬間に、
「ゆっくりと動け……」
玄馬が言った。
その途端に、平八郎の動きが、さらにゆっくりとなった。
しまった――
と思う。
しかし、その時にはもう遅かった。
再び、平八郎は、玄馬の術にかかっていた。
だが――
練れている。
動きがゆっくりなら、ゆっくりななりに、気が練れて、体内に溜ってゆくのである。

平八郎は、顔を歪《ゆが》めた。
勝負をかけるしかない。
あと、もう少しで、体内に気《い》が充満する。
それまで、なんとか時間を持たさなければ。
「阿多多羅《あたたら》山の山の上に……」
声ならば出る。
気《い》が満ちる。
体内に、気《い》が、はちきれそうになる。
まだだ。
もう少しだ。
その時、玄馬が動いた。
駄目だ。
やられる。
そう思った時、平八郎の脳裏に閃いたものがあった。
声ならば、いつも通りに出せるのだ。
「てめえ、玄馬！」
平八郎は、大きな声で叫んだ。

「てめえ、あの楽翁尼のガキにふられやがったなっ!!」

おもいきり叫んで、その言葉をぶつけた。

その瞬間に、信じられないことがおこった。

あの玄馬の無表情であった顔が、ふいに、大きく歪んだのだ。

玄馬が動きを止めた。

眼を見開き、歯をむき出し、両手で頭を抱えた。

「おう、おおおう——」

たまらない、苦痛に満ちた声を、玄馬はあげた。

その時、平八郎の体内に、はちきれそうに気が満ちた。

今だ！

平八郎は、腰を落とし、両手を前に突き出して、おもいきり、ありったけの気を、ありったけの力を込めて打ち出した。

「おはあっ!!」

足を、大きく前に踏み出した。

手が、軽く、玄馬の身体に触れた。

その瞬間、大きく、羽毛のように軽々と、玄馬の身体が後方にふっ飛んでいた。

玄馬の肉体が、宙に舞ったようにさえ見えた。

やった!!

平八郎は、歓喜した。

玄馬は、木の葉のように宙に舞って、頭から地に落ちていた。

「ざまあみやがれ、玄馬!!」

平八郎が叫んだ。

その時、むっくりと、玄馬の身体が起きあがるのが見えた。

「ちいっ」

疾《はし》り寄って、玄馬の身体に蹴りをぶち込もうとした平八郎の動きが止まった。

玄馬の様子がおかしかった。

普通でなかった。

玄馬は、両手で自分の頭を抱え、天に向かって咆哮《ほうこう》していた。

「おおあああああっ!」

獣の声であった。

「楽翁尼よ、何故、どうしてわが心を受け入れぬのだ!」

玄馬が、月の天に向かって叫んだ。

「楽翁尼よ!」

玄馬が狂おしく、身をよじった。

玄馬の記憶がもどったのだ。

「何故、この昇月を拒む！」

その時、家の中で、男の叫び声があがった。

二階の窓ガラスが割れて、そこから、人が飛び出してきた。

その人影が、平八郎の横に並んだ。

「大丈夫ですか」

蛇骨が、平八郎の横に立った。

「蛇骨っ、てめえ――」

平八郎が声をあげた。

蛇骨は、右手に、黄金の勃起仏を一体、握っていた。

銃を持っていた男が、銃口を蛇骨に向けた。

その男の右手首に、闇の中から飛来した、一本の鋭い針が突き立っていた。

男の手から、銃が落ちた。

「ほ、ほほ……」

闇の中から、ゆるゆると歩み出てきた人影があった。

雷祥雲《リースーウン》であった。

「祥雲《スーウン》先生！」

平八郎が、声をあげた。

「久しぶりだのう。いくらかは、気《い》をあやつれるようになったようだな」

雷祥雲《リースーウン》が、笑いながら、平八郎に並んだ。

「ほほう、色々とお出ましになったな」

鳴海が、おもしろそうに声をあげた。

玄馬は、吼えるのをやめていた。

真っ直に、蛇骨を睨《にら》んでいた。

「おのれ、蛇骨っ!!」

玄馬が、狂おしさの塊《かたまり》を吐き出すように、言った。

「記憶がもどりましたか?」

「蛇骨、生かして帰さぬ」

唇を歯で嚙み切りながら、玄馬——昇月が言った。

鬼の顔をしていた。

——仏呪編・了

4 暴竜編

序　章

1

地虫平八郎《じむしへいはちろう》は、ほとんど歓喜の表情を浮かべていた。

「蛇骨《じゃこつ》、爺《じじ》い、いいところへ来やがった！」

これで、生命が助かったと思う。

すでに、玄馬《げんば》に向かって気を放った時に、玄馬に懸《か》けられた呪《しゅ》の縛《ばく》からは逃れている。

身体《からだ》は自由に動く。

拳銃は、地に落ちたままだ。

その銃を手にするタイミングを、獄門会《ごくもんかい》の男たちがねらっているが、まだ、誰もその銃に手が出せない。

手を出そうとすれば、また、あの、突然姿を現わした奇妙な老人が、針を投げつけてくると考えているためである。

実際には、その老人——雷祥雲《リースーウン》は、もう、針を持ってはいない。

その針は、しばらく前に、蛇骨が雷祥雲に向かって投げてよこしたものである。

場所は、代々木八幡《よよぎはちまん》の、鳴海容三《なるみようぞう》の屋敷の庭だ。そこで、蛇骨と雷祥雲は出会い、その場で相手の手のうちをさぐりあった。

蛇骨が、雷祥雲に針を投げたのはそのおりのことである。

切先ではなく、逆向きに飛来したその針を、雷祥雲は宙で受け止めた。

その針を、これまで持っていて、今しがた、拳銃を持ち出した男の手に投げつけたのである。

「けっ！」

平八郎は、地に向かって、大量の唾《つば》を吐き捨てた。

玄馬《げんば》は、すでに、平八郎のことを忘れている。

玄馬は、今、蛇骨の顔を、ものすごい眼つきで睨《にら》んでいる。

子供なら、その眼で睨まれただけで、小便を洩《も》らしてしまいそうな眼だ。

平八郎には、よくわからないが、とにかく、この玄馬と蛇骨の間には、何かあるらしい。

とにかく、生命が助かる絶好の機会《チャンス》であった。

銃だ。

平八郎は、落ちている銃に向かって疾《はし》った。

それを見て、銃の近くにいて、迷っていた獄門会の男が、銃に飛びつこうとする。

平八郎よりも早い。

しかし、銃を拾うことでは、その男の方が早いが、その男に攻撃を加えるのなら、平八郎の方が早い。

「けやっ」

平八郎は、まさに、銃に触れようとしたその男の脇腹に、靴の爪先を、おもいきり蹴り入れた。

肋骨《あばらぼね》の折れる感触があった。

今だ。

平八郎が、あらためて銃に飛びつこうとした時、左右から、獄門会の男ふたりが飛びかかってきた。

ひとりは、平八郎の腰にしがみつこうとしてきた。

もうひとりは、手に匕首《あいくち》を持って、平八郎に向かって切りかかってきた。

いい連繋プレイであった。

ひとりが平八郎の動きを奪い、ひとりが攻撃をする。

「馬鹿たれが!!」

平八郎は、自分の腰にしがみつこうとした男の顔面に、膝蹴りをぶち込んだ。

カウンターだ。

みりっと鼻の軟骨が潰《つぶ》れ、鼻骨が陥没する感触があった。

車に轢《ひ》き殺される時の、猫のような声を、その男はあげた。

ざまあみやがれ。

もうひとりの男は、平八郎の顔をねらって、匕首《あいくち》を横に振ってきた。

それをかわして、匕首を握ったその男の右手首を、右手でわしづかみにする。

強くひいた。

たたらをふんで、男の脚が開いた。

開いたその男の股の底へ、左足の甲を下からぶち込んでやる。

ほれぼれするような絶叫が、その男の口からほとばしった。

きんたまが潰れ、袋の皮が裂けたに違いない。

それが、自分のものであったらとんでもない、身の毛がよだつようなことだが、他人の痛みなら一〇〇年でも我慢《がまん》ができる。

白目をむいて、その男は、悶絶《もんぜつ》した。

自分の顔面を、刃物で切り裂こうとしたやつに、同情はできない。

さっきは、この自分が玄馬にやられて死ぬのを見物しようとしていた男なのだ。

平八郎の右手に、男が持っていた匕首が残った。

銃は、と見ると、ひょうひょうと歩いてきた、白髪の雷祥雲《リースーウン》が、いつの間にか拾いあげている。

獄門会の男たちが、鳴海容三の周囲を、わっと取り囲んだ。

雷祥雲が手にした銃から鳴海を守るため、自らの身体を楯《たて》にしたのである。

残った男たちが、もの凄《すご》い形相《ぎょうそう》で、死を覚悟で雷祥雲に飛びかかってゆく。

平八郎にはとても真似《まね》できないことであった。

いや、こういう騒ぎの真っ最中だからできることであり、冷静な時には、とてもできることではない。

雷祥雲は、銃を下にむけて、無造作に三度、引き鉄《がね》を引いた。

どん。

どん。

どん。

三人の男が、はじかれたようにふっとんで、地に転がった。

三人とも、足の甲を撃ち抜かれていた。

銃で間に合わなかった男の顎を、雷祥雲は右足で真下から蹴りあげた。

その男は、そのまま、仰向《あおむ》けにぶっ倒れて動かなくなった。

雷祥雲《リースーウン》は、銃口を見つめて、感心したような声をあげた。

だぶだぶのズボン。

だぶだぶのシャツ。

見た目には、とても、極道《ごくどう》相手に銃をぶっ放すというようなことを、表情も変えずにやってのけるようなタイプには見えない。

自分が蹴りを出したことなど知らぬ気な風情である。

「やはり、銃の威力というものは、たいしたものよ——」

平八郎は、銃には詳しくない。

どうせ、極道が、海外からのルートでひそかに密輸したものを手に入れたのだろうが、それが今、味方の手の中にあるというそれだけで、気分がでかくなっている。

さすがに、男たちはあっけにとられて、その場に足を止めていた。

「爺い、逃げるぜ」

塀に向かって、平八郎が走り出したのを、

「まあ待て」

雷祥雲が平八郎を止めた。

「いい機会だ。おまえがどれだけ腕をあげているのか見てやろう」

「何を言ってやがる、馬鹿！」

平八郎は止まらない。

その平八郎の後を、巨大な蜘蛛《くも》のように、追うものがあった。

両腕が、異様に長い男――ザジであった。

「ほれ、行ったぞ。そのままでは、背骨を折られちまうぜ」

雷祥雲《リースーウン》が言った。

「くわわ!?」

平八郎は、声をあげて、塀に飛びつく寸前で、後方を振り返った。

言われるまでもなかった。

強烈な寒気に似たものが、首筋の毛を立ちあがらせていた。

ザジが、地を這《は》うように走ってきて、今、まさに、地面から平八郎に飛びかかろうとする寸前であった。

ふわりと、ザジが宙に浮いた。

長い腕が、するすると伸びてくる。

腕だけではない。

指も、伸びた。

その先に、鋭い爪がある。

その爪の先が、平八郎の眼球を、ほとんどかすめるようにして横に流れていた。

ぞくり、

とした。

眼球の肉を、その肉でほじくられる寸前であった。

スウェーバックで、それをかわさなければ、失明していたところだ。

平八郎は、後頭部を塀におもいきりぶつけていた。

あやうく脳震盪《のうしんとう》をおこすところであった。

「馬鹿、爺い。何故今この糞野郎《くそ》に、一発ぶち込んでやらねえ!?」

「がたがた言わんで、ほれ、わしの前で、そいつと闘ってみい。邪魔をするやつがいれば

わしが大人しくさせてやるわい」

雷祥雲《リースーウン》は、天に銃口を向けて、また引き鉄《がね》をしぼった。

銃声が、闇を貫いた。

「危なくなったら、これで、助けてしんぜる故《ゆえ》、安心せい」

「本当か!?」

雷祥雲の声に、平八郎は急に、力を得たような声をあげた。

「糞ったれ、やったろうじゃねえか」

平八郎は、唇を吊りあげて、にっ、と下品な笑みを浮かべていた。

「そいつをやっつけたら、塀の外に逃げよ。少し走れば、そこで、鬼猿《きざる》というのが車にエンジンを掛《か》けて待っている」

雷祥雲が言った。

「おう、来やがれ」

平八郎は、腰を沈め、両手を握り、そこから、人差し指、中指、親指を揃《そろ》えて突き出して、構えた。

2

蟷螂《とうろう》拳——。

平八郎が、台湾で、雷祥雲《リースーウン》から学んだ中国拳法である。

「ほう、そこそこには様《さま》になっておるではないか——」

雷祥雲が、動きかけた男たちに、銃口を向けて、威嚇《いかく》する。

すでに、蛇骨と、昇月の姿は、そこにいる男たちの視界からは消えている。

闇の向こうから、時折り、強い息遣《づか》いと、金属と金属とが触れ合う音が響いてくる。そして、樹の梢《こずえ》がざあっと騒ぐ音——。

蛇骨と昇月が、闇の中で激しい死闘を演じている音だ。

音と、その気配のみが、平八郎のいるそこまで伝わってくる。

ザジは、平八郎の前に立って、両腕を、自分の胸前で組むようにして縮めている。

あの長い腕が、平八郎の位置から見ると、うまく畳《たた》まれて、常人の腕の長さしかないように見える。

平八郎は、いらついた。

「ちいっ」

間合《まあい》がつかめないのだ。

鳴海容三は、それでも逃げずに、後方に退《さ》がり、男たちの後方からザジと平八郎の闘いを眺めている。

ザジが、動いた。

半歩踏み込んで、ストレートぎみに、指先を揃え、それを平八郎に向かって突き出してくる。

疾《はや》い。

喉だ。

喉をねらっている。

ふひゅ、

鋭い呼気を唇から吐いて、伸びてきたザジの腕を、平八郎は、三本の指を揃えた右手でからめとり、横へ流そうとした。

しかし——。

横へ流れかけたザジの手が、フックに近いかたちで、蛇のようにうねりながらもとのラインに乗って、平八郎の顔面に向かって伸びてくる。

「痛《つ》うっ」

平八郎の頬肉を、浅くその指先の爪がえぐって疾《はし》り抜けた。

平八郎は、かまわず踏み込んだ。

左手の、三本の指先を揃えた拳を、ザジのこめかみにあてにいった。

ザジが、左肘で、その攻撃を上に跳ねあげる。

その時、平八郎は、後頭部に、異様な気配を感じていた。

ナイフの切っ先が、今、まさに、自分の後頭部から潜り込もうとしているような感覚——。

平八郎は、頭を沈めて、それをかわした。

ザジの右手であった。

それが、平八郎の頭部の毛をひきちぎりながら、疾る。

さっき、平八郎の頬をえぐったのと同じ指が、いったん疾り抜けてから、後頭部を襲うためにもどってきたのだ。

とんでもない、どんな闘技のセオリーにもない技であった。

立って腕を垂らせば、指先が床に触れるくらいに長い腕を持っている人間のみが、その技を可能にする。

その次は、真下からだ。

平八郎の攻撃を、左肘で上へ跳ねあげ、いったん下へ向いたザジの左手が、下から垂直に、平八郎の顎めがけて疾り登ってきたのである。

「ぬ!?」

沈めかけた顔を持ちあげる。

しかし、平八郎が顔を持ちあげる速度よりも、その手が登ってくる速度の方が疾《はや》かった。

右手で、顎の下をガードする。

その右手の平に、ザジの指が、浅く潜り込んでいた。

第一関節までは潜り込まなかったが、爪の部分は、きれいにそこに潜り込んでいた。

「うきゃっ」

怪魚の声をあげて、平八郎が、ザジに蹴りを入れる。

ザジの身体が、低く地に沈んで、それをかわす。

次の瞬間に、沈んでいたザジの身体が跳ねあがる。

型もなにもない闘いであった。

「ほれ」

「平八郎、そこだ」

「違う」

「下」

「横だ」

「なんと」

雷祥雲《リースーウン》が、声をあげる。

平八郎のように変則的な闘い方をする人間より、なお、ザジのそれは変則的であった。

平八郎は、押されていた。

「た――」

平八郎は、声をあげた。

「た、助けろ、爺い、このバカ――」

しかし、雷祥雲は、闘いを見守っているだけである。

平八郎の息が、あがっていた。

疲れているらしい。

もう、じきに、犬のように舌を出して喘《あえ》ぎ出すかもしれなかった。

「疲れたか、平八郎――」

雷祥雲《リースーウン》が、笑いながら言った。

「あ、あたりめえだ、この――」

「ほっほっほ――」

雷祥雲が笑った。

「やられてしまえ。そうすれば休めるぞ、平八郎」

とぼけたことを言った。

闘いが始まって、まだ、二分もたってはいない。

よほど、普段、運動不足なのだろう。

その平八郎が、喘ぐかわりに、口の中で、何かを唱えていた。

「智恵子は……」

と、平八郎はつぶやいた。

「智恵子は東京に空が無いといふ……」

ほんとの空が見たいといふ。

私は驚いて空を見る。

平八郎は、逃げながらつぶやいている。
つぶやいていると、平八郎の中に、何かが溜《たま》ってゆくらしい気配があった。
阿多多羅《あたたら》山の上に毎日出てゐる青い空が
智恵子のほんとの空だといふ。

平八郎は、思っている。
許せない爺いだと思っている。
同じではないか。
これではさっきとほとんどかわってはいない。
相手が玄馬からザジにかわって、見物人の中に、雷祥雲《リースーウン》が増えただけではないか。
何が、銃で助けてくれる、だ。
助けてくれやしないではないか。
思いながら、『智恵子抄』の詩句をつぶやいている。
「あどけない話」である。
その合い間に、四文字言葉を入れる。

気は、溜っているのか、と思う。

わからない。

溜っているような気もするし、そうではないような気もしている。

平八郎を眺めながら、雷祥雲は、何を思いついたのか、独りでうなずいた。

「ふむ――」

雷祥雲は、銃口をあらためて空に向けた。

発砲した。

たて続けに、銃声があがった。

「平八郎、これで、銃に弾は失《な》くなったぞ」

雷祥雲が言った。

「なんだと!?」

「もう助けてやれん。自分でなんとかするんだな」

馬鹿たれ爺いめがっ。

あまりのことに、途中まで唱えていた「あどけない話」の、そこから先の詩句が、きれいに脳裏から消え果てていた。

その、平八郎の心の動揺を察知したかのように、

「クァナ!」

ザジが叫んで襲いかかってきた。

平八郎の顔が、ひきつった。

「あたあっ!!」

平八郎は、自分の内部にどこまで溜っているのかわからない気を、とにかく、根こそぎ、ありったけ、襲いかかってきたザジに向かって解き放っていた。

第一章　暗黒教

1

その晩、選ばれたのは、また、加倉周一《かくらしゅういち》であった。

ガゴルに選ばれ、ガゴルの相手をする。

およそ、三時間から四時間、ジャングルの中にあるガゴルの館で、ガゴルのSEXの相手をする。

そしてまた、洞窟の牢にもどされる。

牢には、常に、見張りがふたりいる。

ふたりとも、手に槍《やり》を持ち、腰には、ジャングルの中を歩く時に、蔓《つる》や草を断ち落として道を造るための山刀を、それぞれ一本ずつ下げている。

身につけているのは、半ズボンにTシャツだ。

　そのふたりが、牢の前にいる。

　立っている時もあれば、座って話し込んでいる時もある。

　誰かが、ガゴルの相手をする時には、牢が開けられる。

　その時には、あらたにふたりの男がやってきて、あらかじめ、ガゴルの相手をする男の両手を後ろにまわし、そこで縛る。そのうえで、ジャングルの中のガゴルの館へ連れてゆく。

　ジャングルの中に、岩山がある。

　ジャングルの樹々や草が、その岩山を覆《おお》っているため、上空から見ても、ただのジャングルの起伏のようにしか見えない。

　その岩山の麓《ふもと》に、ガゴルの館はあった。

　岩山の岩肌に、ガゴルの館の後部が接している。

　その接した部分は、洞窟の入口になっている。

　しかし、その洞窟の入口を隠すようにガゴルの館が建てられているため、外からは、そこに洞窟があるようには見えない。

　その洞窟の中に入るには、ガゴルの館を通らねばならない。

　ガゴルの館――。

　それは、樹で造られた木造の館だ。

上空から見ただけでは、ちょっとわからぬように、屋根に木の枝や草がのせられている。ジャングルの樹を切り出して、手造りで建てられたように見えるが、小屋の内部は、驚くほど、近代的だ。

床には、絨緞《じゅうたん》が敷いてあり、電気までが来ており、エアコンまでが、完備《かんび》されている。灯油を使った自家発電をしているのか、近くの川の水を利用して、水力発電をしているのか、そこまではわからないが、とにかく、ガゴルの館には、冷蔵庫まであるのである。

寝室は、洞窟の内部に入ったところにある。洞窟の石の壁を刳貫《くりぬ》いて、小部屋が造られ、入口には扉がある。

もともとあった天然の洞窟内の空間を利用し、それにさらに人の手を加えて部屋にしたものだ。

そこにも、電気は来ている。

部屋の石の床に、絨緞《じゅうたん》が敷いてある。

高価な、ペルシャ絨緞《じゅうたん》である。

奥の石の壁には、一面に黄金色で彩色された、奇妙な曼陀羅《まんだら》に似た図象が描かれている。真言《しんごん》密教で言えば、大日如来のある中心に、釈迦牟尼《シャカムニ》仏が描かれ、その周囲を囲む八尊の姿にも、釈迦牟尼仏が描かれている。

全部の、諸仏、諸菩薩《ぼさつ》、諸尊が、釈迦牟尼仏で描かれた曼陀羅であった。

しかも、いずれの釈迦牟尼仏も、その股間から、雄々たる勃起《ぼっき》した男根をそびえ立たせているのである。しかも、その釈迦牟尼仏の半数は、その腕《かいな》に、女尊を抱き、そのそびえ立つ男根で、その女尊を貫いている。

その曼陀羅の手前に、木の台があり、そこに、八個の曝首《しゃれこうべ》——人間の頭蓋骨が並んでいる。

骨を大気にさらすようになってから、かなりの歳月が過ぎているらしく、その骨は、すでに黄色く変色していた。

その部屋の中央に、寝台がある。

大きな、天蓋《てんがい》つきの寝台であった。

その部屋に連れられてくると、加倉は、後ろに回されて縛られていた両手の縄を解かれた。

槍を持った男たちが出てゆく。

寝台の横に、ガゴルが立っている。

身長は、小学生くらいしかない。

一五〇センチほどだ。

白髪で、黒人の老婆だ。

全身に皺《しわ》が浮いている。

その身体に、黄金を纏《まと》っている。

腰に巻いている布のように見えるものも黄金であった。

直径が二センチほどの黄金の丸い板——中心に穴の空いたコイン状のものをつなぎ合わせて、布状にしたものだ。

右腰に下げた短剣の鞘《さや》も柄《つか》も、宝石の飾りのついた黄金であった。

足首と、手首にも、黄金の輪を嵌《は》めている。

首からは、何重にも、黄金のネックレスを下げている。

額には、黄金の輪を嵌め、耳にも黄金の耳飾りを下げている。

額に嵌めた黄金の輪の中心に、大人の親指の先ほどの宝石——ダイヤモンドが嵌められている。

上半身は、裸体であった。

乳房は、中身の失くなった皮の袋のようになって垂れている。その先に、黒い、太い乳首がある。

もとは、肉が詰《つ》まっていた肉体が、歳《とし》を重ねるにつれてくぼみ、そのゆるんだ分の皮膚が、そのまま皺《しわ》となって残っているのである。

背は、歪《いびつ》に曲がっていた。

右手に、黄金の杖を持っている。その杖の先を床に突いていないと、前かがみに倒れ込んでしまいそうなほどであった。

笑うと、黄色く変色した歯が、数本、覗《のぞ》く。

ガゴルの身体の中で、唯一、生気をはらんでいるのは、その眼であった。

眼球が大きい。

その眼球が、不気味なほどぬれぬれと光っている。精気が、その眼から、したたり落ちてきそうなほどであった。

姿だけを見ると、このガゴルが、この奇妙な黒人集団の長にあるとは、とても信じられなかった。

しかし、加倉は、このガゴルが、夜の宙に浮いているのをその眼で見ている。

さらに、その肉体は不死身のようであった。

このガゴルに敵対していたらしい黒人が、ガゴルに向かって投げた短剣を、その肉体に受けて、ガゴルは平然としていた。笑いながら、自分の身体に刺さっていたその短剣を、自分で引き抜いた。

その黒人は、巨大な爬虫類《はちゅうるい》——恐竜の口に咥《くわ》えられながら、短剣をガゴルに投げたのだ。

まったく、ここは、どういうところか。

この、アフリカの、熱帯雨林のジャングルの中で、信じられないものばかりを見た。

ゴリラでも、他の、知られているどのような動物でもない生き物——ミッシングリンクかも知れないマヌントゥ。

思えば、そのマヌントゥを追って、ジャングルの中で迷い、ここまで来てしまったのだ。

そして、アショカ王が仏跡に建てた碑《ひ》と同デザインの碑——獅子《しし》の頭部をその頂《いただき》に置いた石塔を、ジャングルの内部で見た。

加倉は、カメラマンである。

以前に、仏跡を撮るためにインドを旅行したおり、インドのサールナートの博物館で、それと同様のものを見ている。

そして、地面から頭部までの高さが、七メートルから八メートルもあろうかと思われる恐竜——ムベンベ。

その頭部に立っていた女。

そして、こんなアフリカの、赤道に近いジャングルの中にあるはずのないもの——。

黄金の仏陀の像。

しかも、その像は、どれも、股間の男根を高くそびえ立たせていた。

その像の前で、交わり合っていた黒人男女の群——。

どれもこれもが、熱帯のジャングルが見せた悪夢としか思えない。

だが、これは、まぎれもない現実なのだ。

しかし、どのようにして、いつ、仏教がこのアフリカの奥地に、伝播《でんぱ》したのか。

一般には、仏像は、紀元一〇〇年頃、北西インドのガンダーラ地方で製作が始められたとされている。

しかし、アショカ王を基準に考えるなら、それよりも三〇〇年以上も前に、インドの各地に碑を建てている。

その碑と共に、仏像がこの地に伝わっていたとするなら、仏像の歴史は、世界史において、根本的に書き換えられねばならない。

そもそも、仏像――つまり仏陀の像の起源を、紀元一〇〇年のガンダーラとするなら、仏陀入滅後六〇〇年余り、どうしてそれまで、仏像が造られなかったのか？

仏教史には、まだまだ、未知の部分が多い。

もともとは、仏陀の死後、人々の礼拝の対象とされたのは、仏舎利《ぶっしゃり》と呼ばれる、仏陀の骨である。

火葬にされた仏陀の骨を、いくつにも分けて、塔を建て、その中に納め、それを人々は拝んだのだ。

これが仏塔《ストゥーパ》のおこりだ。

分骨するその骨の量に限りがあるため、自然発生的に仏像が造られ、それを拝むようになったのか？

それは、仏教史の中の、大きな謎のひとつである。

「来た、か……」

と、ガゴルは、加倉に言った。

加倉は無言であった。

これから、何があるかはわかっている。

この、妖婆に、文字通り、奉仕し、犯されるのだ。

抵抗はできない。

ガゴルの眼を見ると、意志とは別に身体が反応し、股間のそれに血液が送り込まれる。

そして、動けなくなる。

動けなくとも、それは勢いを保ったままだ。

仰向けにされ、その上に、ガゴルがまたがってくる。

いかなければ、ガゴルは、好きなように加倉の上で楽しんだ後、口に、加倉のそれを咥《くわ》えてくる。

歯茎でそれを噛《か》み、締め、舌でもてあそんで、放出させてしまう。

おそろしいほどの快美感が、そこにはある。

もし、ふたりきりなのをよいことに、ガゴルを襲おうとしても、ガゴルにはかなわない。

ふいをついて襲い、ガゴルを人質にとって、ここから脱出することも考えたが、どんな時でも、ガゴルには隙《すき》はない。

自分の上で、あられもなく腰を振っているガゴルを倒そうとしても、身体が動かないのだ。

時には、ガゴルも、自分の楽しみのために、加倉の身体を動くようにする時もあるが、しかし、そのおりガゴルに襲いかかろうとしても、必ずガゴルにはそれを気づかれてしまう。

「ほう、わしの首を絞《し》めたいか――」

ガゴルがつぶやいた途端《とたん》、自分の首が、見えない手によって絞められるのだ。

自分が、ガゴルに対してやろうとしていたことが、自分の身に対して加えられてくるのである。

それも、見えない力によって――。

それが、どの程度のレベルまでのことであるのかはわからないが、ガゴルには人の意志を読む能力があるらしい。

結果的に、さんざんガゴルに犯されて、解放される。

加倉や、他の男たちにできることは、ガゴルに問うたりして、そのおりにガゴルの言う言葉を覚えておいて、それを後で互いに教えあい、自分たちが、今、どういう状況下にあるのかをさぐり出すことくらいであった。

少なくとも、細かい意識の流れや、こみ入った思考までは、ガゴルには読みとれないらしい。

思考を読む——というよりは、ガゴルの能力は、殺意とか、殺気であるとか、人が放射する気の質を読みとる能力のようであった。

その晩は、ガゴルに、たっぷりと口に咥《くわ》えられ、その口の中に放出させられた。

「おう、甘露《かんろ》じゃ、これぞ、不死の仙薬……」

わざわざ、加倉にその意味がわかるように、英語混じりの日本語で、ガゴルがつぶやく。

「ぬしゃ、バラモナであろうが。バラモナの精は、よう効く——」

そうも言う。

この、ガゴルや、他の人間が時おり口にするこの言葉の意味が、この頃には、いくらかは、加倉にも見当がついていた。

バラモナ——すなわち、バラモンである。

バラモンというのは、インドのヒンズー教の階級《カースト》の最上部にいる司祭僧のことである。

その伝《でん》で言うと、ガゴルたちの組織——仲間は、およそ、大まかに次のように分れているらしい。

バラモナ。

クサトーリヤ。

ヴァイサ。

スードーラ。
これは、それぞれ、
バラモナ→司祭僧《バラモン》
クサトーリヤ→士族《クシャトリヤ》
ヴァイサー→平民《ヴァイシャ》
スードーラ→奴隷《シュードラ》
ということになる。
古代インドで使用されていた言葉を語源とするものに他ならない。
すなわち、ガゴル自身は、司祭僧《バラモナ》に属する人間らしい。
それを、加倉までがどうして司祭僧《バラモナ》であるのかというと、平均的な日本人は、皆、どこかの寺の檀家であり、つまり、ブッディストということになる。
ブッディストというのは、つまり、インドの基準で言えば、〝バラモン〟にあたることになるという考えが、ガゴルの中にはあるらしい。
だから、ガゴルは、加倉をバラモナと呼ぶのである。
加倉は、二度、放出させられた。
二度とも、それは、ガゴルの胃の内部に収まった。
その間に、ガゴルは、三度、頂《いただき》をむかえている。

その三度目の時に、ガゴルの額に嵌《は》められていた、黄金の輪が、下にずれた。

その輪によって隠されていた部分、ガゴルの額の中心に、縦の皺《しわ》に似た亀裂が見えた。

その三度目の頂をむかえた時に、ガゴルの額の真ん中のその皺に似た亀裂が、女陰のように開いたのだ。

開いたその肉の奥に、眼球に似たものが、ぎろりと動くのが見えた。

終った時に、上になっていたガゴルが、もの凄い眼で、加倉を睨《にら》み下ろした。

金の輪を、すでに、もとにもどしている。

「見たかえ……」

と、ガゴルが、まだ、自分の内部に加倉のものを入れたまま問うた。

「今の、これを見たかえ?」

隠しても、無駄なことはわかっている。

「見た……」

と、加倉は答えた。

「そうかえ、見たかえ……」

そう言って、ガゴルは、
くへ、
くへ、

と、しわがれた笑い声を洩らした。

それきり、そのことは、話題にならずに、加倉は、ガゴルの口の中に、二度目を放出させられたのであった。

そして、加倉は、脱ぎ捨ててあった服を着、寝台から下りた。

ガゴルは、まだ、寝台の上にいる。

官能的な、何かの香の匂いが、ガゴルの部屋には漂っている。

その香の匂いを嗅ぎながら、加倉は、ガゴルに、前から気にかかっていたことを訊《き》いた。

勃起仏曼陀羅図の前台に置かれている、古い、頭蓋骨についてであった。

「あれはいったい、どういうものなのですか？」

そう訊いた。

ガゴルは、にいいっ、と笑って、

「知らぬ方が、よいぞえ……」

そう言った。

ぞくりと、背の毛が逆立つような笑みであった。

「何故ですか？」

「あれが、ぬし等の、二〇〇〇年後の姿かもしれぬからよ」

たどたどしく、奇妙なイントネーションを持った日本語ではあるが、ガゴルはそう言った。

「我々の!?」

「おう」

「それは、つまり……」

「あれはなあ、二〇〇〇年以上も昔に、ああなったものさ――」

「――」

「我等とは肌の色が違う、東方より来た男たちよ。儀式に使《つこ》うてやった記念に、そこに、そのように置いてある……」

「儀式?」

「知らぬがよい、知らぬがよい……」

歌うように、ガゴルが言った。

「おれたちが、儀式に使われて、ああなると言っているのか?」

思わず、加倉の口調が変化をしていた。

「さあて――」

ガゴルは言って、

「どうだ、ぬしよ、おまえはまだ死にとうはなかろう?」

「――」

「死は、たとえ、一〇〇年生きようと、二〇〇年生きようと、いやなものじゃぞえ……」

「あんたも、いやか?」

「おう、あたりまえではないか。わしは、死にとうはない。だから、ぬしの精を、こうして啖《くろ》うておる。剣で突かれても、わしは死なぬ……」

「首を切り落とされてもか——」

「なに!?」

ガゴルが、目脂《めやに》の浮いた眼を吊り上げた。

「おそろしいことを、ぬしゃ、言いおるわ。おそろしいことをよ……」

ガゴルは、そう言って、
きひ、
きひ、
と、声をあげて笑った。

2

三ヵ月が、いつの間にか、過ぎていた。

誰の顔にも、疲労の色が濃くなっている。

互いに、かわす言葉の数も、少なくなっている。

時おり、剣《つるぎ》が、呻《うめ》くように、誰にともなく吐き捨てる。

「糞……」

「いつか、儀式とかで殺されるのを、このまま待つだけということか……」

呻き声とも、溜《た》め息ともつかない声であった。

その牢の中には、五人の人間がいる。

佐川義昭《さがわよしあき》。

剣英二《えいじ》。

皆川達男《みながわたつお》。

小沢秀夫《おざわひでお》。

加倉周一《かくらしゅういち》。

いずれも、日本から、マヌントゥの調査のために、この、ナラザニアのジャングルの中にやってきた男たちであった。

佐川義昭は、大学の教授だ。

動物学者である。年齢は、五十代の半ばを過ぎている。専門は生態学で、主な研究対象はゴリラである。

剣英二は、数少ない、日本のハンターである。

三十七歳。

アラスカ、アフリカなどの、ハンティングツアーのガイドをしている。

アフリカのジャングルの動物に詳《くわ》しいことから、ガイド兼、非常用の食物確保のために、佐川がこの調査にやとった。

皆川達男は、佐川の弟子だ。東亜大学で、佐川に、動物生態学について学んだ。

二十八歳。

小沢秀夫は、十二種もあるナラザニアの言語のうち、主として使用されているバントゥー語の通訳である。

三十五歳。

加倉周一は、カメラマンだ。

映像班——といってもスチールカメラマンである加倉ひとりだけだが——として、この調査隊に入った。

二十七歳。

佐川の娘の真由美《まゆみ》の、現在の恋人である。

これだけの人間が、すでに三ヵ月余り、この牢に閉じ込められているのである。

この間に、牢番の男たちや、ガゴルの部屋でのやりとりなどから、彼等と、彼等の住むこの土地について、いくらかのことがわかっていた。

3

ガゴル自身の言葉によれば、ナラザニアという国の中に、マラサンガ王国という、もうひとつの国が存在するらしい。

そのマラサンガ王国は、特定の国土があって、その国土のことを、その名で呼んでいるわけではない。

わかり易《やす》く言うなら、ひとつの組織の名のようなものだ。

その組織――マラサンガ王国には、きちんと国王もいれば、バラモナ、クサトーリャ、ヴァイサ、スードーラとわけられた階級《カースト》も存在する。

国土は、それがあるとするなら、ナラザニアと同じ広さか、あるいは周辺の国の国土の一部を合わせれば、それ以上の広さがあることになる。

しかし、厳密には、マラサンガ王国という国土は、地図上には存在しない。

しかし、その中心となる聖地はある。

その聖地が、マケホ川の支流の源流に近い場所――佐川や加倉が閉じ込められている牢のある地域なのである。

日本で言うなら、ひとつの宗教団体が、国に内緒で教団を持ち、その宗徒たちは国の法律には従うふりをしながらも、実際にはその国の法ではなくその教団の教義――律《りつ》を信奉して生きているようなものだ。

国の法律と、自分たちの律との間に矛盾が生ずれば、当然、優先されるのは、その教団の〝律〟の方である。

そういう教団、組織、が、会費ならぬ税を、王国の国民からとりたてる。つまりは、そういう国民が存在しているということである。

国王の名は、どうやら、ムンボパというらしい。

ムンボパは、クサトーリャ族の頂点に立つ男で、マラサンガ王国を二分する一方の勢力の支配者である。

もう一方の勢力――バラモナの頂点にいるのが、ガゴルである。

基本的に、ナラザニアの首都であるマナに、バラモナの大半は住み、バラモナの一部が、聖地に近いジャングルに住んでいる。

マラサンガ王国の人口は、ナラザニアの全人口一七八万人のうちの、約三万人である。

クサトーリャが、およそ四〇〇〇人、バラモナがおよそ二〇〇〇人。残った二万四〇〇〇人が、ヴァイサ――つまり平民《ヴァイサ》と、スードーラ――つまり奴隷《スードーラ》とに分かれている。

そのうちわけは、平民《ヴァイサ》がおよそ一万人。奴隷《スードーラ》がおよそ一万四〇〇〇人ということになる。

奴隷は、今、年々、数が減りつつある時期であるらしい。

クサトーリャの中には、ナラザニアの政治家として、ナラザニアという国家に対する発言力を持つ者も、少ないながら、ナラザニア軍部の上層部にいる者もいる。

人によっては、マラサンガ王国の存在について、知っている者もいるが、その大かたは、マラサンガ王国を、変った宗教団体ということくらいにしか考えていない。

これは、ひとつには、血の掟《おきて》によって、このマラサンガ王国が守られているからである。

同じ、マラサンガ王国の人間でありながら、誰がその国民であるか、それを互いに知っている人間は少ない。

で、どうやら、クサトーリャのムンボパとガゴルとは、最近、いさかいが絶えないらしい。

それは、ガゴルが、禁じられていた儀式を、聖地において、とりおこなったためであるらしい。

聖地はジャングルの奥にあり、これまで目立たぬようにその存在が伏せられてきたため、今も、それを知る者は少ない。

結局、歴史的に見れば、マラサンガ王国の方が、ナラザニアよりも、ずっとその歴史を過去に遡《さかのぼ》ることができる。

で、気になるのは、過去のことである。

いったいどのような、歴史の偶然が、暗黒大陸の中心部に、このような、奇妙な狂った歴史の果実を造りあげたのであろうか。

4

このマラサンガ王国を興《おこ》したのは、遠い国からやってきた、肌の黒い人々であったという。

ガゴルは、すでに、仏教の知識も、その歴史も、教養として身につけている。

二〇〇〇年以上も昔に、古代インドにおいておこった仏教が、自分たちが信仰している仏陀《ブードゥー》のルーツであろうとは、ガゴルも思っている。

その歴史も、仏教と同様に、およそ二〇〇〇年——。

もしかすると、逆に、仏陀が、仏教のルーツということすら、あるかもしれないとガゴルは言う。

少なくとも、仏像の歴史は、仏陀の方が古い。

仏陀の祖の名は、アジャールタという。

太祖《たいそ》であるマハー仏陀の子であると、自らを名告《なの》っていたという。

ある日、アジャールタは、太祖マハー仏陀より、西の地に我が教えを広め、仏王国《ぶつおうこく》を立国せよとの命を受けて、遥《はる》ばるこの地までやってきたのだという。

しかし、太祖のマハー仏陀は、かの地に残った。

その太祖のマハー仏陀のかわりに、そのマハー仏陀の像を造り、それをあがめたのが、このマラサンガにおける仏像のルーツである。

そのように、仏陀《ブードゥー》教典のひとつ、『始源経《アーランバ・スートラ》』は記している。

マラサンガには、およそ、四つの教典が知られている。

マハー仏陀《ブードゥー》の説いたその教えが記されている、『虚空伝法』。

仏陀の歴史について記された『始源経《アーランバ・スートラ》』。

仏陀の実践について、その方法が記された『偉大なる智恵《マハー・パニャー》』。

仏陀の信者が守らねばならない戒律について記された『五律信仰』。

そのうちの『虚空伝法』と、『始源経《アーランバ・スートラ》』は、アジャールタが記したと言われている。

『偉大なる智恵《マハー・パニャー》』と『五律信仰』は、作者は不明で、その後の世の人間が記したと言われている。

しかし、その当時に、本当に、それ等のものが文字によって書かれたものかどうかは、疑わしい。

おそらく、口伝《くでん》として伝えられてきたものが、後の時代に、文字によって記され、無数の人間の手や意志が加えられて、現在のようなかたちになったのであろう。

なんとなれば、アジャールタが書いたとされる『始源経《アーランバ・スートラ》』には、アジャールタが、この土地の人間をどのようにして教化していったかのみならず、アジャールタ自身の死についても書かれているからである。

そして――。

『始源経《アーランバ・スートラ》』には、次のようなことまでが記されている。

アジャールタの死後、およそ二〇〇年余りの後、アジャールタの遺言《ゆいごん》により、太祖マハー仏陀《ブードゥー》の生まれた土地まで、巡礼団が派遣《はけん》されたというのである。

何名かの人間が選ばれ、この地に、立派に仏王国が造られたという証《あかし》のため、仏像――〝歓喜交合仏〟を持って、その太祖の国まで十二人の信徒が出かけて行ったという。

そして、彼《か》の太祖の国で六年を過ごし、十二人の信徒は、もどってきた。

そのおりに、太祖の国の八名の人間も、十二人の信徒と共に、このマラサンガ王国にやってきたという。

その八人は、なんと、このマラサンガ王国にひとつの塔を建てるために、太祖の国の王に命じられてやってきたのだと、マラサンガ王国の人々に告げた。

その塔を建てる工人五人と、仏教の伝道者である三人の僧とで構成された八人であった。

五人の工人は、獅子頭を持つその塔をこの地で造り、それをこの地に建てた。

石材の切り出し、加工、建立まで、およそ三年の月日がかかった。

その間に、三人の僧は、この地で、新しい仏陀《ブードゥー》を説いた。

塔が建てられた時には、僧たちが説いた新しい仏陀派《ブードゥー》と、すでに二〇〇〇年の歴史を持つ、マラサンガ王国の仏陀派《ブードゥー》との対立が生まれていた。

新仏陀派《ブードゥー》。

旧仏陀派《ブードゥー》。

新仏陀派《ブードゥー》は、今日でいう大乗の思想に近い。

旧仏陀派《ブードゥー》は、多分に、左道《さとう》的な要素が強い。

男女の交合によって生まれる大楽《だいらく》を得、その大楽によって、解脱《げだつ》に至ろうとするのが、旧仏陀派《ブードゥー》の思想の根本にある。

旧派は、呪術に重きを置き、様々な贄《にえ》の儀式も、その修法の中にはある。

男女の体液を、贄の頭蓋骨に塗り、その前で交わる法や、人間にとって不浄とされている、人間の肉体から出る五種のものを、食し、交わる法もある。

その五不浄法に使用されるのは、次の五つのものである。

大便。

小便。

精液。

経血。

啖《たん》。

それ等を喰《た》べ、身体に塗り、交わる。

子供を食する修法もある。

さらには、僧を殺して食する修法もある。

そういう旧派と新派が対立し、結局、旧派が新派を倒し、新派の教えは、旧派の中に取り入れられた。

どういうかたちで取り入れられたか。

それは、新派の人間を贄として殺し、その肉を食するという儀式によって、旧派の中に取り入れられたのである。

つまり、新派が生まれる原因となった、八人の工人と僧もまた、贄として殺され、喰《く》われたのである。

ガゴルの部屋の、曼陀羅図の前に置かれている、八つの頭蓋骨は、その、マハー仏陀《ブードゥー》の国からやってきた工人と僧たちのものであるという——。

マラサンガ王国には、夥《おびただ》しい金を産出する、鉱脈もあった。

そこから採掘された金で、工人たちにその技術を学んだ男たちが、無数の新しいスタイルの仏陀像を造り始めたのは、その後であった。

おおまかに、その程度のことが、わかっている。

佐川や、加倉、五人の知識と、ガゴルたちから聴かされた知識を合わせ、それに想像を加え、そういうところであろうとの、見当をつけた。

しかし、それにしても、まだ、謎は残っている。

マヌントゥと、ムベンベ。

あのような獣が、何故、この地にいるのか。

そして、ガゴルや、ンガジなどの、奇妙な能力を持った者たちが、どうして、このマラサンガ王国にはいるのか?

それよりも、さらに、わからないのは、自分たち五人が、これからどうなるのか、ということであった。

第二章　黄金仏

1

その時加倉周一《かくらしゅういち》は、浅い眠りの中にいた。

佐川義昭《さがわよしあき》の娘、佐川真由美《まゆみ》の夢を見ていた。

真由美を抱いている。

柔らかで、よくしなう肉体を、どこかのホテルの一室で抱いている。

しかし、どんなに抱いても、昂《たか》まりはやってこなかった。

上から見降ろしながら抱いていると、真由美は、哀しそうな顔で、加倉を見あげている。

「どうしたんだ」

加倉が訊いても、真由美は答えない。

眉を寄せ、哀しそうな顔で、加倉を見あげているばかりである。

加倉は、困っている。

どうして、そのような哀しい顔をするのか。

まるで、もう、とっくに自分が死んでいて、その死んでいる自分の屍体を、真由美に上から見降ろされているような気がする。

見降ろしているのは自分であり、見あげているのは真由美のはずであった。

それなのに、その立場が逆転して、真由美が自分を見降ろしているようなのだ。

自分は、仰向けになった屍体で、それを、真由美が見降ろしている。自分は見降ろされている。

しかし、自分は、屍体ではない。

何故なら、自分には真由美が見えるからだ。

しかし、瞼《まぶた》は、閉じているらしい。

その閉じた瞼の内側から、真由美を見ているのである。

真由美の眼に、涙が溢《あふ》れてくる。

そんなに哀しそうな顔をするな。

「おれは生きている」

そう言おうとした。

しかし、唇が動かない。

声も、出ない。
困り果てたまま、その状態が続いている。
そこへ――。
呻《うめ》き声が聴こえた。
低い、動物のような、その声。
重いものが、倒れるような音。
金属が触れ合う音。
そして、また、呻き声。
眼が、醒《さ》めていた。
それは、現実の音であった。
佐川が、剣《つるぎ》が、小沢が、そして、わずかに遅れて、皆川が眼を醒ましていた。
牢の外――丸太を組んで造った格子《こうし》のむこうに、黒い人影が動いている。
地面に倒れて、もつれあっている。
それが、牢のすぐ外に差している月光の明りに、ぼうっと見えている。
やがて、一方が動かなくなって、長身の人影が立ちあがった。
その人影が、ゆっくり、牢の方に歩いてくる。
手に、山刀を持っていた。

格子の手前で立ち止まり、洞窟の内部を、その人間は見回した。

「皆、起きているか？」

低い声で、その人影が言った。

男の声であった。

「起きている」

佐川が言った。

「助けてやる」

短く、男が言った。

バントゥー語であった。

「誰だ？」

バントゥー語の通訳の小沢が訊いた。

男は、低く笑ったようであった。

「おまえたちは、自分が溺れて死にそうな時、助けに来た者に、何故と、誰か、と、その理由や名を問うのか――」

それを、小沢が、一同に通訳をする。

その間に、男は、手にした山刀で、格子を結んでいる、太い蔓《つる》を切り始めている。

格子が外れた。

「出ろ」

と、男が言う。

外に出ると、十人余りの男が月光の中に立っていた。

いずれも、手に、山刀を持っている。

ライフルを肩に掛けている者が、三人。

ジャングルの、濃い香気が、ねっとりと夜の闇に溶けている。

「じきに、騒がしくなる。その隙《すき》に、このマラサンガ王国を出てゆけ。出て行ったら、ここであったことは忘れろ。二度と、この国へ来るな。来たら、死ぬ——」

男はそう言った。

質問をしても、男は、その質問に答えない。

「おまえたちが、再び、ここへ来ようとしても、ナラザニア政府は、それを許可しない。万一、入国できても、ここへは来ることができない。何故なら、おまえたちは、この場所がわからないからだ。誰かを雇《やと》っても、この場所はわからない。ヘリを飛ばすことも、ナラザニア政府が許可をしなければ無理だ」

男は、淡々と、事実のみを、言っているようであった。

それを、小沢が通訳してゆく。

「仮に、誰かを雇おうとすれば、すぐに、それは我々の知るところとなる。このジャングルの中で、おまえたちは死ぬ。おまえたちが、おまえたちの国で、ここで見たもののことについてしゃべっても、誰もそれは信じないだろう。ここで、おまえたちが見たものは、そういうものだ」

男がそこまでしゃべった時、ジャングルのどこかで、小さい叫び声が聴こえた。

そして、銃声。

「本来であれば、おまえたちを、ここで殺すのが一番いいことはわかっている。だが、それをすれば、あのガゴルと同じになる」

「ガゴルと同じに？」

小沢が訊いた。

その時、また、銃声が響いた。

「ムンボパ……」

と、男たちのひとりが、その男に声をかけた。

長い槍を手に持っていた。

その槍を、男は、加倉たちを牢から助け出した男に渡した。

男は、山刀を腰にもどし、その槍を握った。

「六人の男をつける。その男たちと一緒に、おまえたちは、おまえたちの国に帰れ」

驚いたことに、そのムンボパと呼ばれた男は、それまでしゃべっていたバントゥー語でなく、なめらかな英語で言った。

六人の男が、前に出てきた。

そのうちのひとりの男が、何かを腕に抱えていた。

それを、土の上に投げ出した。

山刀であった。

「それを身につけておけ。いざとなったら、それで身を守るんだ。捕えられたら、儀式によって、殺されると思え」

英語で、ムンボパが言った。

「はやく、それを身につけろ」

ムンボパが、せかすように言った。

まず、加倉が、続いて剣が、そして、小沢、皆川、佐川が、山刀を紐《ひも》で腰に下げた。

そして、次に渡されたのは、紐《ひも》で、背に負うことができるようになっている麻の袋であった。

「その中に、必要なものは入っている——」

加倉は、それを、背に負った。

全員が、加倉と同じようにした。

何が今、自分たちの身に起こっているのか、わからなかった。

わかっているのは、ただひとつ、自分たちが、もしかしたら、これで、このジャングルから脱《ぬ》け出せるかもしれないということであった。

「ここであったことは、全て忘れることだ——」

ムンボパはそう言った。

七人の男が、ムンボパを囲んだ。

全員が、手に、武器を持っている。

槍。

山刀。

銃。

真上から皓々《こうこう》と照りつける、青い月光が、ムンボパの手にした槍の先端に当って光っている。

ムンボパが、歩き出した。

振り返りもしない。

七人の男たちが、ムンボパに続いた。

すぐに、男たちの姿は、ジャングルの中に消えた。

ガゴルの館のある方角であった。

六人の男が、残った。

そのうちのひとりは、ライフルを持っている。

「ゆくぞ」

と、ライフルを持った男が言った。

英語であった。

六人の男たちに、急《せ》きたてられるようにして、加倉たちは、歩き出した。

ムンボパたちが消えたのとは逆の方向であった。

すぐに、ジャングルの中に入った。

ほとんど、何も見えない。

濃密なジャングルの闇の中だ。

足音に驚いたのか、時おり、跳ねるように、頭上のどこかで、鳥の声が鳴きあげる。

しばらく、手でさぐるようにして進んでから、先頭を歩いている男が、灯《あか》りを点《つ》けた。

ヘッドランプであった。

その時、遠くで、銃声があがった。

六人の男たちにも、その音は聴こえたはずだが、男たちは、気にもとめぬ風で、黙々と歩いていた。

2

休みなしに、夜のジャングルを歩いてゆく。

ヘッドランプを持っているのは、三人である。

その三人のうちのひとりが先頭を、ひとりが真ん中を、ひとりが後方を歩く。

歩き辛《づら》い道であった。

いや、道などはない。

蔦《つた》や、灌木《かんぼく》や、小枝を山刀で払いながら進んでゆくのである。

絶えず、顔の前に手を差し出してないと、顔に、ふいに、前をゆく人間がたわめた小枝がぶつかってきたりする。

すぐに、外気にさらされている肌が、傷だらけになった。

長袖のシャツを、手首まで下ろしても、ボタンがないため、すぐに、上にめくれあがってくる。肌が出る。そこに、木の枝が傷をつけてゆく。

顔や、首、そういう部分も例外ではない。

加倉の後ろは、佐川教授である。

一番の年輩だ。

佐川の荒い呼吸が、ここまで届いてくる。

加倉たちは、時おり六人の男たちに声をかけるが、まともに返事をくれることは、めったになかった。

ヘッドランプを持っている三人が、どうやら英語ができるらしく、

「足元に気をつけろ」

「岩がある」

「枝が跳ねるぞ」

時おり、英語で短く声をかけてくるだけである。

休もうとすると、

「急げ——」

鋭く声をかけられる。

加倉の前を歩いているのは、剣英二である。

剣が、歩きながら、時おり、日本語で加倉に話しかけてくる。

「こいつら、どこへゆこうとしているのか」

「いったい、こいつらは何者なのか」

「あそこで、何がおこったのか」

そういうことを訊いてくる。

しかし、加倉にも、それがわかるわけはない。

一緒にいる六人が、日本語ができないのがわかれば、安心して色々な話もできるのだが、日本語のできる人間がいては、できない話もあるのだ。

彼等が、日本語ができないということがわかれば、もう少し、たち入った相談——必要があるのなら逃げるための話し合いもできる。

しかし、彼等が、日本語ができるという可能性がある以上、それはできない。なにしろ、彼等のひとりは銃を持っているのである。

その銃を奪う相談を、歩きながらするわけにいかない。

誰の言葉にも、そういう状況に対する警戒心が、それとなく漂っている。

彼等が、日本語を知っているのか知らないのか、それを確認する方法はあるのだろうか。

それは、日本語で話しかけて、様子をみるしかないのだが、この闇の中では、彼等の反応を確認できない。

可能性はどうか。

彼等六人が、日本語を知らない可能性はある。

充分にあり得る。

知っているのなら、知っていると言うはずだ。そうすれば、意志の疎通はもっとなめらかになる。おまけに、日本語による相談をしても、こちらにはわかってしまうから無駄だと、あらかじめ、こちらに通告することにもなり、余計《よけい》な摩擦を少なくできる。

だが、日本語を知らないふりをして、自分たちを安心させ、自由にしゃべらせておいて、何かの情報を得ようと、こういう芝居をしくんだのかもしれない。

いや。

そのために、人を殺したりするだろうか。

彼等は、我々を牢から出すために、ふたりの人間を殺しているのだ。これは、やはり、罠《わな》ではないだろう。

やはり、何かが今、あそこで起こっているのだ。

しかし、この夜に、何故、彼等はこんなに急ぐのか。

追手のことを心配しているような風はある。

一番後方の男が、時おり、立ち止まって、後方の気配をさぐっているからである。

前方の男が、その後方の男に声をかける。

後方の男が答える。

そしてまた、歩き出す。

その会話は、バントゥー語ではない。

小沢も、その意味はわからないという。

ナラザニアに無数にある言語のうちのひとつらしい。

「何か、追って来るのか?」

加倉の前の剣が、自分の前を歩いている、男たちのひとりに英語で声をかけた。

「わからん」

男が答える。

「ちっ」

剣が、その、愛想《あいそ》のない答に、唾《つば》を吐き捨てた。

剣が、焦《じ》れているのが、加倉にはわかる。

追手があるとするなら、速く歩かねばならない。

ジャングルに慣れている剣には、それができる。

その速度に、自分は、なんとか従《つ》いてゆけるだろうと加倉は思う。

しかし、他の三人は駄目だ。

特に、佐川は無理だ。

それは、後ろから聴こえてくる佐川の息づかいでわかる。

剣も、そのくらいは承知しているだろう。

六人の黒人たちは、一番遅い佐川に、そのペースを合わせているのである。

もし、後方からの追手が、この黒人たちと同様の連中であれば、二倍から三倍は速い速度で、このジャングルを進んでくるだろう。

しかし、夜のジャングルだ。

道を進んでゆくわけではない。

追手は、踏み跡や、折れた枝を捜しながら追うことになる。

昼間なら、かなり効率よく、そういうこともできるだろうが、夜では、それが遅くなる。

おそらく、追手のスピードは、こちらの速度よりわずかに速いくらいであろう。自分たちより、遅いことはあるまいと思われた。

「まだ、生命が助かったとは思わないことだ――」

前をゆく男は、剣にそう言った。

また、無言の行軍が続いた。

と――。

前をゆく剣が足を止めた。

その背に、加倉はぶつかった。

何故、剣が足を止めたのか。

その理由はすぐにわかった。

先頭を歩いていた、ライフルを持った男が立ち止まったからだ。

それで、次の男が立ち止まり、剣が立ち止まったのだ。

加倉の背に、後ろを歩いていた佐川がぶつかった。

「どうした？」
佐川が訊いてきた。
「わかりません」
加倉が言った。
加倉は、前に、二歩進んで、剣の横に並んだ。
「見ろ」
と、剣が囁《ささや》いた。
剣の視線は、前方の宙に伸びていた。
その視線を、加倉は追った。
ジャングルの、暗い、闇の、宙——。
そこに。
いた。
それは、子供であった。
七歳くらいの、黒人の子供が、宙に浮いているのである。
いや、正確には、浮いているのではない。
ぶら下がっているのである。
そこは、珍しく、大きな空間がある場所であった。

高い梢がかぶさっている頭上の一角が、大きく割れていて、そこから、青い月光がこぼれ落ちてきていた。

その月光の中に、その子供はいた。

右手から張り出してきている、長い、細い枝の先に、右手でぶら下がっているのである。

そのため、その枝が大きくしなって、下に下がっている。

それでも、元の枝が高い場所にあるため、地上六メートルのあたりに、その子供はぶら下がっているのである。

ぶら下がって、ゆるく、上下に揺れている。

すうっと子供の身体が下に下がりきると、一瞬止まり、次にまた、ふわりと子供の身体が宙に持ちあがってゆく。

その動きを、子供は、月光の中で繰り返している。

その光景を、ヘッドランプの灯りが、下から照らしている。

半ズボンを穿《は》いている他は、裸の、素足の子供であった。

どうして、そこに、そんな子供がいるのか。

ああ――。

加倉は思い出していた。

ガゴルの元に、一緒にいた、五人の人間。

白髪の老人。

両腕の長い男。

恐竜の上に乗っていた女。

身体のでかい男。

そして、この子供。

そうだ。

あの子供だ。

「イグノシ！」

先頭の男が、小さく叫んで、肩からライフルを下ろして、安全装置をはずし、銃口をその子供に向けた。

引き鉄がしぼられるかと思えたその瞬間——。

信じられないことがおこった。

ライフルを構えたその男が、ふいに、ライフルを構えたまま、後ろを振り返った。

その銃口が、二番目の男の頭部に向けられていた。

銃声が、闇を裂いた。

二番目の男の後頭部が、きれいに破壊されてふっ飛んでいた。

額から入った弾丸が、おそろしいエネルギーを脳の中に撒《ま》き散らし、脳をぐしゃぐしゃにして、後頭部から、それを外にぶちまけながら出ていったのである。

剣と、そして、加倉のシャツの前面に、血みどろの脳と、頭蓋骨の欠《かけ》らがへばりついた。

次に――。

今、弾丸が出たばかりの銃口が動いて、それが、加倉の頭部を向いて止まった。

「糞！」

剣が、山刀を手にして、その男に切りかかっていた。

山刀が打ち降ろされるのと、弾丸が発射されるのと、ほとんど同時であった。

がつん、

という、刃物が、太い骨を断ち切る音がした。

しかし、加倉は、その音をほとんど聴いていなかった。

加倉のすぐ頭上を、おそろしい破壊力を持った弾丸の衝撃波が、疾《はし》りぬけていったからである。

確実に、髪の毛の二～三本は、その衝撃波にひっこ抜かれた感じであった。

脳天を、バットでぶん殴られたような感じであった。

その衝撃で、加倉は、仰向けにぶっ倒れていた。

「気をつけろ！」
剣が、日本語で叫ぶ声が、もうろうとなった加倉の耳に届いてきた。

ぎいん、

という、金属と金属がぶつかる音。
闘いが、始まったらしい。
黒人が、闘っている。
剣に、片腕を落とされた黒人が、まだ、一方の手に銃を握っていた。
その銃に、剣が飛びついていた。
銃を奪おうとしているらしい。
その横で、四人の黒人が、仲間どうし、山刀で、殺し合いを始めているのであった。
いや、仲間どうしではない。
佐川や、皆川や、小沢に向かっても、黒人は襲ってくるのだ。
そこにいる者全てを、彼らは敵と勘違いしているようであった。
いや、ひとりだけ、やめろ、と叫んでいる男がいる。
英語だ。

つまり、自分は正常だと、日本人にアピールしているのである。
ヘッドランプをした男だった。
「おまえら、イグノシの仏陀《ブードゥー》にやられただけだ。やめろ」
英語である。
小沢が、ひとりの男に、浅く左腕を切られた。
その男に、皆川が山刀で切りかかった。
「あやあああっ！」
そのひと振りで、ざっくりと、その黒人の首が深くえぐられた。
鳥のような悲鳴を、その黒人はあげた。
しかし、黒人は倒れない。
皆川に向きなおった。
「ひいいいいいっ」
皆川は、悲鳴をあげた。
膝が、がくがくしている。
唇がひきつり、涎《よだれ》が、唇端からこぼれ出していた。
両眼が、吊りあがっていた。
半分、錯乱状態になっているらしい。

無理もない。
生まれて初めて、人を刃物で傷つけたのだろう。
その男に、佐川が切りつけた。
脇腹の、肋《あばら》と肋の間に、佐川の山刀の刃が潜り込んだ。
「ごがっ」
と、黒人が声をあげて、山刀を取り落とした。
その黒人に向かって、小沢が、切りつけた。
小沢の山刀が、その黒人の首に、深々と潜り込んだ。
黒人は、小沢に向きなおった。
小沢を睨みつけた。
「ひえええええ……」
小沢は、血に濡《ぬ》れた山刀を持って、膝をがくがくと震わせている。
ふいに、黒人の両頬がふくらんだ。
ぶっ、
と、その唇から、大量の血が噴き出した。
それを、小沢の顔面に叩きつけた。
黒人は、ぶっ倒れて、動かなくなった。

その時――。
銃声がした。
加倉は、起きあがった。
見ると、剣が銃を手にしていた。
剣の足元に、仰向けになって、片腕の黒人が倒れていた。
むこうでは、まだ、ふたりの黒人が戦っていた。
ひとりの黒人は、もう、喉をざっくり割られて、倒れている。
「こいつは、もう狂っている。殺せ！」
英語で、ひとりの男が叫んでいる。
剣は、自分の足元に倒れている男の、半ズボンのポケットをさぐった。
弾丸を取り出した。
三十三口径で、二連射しかできない銃である。レミントン上下二連銃。
取り出した弾丸を、二発、銃にこめた。
ねらった。
引き鉄を引いた。
銃声。
英語で、何か叫んでいた男と、山刀で闘っていた男が、ふいに、バンザイをするようなかたちで、あっけなくそこに倒れ込んだ。

残った黒人は、肩で大きく息をついた。

「こ、殺した」

叫び声がした。

皆川が叫んだのだ。

「こ、殺しちまった。おれたちは、人を殺しちまったんだ」

眼がうつろだった。

膝が震えている。

剣が、皆川に歩み寄った。

「おい、おれたちは、ひ、人殺しだぞ」

皆川が言った。

「うるせえ！」

剣が、左手で、皆川の頬を張り倒した。

皆川は、膝をついて、そこで、声をあげて泣き出していた。

「どこだ！」

剣は叫んだ。

「さっきのガキはどこへ行った!?」

剣が、視線を動かした。

いなかった。

さっき、木の枝にぶら下がっていた黒人の子供は、もうどこにもいなかった。

「なんだ、何があったんだ!?」

剣は、日本語で、生き残った黒人に叫んでから、すぐに、英語でそれを言いなおした。

「追手だ」

と、黒人は言った。

一番後方を歩いていた黒人であった。

「イグノシだ。イグノシを、ガゴルがさし向けたんだ――」

「イグノシだと?」

「さっき、見たろう。あの子供の名だ」

「なんなんだ、あのガキ――そのイグノシってのはよ」

「ガゴルの五老鬼《ごろうき》のひとりだ。ガゴルが、五老鬼に、おれたちを追わせた。だめだ。おれたちは、もう助からんぞ」

「何だと?」

剣が言った時、

「ひいいい!」

黒人が、高い悲鳴をあげた。
その視線が、剣の背後に向けられていた。

3

剣は、後方を、振り返った。
そこに、おそろしく巨大な、黒い、肉の壁が立っていた。
腰に、麻の布を巻いただけの男。
身長は、優に、二メートル三〇センチはある。
全身の肉が、ぱんぱんに張っている。
黒い、巨大なゴムボール——そんな感じの肉体であった。
頭髪はない。
きれいに、頭がつるりと禿《は》げあがっている。
体重は、おそらく、三〇〇キログラム以上はあるのではないか。
その男が、剣の、三メートルほど後方に立っている。
その右肩に、さっきの、七歳くらいの黒人の子供が、腰を下ろしている。
倒れた黒人の男たちの頭部のヘッドランプが、ふたつ、まだ点《つ》いたままになっている。

その灯りが、斜め下から上方の樹々の梢《こずえ》に当り、わずかに、ジャングルの中の光景が見えている。

「オロンゴ！」

生き残った黒人の、男が叫んだ。

剣は、銃を向けた。

迷わずに引き鉄を引いていた。

ねらわない。

ねらうと、そのわずかの隙に、何をされるかわからない恐怖感があったからだ。

頭部を狙えば、それがはずれる可能性もある。

はずれようのない胴を、銃口を向けざまに、撃った。

腰に、発射の衝撃がぶつかってきた。

至近距離だ。

弾丸がはずれるわけはない。

貫通力も、この距離では充分にある。

腹の真ん中に命中すれば、内臓をずたずたにして、弾丸は、むこう側に疾《はし》り抜けてゆく。

だが――。

その巨漢――オロンゴは、動かなかった。

倒れもしなければ、声もあげない。

はずれたか!?

一瞬、剣はそう思った。

しかし、はずれてはいなかった。

オロンゴの腹部に、丸く、穴が空いていた。幼児の拳くらいなら、入りそうな穴だ。

そこの肉がはじけて、血が流れ出している。

当っているのだ。

しかし、オロンゴは倒れない。

何故だ!?

剣は混乱した。

倒れないわけはない。

相手が、象や、犀《さい》や、グリズリーなどの大型獣ならともかく、いくら身体がでかいとはいえ、人間である。

象でさえ、三十三口径の弾丸を打ち込まれれば、着弾の衝撃《ショック》で、何らかのアクションをおこす。

それが、動かない。

ただ、立っている。

「けふっ」

と、オロンゴが喉を鳴らした。

オロンゴは、右手の人差し指を持ちあげて、その指を、腹に空いた穴の中に突っ込んだ。

ほどなく、自らの血にまみれた指が、そこから黒いものをつまみ出した。

三十三口径の弾丸であった。

なんと、その指で、オロンゴは、体内から弾丸をほじり出したのである。

細い樹の幹であれば、たやすく貫通するだけの威力を持った弾丸であった。

どんなに硬い骨であろうと、それが人間の骨であれば、その強烈なエネルギーで、砕き、粉砕して向こうへ突き抜ける。

これだけの至近距離なのだ。

マグナム弾でこそないが、普通の人間であれば、それが体内に撃ち込まれただけでショック死したりもする。

それを、このオロンゴは、体内に止めたのだ。

それだけでなく、指で、その弾丸をほじり出したのだ。

悪夢か!?

剣は、次の弾丸を込める気力さえ萎《な》えて、茫然《ぼうぜん》と、その光景を見つめていた。

さっき、生き残った男が言っていたように、イグノシというあの子供の術にかかって、幻影を見せられているのか。

オロンゴは、そのつまみ出した弾丸を、無造作に口の中に入れ、歯で、嚙んだ。

ぎちっ、
ぎちっ、

と、オロンゴの歯が、その弾丸を嚙む音が聴こえる。

「お——」

声をあげたのは、生き残った黒人であった。

目が吊りあがり、歯をむき出しにしている。

「おわわわわわわわっ！」

その黒人は、山刀を右手に握り、大きく振りかぶりながら、オロンゴに向かって疾《はし》った。

それを、オロンゴに向かって、おもいきり打ち下ろした。

山刀が、オロンゴの胸に当った。

しかし、渾身《こんしん》の力を込めたはずのその山刀は、ほんのわずかに、オロンゴの肌に赤い血の筋を滲《にじ》ませただけであった。

オロンゴは、口の中のものを呑《の》み込みながら、無造作に右手をのばした。

黒人の、山刀を持った右腕を、左手で握った。

続いて、左手で、黒人の、まだ山刀を握っている右手を握った。

いやな音がした。

聴く者の血が、血管の中で凍りつくような悲鳴があがった。

黒人の右手首が、その手に山刀を握ったまま、その手首からちぎり取られていた。

その男の悲鳴が、ふいにやんだ。

オロンゴの右手が、その黒人の頭部を、顔ごとつかんでいたのである。その巨大な手で、黒人の鼻と口がふさがれたのだ。

そのまま、無造作に、黒人の身体が持ちあげられた。

オロンゴは、右腕を伸ばしたまま、頭部を握って、人間ひとり分の体重を上に持ちあげているのである。

おそろしい腕力であった。

男は、手足を揺らして、苦痛を訴えているが、声が聴こえてこない。

その時——。

ふいに、男の首が、二十数センチも、ぐうっと伸びた。

首の骨がはずれて、自分の体重で、首を伸ばしてしまったのである。

男の動きが、痙攣《けいれん》にかわった。

「ききっ」

と、イグノシが、笑い声をあげた。

その声と同時に、オロンゴの指が、男の頭蓋骨の中に、

めこっ、

と音をたてて潜り込んだ。

一本だけではない。

二本、三本——

五本の指が、男の頭蓋骨の中に潜り込んで、握り合わされていた。

まるで、林檎《りんご》かなにかの果実を、その手の中で握り潰したようであった。

身体の体毛が、そそけ立つような、いやな音が聴こえた。

オロンゴの右手の中に、頭髪と骨片の混じったひと握りの肉塊が残された。

五人——

加倉周一。

剣英二。

佐川義昭。

皆川達男。
小沢秀夫。
全員が、男の身体が地に落ちるまで、茫然《ぼうぜん》とそれを見つめていた。
剣ですら、銃に弾丸を込めようとは考えてもいないようであった。
悲鳴をあげている男がいる。
皆川だった。
ひいひいと声をあげ、逃げ出そうとしていた。
しかし、膝ががくがくとして、動かないらしい。
小沢が、
「わっ」
と叫んで、ジャングルの中に駆け込んだ。
それが、合図であったかのように、佐川が、小沢の後を追って走る。
ふたりは、すぐに、樹の根に足をとられて、そこに倒れ込んだ。
剣は、銃に、弾丸を込めようと、ポケットをさぐりながら、後ろに退《さ》がろうとする。
皆川も、走り出した。
起きあがって小沢も、走り出した。
それを、佐川が追う。

オロンゴが動いた。

剣のいる方向であった。

疾《はや》い。

剣は、銃に弾を込めようとしているのだが、手が震えて、思うようにならないらしい。

やっと弾丸を込めた時、その銃を、オロンゴが、剣の手から奪いとった。

剣の頭部に、オロンゴの手が打ち下ろされた。

すぐに、剣は、動かなくなった。

逃げねば――。

加倉が、そういう思考力を取りもどしたのはその時であった。

次に、オロンゴが見たのは、皆川であった。

皆川は、精神が崩壊してゆくような、悲鳴をあげた。

皆川のズボンの前が、濡れるのを眼にした時、加倉は、ジャングルの中にむかって、走り出していた。

どちらへ逃げるか――。

そんなことは、考えもしなかった。

とにかく、あの現場から、遠くへゆくことだ。

それしか考えなかった。

何度も、倒木や、木の根に足をとられて転んだ。

その度に起きあがる。

起きあがって、また走る。

視界はほとんど利《き》かない。

上を見あげれば、樹々の梢の上方に、信じられないほど美しい星空が見えている。

そして、月。

その空を背景に見える梢のシルエットが、わずかに、歩くための手がかりになるくらいであった。

倒れると、大きく、喘《あえ》ぐ。

喘ぎながら起きあがり、また、進む。

全身が、傷だらけになっていた。

と――。

水音が聴こえていた。

川だ。

川が近くにあるのだ。

無意識のうちに、すがるように、その水音のする方に進んでいった。

音が、だんだん大きくなる。

近づいているのだ。

急ぐ。

しかし、音が大きくなってくると、どちらが川の方向であるのか、闇の中でわからなくなってくる。

すぐだ。

すぐ近くにあるはずなのに、その川へ行きつかない。

空を見る。

樹の幹の重なりのシルエットが少ない方向があれば、そちらが川のある方向のはずだ。川には、樹が生えないからである。

上を見ながら、進む。

どうせ、前方を見たってわからないのだ。

しかし、上を見ても、わからない。

その時——。

前に踏み出した右足が、草を踏んでいた。

柔らかな草——。

しかし、草の感触のみで、地面がない。

大きく、右足が、草を踏み抜いて、加倉は、バランスを崩していた。

落ちた。
水の中だった。
全身が、いったん、水の中に沈んでいた。
沈んだ途端に、自分が、ぐいぐいと流されてゆくのを、加倉は感じていた。
背が──。
立たなかった。
立つのが無理なら、とにかく、浮いて呼吸をすることだ。
立ち泳ぎをした。
泳ぎながら、息を吸い込む。
水を飲んだ。
しかし、肺には、水は入っていない。
瀬だ。
黒々とした、太いうねりの中にいた。
月光を浴びている。
空が広い。
泡立つような流れではないが、流れははやい。
仰向けに浮いた。

月の天が見えた。
そして、星。
他の男たちは、どうなったかという思いが、加倉の胸に湧きあがった。
見たくない映像ばかりが浮かんだ。
流れの中で、完全に浮いているのは難しかった。
すぐにまた、立ち泳ぎになる。
流れが、だんだん速くなる。
大きな瀬音が、向こうから聴こえていた。
滝か!?
暗闇の中から響いてくるそれは、おそろしく不気味であった。
どうどうという音が、どんどん大きくなる。
加倉は、泳いだ。
もう、身体が、瀬の波にもまれはじめている。
岸は、すぐ向こうだ。
しかし、なかなか泳ぎつけない。
瀬の音が、さらに大きくなる。
滝だ。

加倉は、懸命になって、岸に向かって泳いだ。
落ちた時に、流心に向かって、自分の身体が押し出されたのだ。
もう、まともに、泳いではいられないような状況になっていた。
必死だった。
岸が、近づかない。
と——。
身体が、何かにぶつかった。
硬いものだ。
木であった。
岸から川に向かって倒れた木にぶつかったのだ。
身体が、水に押されて、その木の下に沈んだ。
身体が回転した。
身体が、水中に沈んでいる木の枝にぶつかる。
水中で、自分の身体が、そういう木の枝にからみついてしまったら、動けなくなる。
そういう恐怖が頭に浮かぶ間もなく、加倉は、水面に顔を出していた。
手に触れるものがある。
それにしがみついた。

倒れた幹から伸びた木の枝だ。

幹の下をくぐって、その下流に出たのだ。そこは、流れがゆるやかになっていた。

喘《あえ》ぎながら、その木の枝をたぐりながら、岸に近づいてゆく。

足が、川底に触れた。

ようやく、川岸にたどりついた。

しかし、川岸にあがろうとして、加倉の脳裏に甦《よみがえ》ったのは、恐怖であった。

もし、川に落ちた水音を、あのオロンゴに聴かれていたら——。

彼等は、この川岸に沿って自分を追ってくるだろう。

そして、岸に上陸した跡、濡れた岸を捜すに違いない。

そうすれば、すぐに、上陸地点が知られてしまう。

加倉は、呼吸音をたてるのさえ、やめた。

音のしないように、息を吸い込み、息を吐く。

水中にしゃがんで、岸の草の陰に隠れ、そこにうずくまった。

これが、熱帯の川でなかったら、たちまち体温を奪われて、身体が痺《しび》れてくるところだ。

岸には上るまい、と思った。

川を移動することだ。

朝になったら、この先の瀬を見る。

大丈夫そうなら、そこを、流されて下る。

その先に、何があるのかはわからないが、もどることは、死を意味する。

しかし――。

このまま、逃れたところで、いくらも生きられまいと思った。

山刀は、もう、手にしてはいない。

かろうじて、背に負った袋がある。

ムンボパの言葉を信ずるなら、食料が入っているはずであった。

喰いものといっても、何が入っているのかはわからないが、しばらくは、それで喰いつなげるだろう。

運がよければ、どこかで、この川が、マケホ川に流れ込んでいるかもしれない。

そうなら、万にひとつ、助かる可能性はある。

それとも、引きかえして、また様子を見にもどってみるか？

思考は、同じところをぐるぐるまわっている。

加倉の呼吸が、ようやく整ってきた時、人の気配があった。

何人かの人間が、上流の方から、川岸ぞいに歩いてくる音であった。

バントゥー語のイントネーションであった。

加倉は、身を堅くした。

危うく、もう一度流れの中に、身を投じようとするところであった。

岸に寄った。

そこで、岸からの草が、一番多く生い繁っている所へ、ゆっくりと移動し、その草の中に頭を入れた。

岸から、水面に触れるところまで、長い草がそこに被《かぶ》さっているのである。

その草の中に、水中から頭だけ出して、息を殺した。

声が近づいてきた。

時おり、岸辺に立ち止まって、言葉を交わしあっているようであった。

その声が、すぐ、頭の上まで近づいてきた。

ヘッドランプか、懐中電灯を持っているらしい。

水面と岸辺に、その灯りが、ちらちらと動いた。

そして、その人の気配は、加倉のすぐ頭上で、足を止めた。

加倉の眼の前の水面に、灯りの輪が落ちる。

もし、上陸していたら、たちまち彼等に発見されていたろう。

ほどなく、その足音が遠ざかっていった時、加倉は、ほっとして息を吐こうとした。

しかし、加倉は、それを思いとどまった。

五分もしないうちに、遠ざかったはずの足音が、すぐ上で聴こえ、男たちが、何かをしゃべり合うのが聴こえてきた。

　退《しりぞ》いたとみせて、実は、すぐ近くに潜んで、隠れている人間が出てくるのを待つ――そういう手を使ったのだ。

「ほら、やっぱりいなかったな」

「しかし、ここで上らないと、もう、この下は滝だ」

「向こう岸は？」

「ばか、とてもあそこまでは泳いじゃいられないよ。この流れの中じゃあな」

「これまで、どこにも、上った跡は残ってない」

「ならば、この先の滝に落ちたのか？」

「それならば死んでいる」

「下流に、屍体があがってるかもしれんぞ」

　想像で言えば、そのような会話であろう。

　彼等の話し声と、足音が、下流へ遠ざかっていった。

4

　そこで、夜が明けた。

加倉は、一睡もせずに、その岸の草の中にいた。

鰐《わに》がいるかもしれないとの恐怖が、絶えず襲ってきたが、それでも、朝まで、岸には上らなかった。

明るくなって、川面の上に、濃い霧が流れた。

無数の鳥の鳴く声が、ジャングルの中から、届いてくる。

そして、猿の声。

向こうに見えている川岸の、ジャングルの上に、赤い太陽が昇って、川面に流れる霧を、ピンク色に染め始めた時には、生き返った気がした。

陽光が、自分の顔にあたる。

水面に、きらきらと陽光が動く。

それでも、まだ、加倉は、陸に上るかどうか、迷《まよ》った。

下流に行った彼等が、もどってきてないからだ。

しかし、何も、同じ川岸を歩いてもどってくるとは限らない。

別のルートを通って、もどってゆくことも充分に考えられた。

いや、ともかく、明るくなったら、もう一度、徹底的に、彼等は川の周辺を捜すことになるだろう。

そうしたら、ここにいても同じだ。

今は、逆に、川から離れることだ。

加倉は、岸に這《は》い上った。

身体が冷えきっていた。

陽光の温かさが感じられないくらいだ。

皮膚が痺《しび》れている。

すぐには、岸に立ちあがれなかった。

ようやく、岸に立ちあがった。

まず、川の下流に眼をやった。

見た途端に、驚いた。

滝でこそないが、白く、泡立つ流れが、岩にぶつかり、飛沫《しぶき》をあげ、凄い勢いで下っているのである。

「――――」

言葉もなかった。

もし、ここへ、流されていたら、間違いなく死んでいたろう。

泳ぐとか、そういうレベルの流れではない。

しかし、いつまでも、この川岸にいるわけにはいかなかった。

とにかく、川から離れようと思った。

踏み跡を残すことになるのが、不安であった。

朝露《あさつゆ》で濡れてはいるが、よく見れば、露で濡れたかそうでないかはすぐにわかるはずだ。

陽光が昇れば、すぐにこの濡れた場所をかわかしてしまうはずだが、できれば、それまで、彼等に、ここに来てほしくはなかった。

岸のむこうは、すぐ、ジャングルであった。

そのジャングルの中に、ふらつく足どりで加倉は入っていった。

川の方向だけは、見失わないように、と思うのだが、振り返ると、もう、どこに川があるのかは、風景だけではわからなくなっていた。

あっという間であった。

四方の、どちらを見渡しても、同じレベルのジャングルが見えているだけである。

ジャングルで迷うのはたやすい。

ここで迷ったら、たやすく、死ぬ。

動物や、昆虫、鳥はそうではない。ここが、彼等の棲《す》み家なのだ。

人間というのは、なんという、たよりない存在であることか。

高い、樹。

熱気。

動かない大気。

鳥の声。
そういうものに、自分の肉体が埋もれてしまいそうな気がした。
埋もれて、そのまま消え去ってしまいそうだった。
何を考えているのか。
疲れているから、自分はそのようなことを考えるのだろうか。
そういえば、腹が減っていた。
もう、ずっと、何も食べてはいないのだ。
昨日、夕刻に、軽く、食事の芋と肉をもらっただけであった。
いつの間にか、背の高い、巨大な羊歯《しだ》の林の中に、加倉はいた。
まるで、太古の森の中に迷い込んだようであった。
そこで、加倉は、とうとう、腰を下ろした。
疲れきっていた。
身体がどろどろだ。
血管の中に、酸《す》と泥が詰《つ》まっているような気がした。
背の袋を下ろして、中を見た。
濡れて、ふやけたビスケットが、ひと包み。
そして、チョコレートが一枚。

もはや、形として残ってない、ずくずくになったパン。
干した肉。
バナナが三本。
それを、陽光の中にさらした。
パンは、もう、どうしようもない。
包みの中にあったビスケットは、乾かせば、なんとかなろう。
今となっては、貴重極まりない食料である。
武器らしきものは、ない。
とにかく、バナナを、一本、食べることにした。
バナナは、潰《つぶ》れて、色が悪くなっていたが、贅沢《ぜいたく》は言ってはいられない。
一本を喰べた。
迷ったあげくに、その、皮も食べた。
これから、どうしたらよいか――
加倉は、溜め息をついた。
もし、道さえわかれば、ひとりでもその道をゆくべきだろう。
どこかの、人のいる村か町へ出、その上で、佐川教授たちを救う手だてを考える。
それでもなければ、もどることだ。

もどって、ガゴルたちとどうやら敵対しているらしいムンボパか、ムンボパの仲間に、とにかく会うことだ。

それが、最良かもしれない。

問題は、ガゴルの仲間に会うより先に、ムンボパの仲間と会えるかどうかだ。

そこまで、考えた時に、加倉は、微《かす》かな物音を耳にしていた。

地面に落ちた小枝に、重いものが上から乗って、それを折る音だ。

びくん、
と、加倉は、腰を浮かせていた。

聴こえてくる。

下生えを分け、山刀で小枝を払いながら、何人かの人間が、近づいてくる音。

話し声まで聴こえた。

麻の袋の中に、加倉は、外に出していたものを、突っ込み、それを背にも負わずに、右手に握って立ちあがった。

まだ、身体は濡れている。

危うく走り出しそうになるのをこらえ、音がしないように、横手の、羊歯《しだ》の森の中へと、動いていった。

羊歯の陰に隠れながら、向こうへ歩いてゆく。

声と、気配が、それまで加倉がいた場所までやってきたらしいのがわかる。
川から、正確に、ここまで追われてきたのだ。
急に、背後の声の質が変化した。
あっ、と、加倉は、声をあげそうになった。
ずくずくになったパンの一部を、外に出して、土の上に置いたままであった。
そこに、誰かがいたことが、これでわかってしまう。
男たちの声。
わかってしまった。
その声が、背に近くなる。
誰かが、こちらを向いてしゃべっているのだ。
もう駄目だ。
加倉は、耐え切れずに走り出した。
追手に聴こえるような音をたてて、下生えを分けて、走った。
後方に、鋭い声があがる。
追手が、自分の後を追い始めたのがわかる。
糞。
こんなところで、死にたくはなかった。

死ぬわけにはいかない。
しかし、こういう状態にあって、自分になにかできることがあるだろうか。
闘うには、武器がない。
足も、遅い。
たちまち、追手の声が近くなった。
羊歯《しだ》の森から、また、ジャングルに変っていた。
そのジャングルの中に走り込もうとした瞬間に、

轟《ゴー》！

と、銃声が鳴った。
加倉の横の樹の幹の皮が、ばっ、とはじけて、そこに穴が空いた。
加倉の胸の高さだ。
加倉は、戦慄《せんりつ》した。
「止まれ、動くと撃つ！」
鋭い声が、背後から耳を打った。
英語だった。

加倉は足を止めた。

後ろを振り返った。

ライフルを持った男が、銃口を加倉に向けながら、ゆっくり近づいてくるところだった。

加倉は、驚いた。

それは、サファリジャケットを着た、まぎれもない白人だったからである。

その後方に、黒人が四人。

「逃げるのは、あきらめるんだ。私は、人を撃つ時にためらうような人間ではないからね」

白人が言った。

「もっとも、逃げてくれるんなら、それはそれで私は嬉《うれ》しいよ。人間が撃てるのだからね」

加倉は、その言葉よりも、白人が現われたことに茫然《ぼうぜん》とし、そこに突っ立っていた。

黒人が、ぞろぞろと加倉を取り囲んで、加倉の腕を、両側から抱え込んだ。

「こんなところで、日本人に会えるとは思ってもみなかったよ。加倉くんだったかな?」

白人の男は言った。

「あなたは!?」

加倉が言うと、男は、ゆっくりと銃口を下げ、唇に、品のいい笑みを浮かべた。

その唇の上に、髭《ひげ》がある。

「アラン・クォーターメン」

男は言った。

「アラン……」

「クォーターメンだ」

「まさか、それは――」

「ほう、嬉しいね。君も、この名前を知っているらしいな」

「それは、ハガードの……」

「そう。あのハガードが書いた、暗黒大陸アフリカを舞台にした物語の主人公だよ」

その物語は、『ソロモン王の宝窟』として、日本にも訳書が何冊か出ている。

それを、加倉も読んだことがある。

だが、それは、むろん架空の話であり、主人公のアラン・クォーターメンも、実在の人物ではない。

「本名ではないよ。私の名前も、国籍も、きみには明かせないのでね。ま、ニックネームとして覚えておいてくれたまえ」

自らを、アラン・クォーターメンと名のる、その男は言った。

年齢は、四十五歳前後だろうか。

腕や首は、陽に焼けていて、太い。

「さあ、来てもらおうか」

「おれの仲間は？」

「安心しろ。生きてるよ。怪我《けが》をした人間もいるがね」

「生きて？」

「生きているのが不思議かね」

「何故――」

と言いかけて、加倉は口をつぐんだ。

昨夜、ムンボパが言った言葉を思い出したからだ。

「儀式か!?」

「さあね。それは、ガゴルに訊け――」

「ガゴルと、おまえと、どういう関係があるんだ」

「きみたち、日本人のサラリーマンがたいへん優秀だということは知っているがね。もし、私がサラリーマンだったとして、たとえ、五分後に死ぬことがわかっている人間にでも、私は企業秘密をしゃべるような人間じゃないよ」

アランがそこまで言った時であった。

アランの背後の羊歯《しだ》の森の奥に、みしみしという音があがった。

みし、
ばき、
みし、
ばき、
とんでもなく重い重量を持つものが、羊歯の森を踏みしだく音であった。
アランの背後の、羊歯の森の上に、それが見えた。
巨大な頭部。
頭部の両側にある、眼。
鼻のふたつの穴。
そして、鱗《うろこ》。
不気味な、爬虫類《はちゅうるい》の頭部……。
あれだ――。
このマラサンガ王国に、初めてやってきた夜に見たもの。
その頭部に、女を乗せていたもの。
恐竜!?
高さが、およそ七メートル余り。
ティラノザウルスに似た、二足歩行の巨大爬虫類だ。

「ムベンベ!!」

黒人の男たちが、声をあげた。

「ムベンベ!!」

「ムベンベ!!」

「ムベンベ!!」

しかし、今、加倉が眼にしているそれが、その夜、眼にしたものと同種のものらしいとの見当はつくが、同一個体かどうかまではわからない。

黒人たちの表情の中に、驚きと、恐怖と、不安とが、交互に現われている。

逃げようか、逃げまいか、迷っている風である。

その巨大爬虫類——ムベンベは、森の中にいる男たちを、見つけていた。

その、表情のない顔が、下にいる男たちを見降ろした。

SHIIIIII!!

ムベンベが、吼《ほ》えた。

羊歯《しだ》の茎を、押し曲げて、近づいてきた。

SHAAAAAAAA!!

口をかっと開いて、鋭い歯をむき出しにした。
その瞬間、声をあげて、黒人たちは森の奥に散った。
アランは、そこに踏みとどまり、数瞬、迷った。

KUEEEEEE!

ムベンベが、アランに向かって、ぐうっと顔を下げてきた。
凄い速さだ。
アランは、退がりながら、銃を向けて、撃った。
ムベンベの首のあたりに、ばっ、と血がしぶいた。
驚いたムベンベは、頭部を持ちあげ、首を振った。
続いて、もう一発。
もう一発。
一発は、動いている顎の一部を、削り取った。
一発は、頭の端だ。

SHA!


ムベンベが、吼《ほ》えて、アランを襲おうとする。

アランは、もう、森の中に走り込んでいる。


SHA!

SHA!


それを、ムベンベが追う。

また、一発。

きれいに、ムベンベの頭部の肉が、血飛沫《ちしぶき》とともにはじける。

ムベンベは、一瞬、ひるみはするが、倒れない。

頭部にある脳が、極端に小さいからだ。

あれだけ巨大な頭部の中に、人間のそれより小さな脳があるだけだ。

もっとも、ムベンベの頭蓋骨を、砕いて、弾丸が、その内部にまで潜り込んでいるかどうかまではわからない。

ムベンベは、森の奥に逃げた黒人とアランを追って、ジャングルの中に、入っていった。

加倉は、銃で、ムベンベがひるんだ隙に、樹の陰に隠れている。

めきめきと、樹を倒し、あるいは曲げながら、ムベンベが、追ってゆく。

高い悲鳴があがった。

見ると、黒人のひとりが、ムベンベの顎に咥《くわ》えられているところだった。

褐色の鱗《うろこ》に覆われた巨大獣。

現実のこととは思えない。

その時——。

手を、引かれた。

びくんと身を強《こわ》ばらせて、加倉は後方を見た。

黒人であった。

ふたりいた。

「味方だ」

と、加倉の手を握ったその黒人は言った。

英語だ。

「おれについてこい」

低いが、有無を言わせぬ口調であった。

「わかった」

加倉はうなずいた。

歩き出した男の後に従いてゆく。

もうひとりの黒人が残った。

「彼は？」

「かまうな。我々の後を、誰かが追って来ないようにするために残ったのだ」

男はそう言って、かまわず先に進んだ。

男は、右手に山刀を握っているが、それを、ほとんど使わない。

人が通った跡を残さないためらしかった。

しばらくゆくと、ふいに、一本の樹の幹の陰に、黒人の姿が見えた。

さきほど、逃げ出した黒人のひとりだった。

叫び声をあげて、黒人が、山刀を持って、襲ってきた。

加倉を案内していた男は、わずかに、首を横に振っただけで、その黒人の攻撃をかわし、ひょいと右手を前に突き出した。

その右手に握られていた山刀が、黒人の心臓に潜り込んでいた。

その時には、男は、黒人の口を押さえている。

悲鳴をあげさせないためだ。

男は、ただの肉塊になった黒人を見降ろし、

「その山刀を使え」

加倉に言った。

加倉は、倒れている黒人の右手の指を、一本一本起こして、その山刀を手に握った。

「よし」

男は言って、また、無造作に歩き出そうとした。

「待ってくれ、あんた、誰なんだ？」

加倉は訊いた。

「アイヤッパン」

短く、男は答えた。

「ぼくをどうするつもりだ？」

「ムンボパのところへ連れてゆく」

「ムンボパ？」

「我らの王だ」

アイヤッパンと名のったその男は、また歩き出した。

「ま、待ってくれ」

加倉は、アイヤッパンの後を追った。

「おまえたちを送ろうとした我々の仲間は、皆殺された。おまえの仲間は、ガゴルのところにいる」

「儀式のためか？」

加倉は訊いた。

「そうだ」

歩きながら、アイヤッパンが答える。

「儀式とは何だ？」

加倉が訊いた。

アイヤッパンは答えない。

「儀式というのは何なんだ？」

すると、アイヤッパンは立ち止まった。

立ち止まって、加倉を見た。

「教えてくれ」

加倉は言った。

無表情な顔で、アイヤッパンは加倉を見つめ、

「食人《しょくじん》だ」

低い声でぼそりと言った。

「え」

加倉はその意味が呑み込めなかった。

もう一度問うた。

「何と言った」

「食人だ」

アイヤッパンは言い、

「彼等は、儀式で、人を喰う――」

そう言ったのであった。

第三章　黒密祭《くろみっさい》

1

悪夢を見ていた。
血みどろの悪夢だ。
獣に追われている。
巨大な獣だ。
逃げても逃げても、その獣は後を追って来る。
獣の正体は、よくわからない。
ムベンベのようでもあるし、そうではないもっと別の獣のような気もする。
仲間と一緒《いっしょ》に逃げている。
ジャングルの中だ。

仲間の中には、佐川もいる。
皆川もいる。
小沢も、剣もいる。
そして、佐川真由美もいる。
そして、東京にいる友人たちや、見知らぬ人間たちもいる。
両親もいた。
その仲間たちが、追ってくる獣につかまり、生きたまま啖《くら》われる。
それを、見ている。
全員で見るのだ。
誰かがその獣に喰われている間は、そのゲームが、一時、中断する。
鋭い歯が、肉を断つ音。
ぞぶぞぶと血をすする音。
がつん、
ごつん、
と、歯が骨を噛み砕く音。
その音を聴きながら、それを見るのだ。
喰べ終えて、獣が顔を上げる。

吠える。
すると、また、ゲームが再開される。
逃げる。
また誰かが捕えられる。
喰われる。
その間は、またゲームが止まる。
そしてまた――
途中で、母親が喰われた。
泣き叫んでいる母親の腹を、獣がひと嚙みにして、内臓ごと啖《くら》う。
それでも母親は生きている。
「痛い」
「痛い」
母親は、そう言いながら、呻《うめ》く。
叫ぶ。
次は、乳房だ。
そこを嚙みちぎられる。
それでも、白い肋骨《あばら》を見せながら、まだ、母親は生きている。

手。

足。

尻。

全部喰われて、首だけになっても、母親は、

「助けておくれ」

叫んでいる。

その首も喰われた。

次が、佐川だ。

次が、剣だ。

父親も喰われた。

そうして、ゲームを続けているうちに、いつの間にか、喰われたはずの母親が、また一緒に逃げている。

疲れている。

足が思うように動かない。

真由美が喰われた。

真由美が、悲鳴をあげ続けて喰われてゆくのを、見ていた。

そして、また逃げる。

次は、自分だ。

そう思う。

いや、そう思ってはいけない。

これは夢なのだ。

だから、そう思うと、必ず、いやなことはその通りになる。

その通りになった。

獣が、執拗《しつよう》に自分を追ってくるのだ。

そして、ついに、獣に捕えられた。

捕えられたと思うと、その獣の正体が、ようやくわかった。

ガゴルであった。

ガゴルが、大きく口を開いて、数本しかない歯で、自分にかぶりついてくる。

喉だ。

喉の肉を、筋ごと嚙みちぎられた。

見ると、大勢の人間が、ジャングルの中から、自分がガゴルに喰われているのを見ている。

加倉は、ぞっとした。

ジャングルの中から自分を見ている人間たちは、全員が、にたにたと笑っているのである。

両親もいる。

真由美も、自分が喰われるのを見て笑っているのだ。

自分も、これまで、あのような顔をして、仲間が喰われているのを見ていたのだろうか。

人間の本性が、むき出しになって、そこにさらされているような気がした。

ガゴルの歯が、肉を、みちみちと嚙みちぎってゆくのがわかる。

舌が、ぞろり、ぞろりと、喉の、内部を舐《な》めるのがわかる。

その舌が、骨を這《は》う感触までがわかるのだ。

不思議な、甘美な感触すらある。

喰われるというのは、こんなに気持のいいことだったのか。

と――。

ふいに、それまで見物していた人間たちが、わっ、とジャングルの中から飛び出してきた。

そして、わらわらと喰い散らかされた加倉にしがみついて、ガゴルと一緒に、加倉の肉を喰い始めるのだった。

――。

そして、ふいに、眼が覚めていた。

2

天井が見えた。

木で組んだ天井の上に、でかいバナナの葉を何枚も重ねてのせた天井だ。

その透き間から、朝のものらしい陽光が差している。

その陽光の筋が見える。

小屋だった。

その小屋の中に、薄く、煙が満ちていて、その煙に陽光が当って、光の筋が見えているのである。

生きていたのか——。

まず、加倉が感じたのは、その実感であった。

自分は、どうしたのか?

そうだ。

ジャングルを、アイヤッパンと一緒に歩いているうちに、歩けなくなってきたのだ。

疲れかと思っていたら、そうではなかった。

熱が出ていたのだ。

高熱だった。

いつ、アイヤッパンに背負われたのかは、記憶にない。

とにかく、気がついたら、アイヤッパンに背負われていた。

そのまま、長い時間をかけて、ジャングルの中を移動したのだ。

そして、どこか、人が何人かいる場所へ着いた。

それが、ここだったのか。

それとも、夢だったのか。

しかし、今、ここでこうして眼覚めたということは、あれは夢ではなかったことになる。

身体がぬるぬるしていた。

大量の汗を掻《か》いたらしい。

毛布が、自分の身体の上にかかっていた。

煙の匂い。

何かの煮える匂い。

横を見る。

木の枝を、縦に組んだ壁。

そして、その壁の下に、石を組んで造ったかまどがあった。

そこで、木の枝が燃えていて、その上に、鍋《なべ》がかかっている。

顔を動かした。

広い小屋ではない。

日本の感覚で言うなら、十畳間くらいであろうか。

人は、誰もいなかった。

壁に、小さな棚《たな》があり、そこに、コップやら、鍋やらがのっている。

入口は、戸はなく、壁の一部が開け放たれたままになっていた。

外に、何人かの人の気配があり、話声が聴こえている。

バントゥー語らしかった。

加倉は、顔をあげて、低く、声をあげた。

その気配に、外の人間が気づいたらしい。

入口から、ふたりの人間が入ってきた。

半ズボンにTシャツを着た、黒人の男。

そして、洗いざらしの、赤い、綿のワンピースを、ゆったりと素肌につけた、黒人の女。

ワンピースの布地を、下から、乳房が大きく突きあげている。

腰の位置が高く、尻の発達した女だった。

「起きたのね」

と、女が英語で言った。

「ここは?」

加倉は訊いた。

「ンゴンナの村よ」

「ンゴンナ?」

「とりあえずは、安全なところ」

「ぼくは、どうしたんですか――」

「三日も、眠り続けてたのよ。アイヤッパンが連れてきた日からね。今日を入れれば、四日になるかしら」

つまり、この場所で、三晩を過ごしたらしい。

「二日前の晩は、危なかったわ。もしかしたら、あなたは死んでいたかもしれないわね」

「――」

「ムンボパが、特別に、街から持ってきた薬を注射してくれたの。それで、助かったのよ」

「――」

「この地方には、特殊な、蚊がいるのよ。その蚊が媒介《ばいかい》するマラリヤに似た熱病。最近は、めったに罹《かか》る人はいなかったんだけど……」

「そうか……」

「ところで、喉は渇いてない？」

言われた途端《とたん》に、凄く、喉が水を欲していることに、加倉は気がついた。

いや。

喉じゃない。

身体だ。

身体全体が、乾いた布のように、水を欲しているのだった。

日干しの、魚か、木乃伊《ミイラ》にでもなったような感じだった。

身の水分がほとんど失くなって、小便すら出ないような感じだった。

狂おしいくらい、水が欲しくなった。

「待って、湯ざましを持ってくるわ」

女が姿を消して、ほどなく、大きなアルミのカップに、たっぷりと水を入れてもどってきた。

加倉は、男に助けられて、上半身を起こした。

少し、頭がふらふらした。

「ゆっくりとよ」

女が、加倉の口元に、そのカップを持ってきた。

そのカップを、加倉は、女の手ごと、両手に抱え、水を飲んだ。

「ゆっくりと」

女は、そう言ったが、ゆっくり飲んでいられたのは、最初のふた口であった。

ほとんど呼吸をせずに、ひと息に、音をたてて、加倉はその水を飲み込んだ。

ほどよく冷めた、冷たくも温かくもない水だった。

口から、食道から、胃から、腸から、あらゆる粘膜から、水が体内に浸《し》み込んでくるのがわかる。

掌《てのひら》からだって、水を吸収できそうであった。

なんという甘露《かんろ》。

これほどうまい水を飲んだのは、生まれて初めてであった。

どんな、極上のワインよりも、うまい。

「二杯目を頼む」

女が笑って、カップを受け取った。

二杯目が来た。

それをまた、いっきに飲む。

三杯目も、飲みたかったが、さすがにそれは止められた。

「もうしばらくしたら、また飲ませてあげるわ」

女は言った。

そのうちに、男が、アルミの皿に、肉と、野菜の入ったスープを入れて持ってきた。

「喰べるでしょう?」

スプーンをつまんで、女が、男にかわって、英語で言った。

「もちろんさ」

加倉は言った。

アルミの皿を受け取った。

しかし、熱い。

男とは、指の皮の厚さが違うのだ。

アルミは、熱を伝えすぎる。

加倉は、いったん、その皿を毛布の上に置き、その毛布で挟《はさ》むようにして、それを持った。

女からスプーンを受け取って、スープをすくって飲む。

うまい。

トマト味。

入っている肉は、鳥肉らしかった。

肉を齧《かじ》り、スープを飲む。

すぐ空《から》になった。

「もう一杯いいかい」

「もちろんよ。気に入った？」

「ああ。鳥肉が、なかなかうまい」

加倉がそう言うと、女は笑った。

男が持ってきた二杯目を、毛布で持ちながら、

「何かおかしいかい？」

加倉は訊いた。

「残念だけど、それは、鳥じゃないわ。あなたも見たことあると思うけど、蜥蜴《とかげ》の肉よ
——」

と女がまた笑った。

「かまわないさ。素性で味を差別するつもりはない」

結局、加倉は、三杯のスープを飲み、さらにもう一杯水を飲み、汁のたっぷりあるパパイヤの実を、ふたつ、喰べた。

そして、もう一度、仰向けになった。

「安心したわ」

女は言った。

「少なくとも、あなたがこれから死ぬとしても、熱病が原因じゃないわ」

「喰べすぎだと言いたいんだろう」

女は、答えずに笑った。

加倉は、また、眠くなった。

「三日眠ったはずなのに、まだ眠い」

「お眠りなさい。眼が覚めるまでに、アイヤッパンか、ムンボパが来るわ」

その声を、最後まで聴いていたのかどうか、加倉は自信がなかった。

すぐに、眠りに落ちていったからである。

3

気持のいい、眼覚めであった。

眼を覚ました時には、夕刻になっていた。

女が、また、カップに水を入れてくれた。

それを飲んで、加倉は外へ出、小便をした。

朝飲んだ水は、ほとんど身体が吸収したらしく、小便は大量には出なかった。

あちらこちらに、小さな広場を囲むように、似たような小屋が建っている。

人が、何人も、動いていた。

槍や、山刀を持っている人間が多い。

ライフルを持っている人間も、何人かいる。

腰に、手榴弾《しゅりゅうだん》を下げている人間もいる。

小屋のほとんどからは、煙があがっていた。

虫除けだけでなく、食事の仕度が始められているらしい。

ビーズや、動物の骨で造った原色の混ざった首飾りを、いくつも首からぶら下げている男たちがいる。腕輪も嵌《は》めている。

戦の準備をしている——。

そんな風に見える。

小屋にもどって、丸太を輪切りにした椅子に座って、スープを飲んでいるところへ、朝、スープをアルミの皿に入れてくれた男が、ふたりの男と共に入ってきた。

ムンボパと、アイヤッパンであった。

ムンボパも、アイヤッパンも、ぼろぼろのジーンズに、半袖《はんそで》の綿のシャツを着、足にはスニーカーを履《は》いていた。

「元気になったようですね」

ムンボパが、声をかける。

「助かりました。生きているのが不思議なくらいです」

加倉は、そう言って、椅子の上にスープ皿を置いて立ちあがろうとした。

「そのままでいて下さい」

ムンボパは、加倉を制して、丸太を輪切りにしたかたちの椅子に、腰を下ろした。

もうひとつ、同様の椅子があり、ムンボパが座るのを待って、アイヤッパンが、それに腰を下ろした。

どの椅子も、朝にはなかったものだ。

このために、加倉が眠っている間に用意されたものらしい。

ムンボパは、生きいきとした、大きなよく動く眼で、加倉を見ている。

人の心の内部まで、見通しそうな、深い色をした眼であった。

肌の色は、美しい、輝くような漆黒《しっこく》である。

瞳は知的で、何か、身体の中に、強い力を放つ、霊的なモーターを有しているような感じがある。

今は、静かに、それが回転しているだけのようだが、いつ、それが高速回転をし始めるかわからない、不思議な緊張感を、その肉体のうちに持っている。

獅子——静かに座している時の、ライオンのような迫力があった。

その横の、アイヤッパンは、堅く閉ざされた、溶鉱炉《ようこうろ》のような印象がある。

重い鉄の扉をきっちり閉めているため、熱気も、炎も見えてはこないが、その扉の向こうには、強い温度を持ったものが、逆巻《さかま》いているようなところがある。

　ムンボパの表情には、落ち着いた、柔らかなものがあるが、アイヤッパンのそれには、閉じた、堅い無表情がある。

「我々の仲間は、どうなっていますか？」

　加倉は訊いた。

「ガゴルのところに、捕えられています」

「生命は？」

「もちろん、生きています。いえ、生きているはずです」

「――儀式の、ために？」

　加倉が言うと、短い沈黙があって、

「ええ」

　ムンボパが、それを肯定した。

「儀式というと、食人の……」

「そうです。彼等は、やがて、喰われるために生きています」

「まさか、まだ、そういうことが――」

「残っているのです。このナラザニア――いえ、マラサンガ王国ではね」

「そのマラサンガ王国のことなのですが、ナラザニアとはどういう関係に……」

「ナラザニアの中に、ナラザニアと同じ国土を有する、マラサンガ王国があり、マラサンガ国民がいるということです」

「そういうことが、あり得るのですか」

「はい」

「どういうことでしょうか」

「加倉さん、その前に、お訊きしますが、国とはいったい何ですか」

「国？」

「はい――」

問われて、加倉は沈黙した。

簡単に、それが答えられそうでいて、答えられない。

ひとつの、統一感を持った文化を有する人間の共同体が、ある一定の領土を支配している状態をいうのだろうか。

宗教？

国土？

法律？

通貨？

どれも、皆、充分でない。

「加倉さん。極端なことを言ってしまえば、国には、必ずしも国土は必要ないのです――」

「え」

「少なくとも、ある国が、ある国とその国土を共有することは可能なのです」

「それは、ナラザニアという国の中に、マラサンガという国が、重なるかたちで存在しているということですか」

「ええ」

「――――」

「国というのは、煎《せん》じつめれば、同じ法の下に集まった人間たちが造る、幻想共同体のことです。わかりやすく言うなら、組織のことです」

「組織？」

「あなたのお国のことで言えば、企業と呼んでもいい。企業というのは、それは、ある意味においては、国家の中にあるもうひとつの国家ということじゃありませんか」

「――――」

「企業は、国家の中にあって、独自の法を持ち、独自の賞罰のシステムを持っています」

「しかし、その企業が属する国家の法を逸脱《いつだつ》して、その企業に、法律や、賞罰のシステムが存在するわけではありません」

「企業の例は、たとえです。我々、マラサンガの国民は、ナラザニアという国の中で、ナラザニアの法よりもなお厳格な、マラサンガの法の中で生きています」

「――――」

「ある事件を、あるマラサンガの国民が犯したとします。その件について、ナラザニアの法が許しても、マラサンガの法が許さないケースがあります。場合によっては、その人間は、マラサンガの法によって、死を与えられることもあります」

「――――」

「イメージが摑《つか》めなければ、米国《アメリカ》における、マフィアにあたるような組織として認識しておいて下さい」

「マフィア？」

「もっとも、我々のマラサンガは、マフィアのようなギャング組織ではありません。しかし、その法の中には、死を含むものがあります」

「それで、ガゴルと、あなたたちは何故、同じ、そのマラサンガ王国内部で対立しているのですか。それは、バラモナ派と、クサトーリャ派の対立ということなのですか？」

「表面的には、そうですが、内情には、もっと別の側面があります。実は、すでに、マラサンガ王国のことは、マラサンガに属さない、ナラザニアの一部政治家の知るところとなっています――」

「どんな風に──」

「お話ししましょう。いえ、お話しする前に、ひとつ、お願いしたいことがあります──」

「何でしょう？」

「あなたに、やっていただきたいことがあるのです。しかし、それには、生命の危険があります。もし、あなたが、それを引き受けて下さるのなら、生命をかけて下さる方に、何もかも秘密にしておくというわけにはいきません。あなたが、それを引き受けて下さるなら、お話しできることは、全て、お話しするつもりです」

「生命の危険、ですか……」

加倉は、唾《つば》を飲み込んだ。

「そうです。かわりに、あなたがそれを引き受けて下さるのなら、それは、そのまま、あなたやあなたの仲間を救い出すことにもつながるのです」

「聴かせて下さい。わたしのすることを──」

加倉は言った。

「実は、あなたには、もう一度、ガゴルたちに捕えられていただきたいのです」

ムンボパは、加倉を見つめながら言った。

アイヤッパンは、無言のまま、ふたりのやりとりを聴いていた。

「あなたが、我々の所にいることは、すでに知られています。ですから、ここから、いったん、あなたに逃げ出していただきたいのです」

「逃げる？」

「ええ。この、我々の土地には、結界が張ってあります。さらには、ガゴルの所の五老鬼のような能力を持った人間も、このアイヤッパンのようにいます。めったなことでは、この土地に、彼等は、侵入して来ることはないでしょう。小規模ながら、銃など、火器も用意してありますからね」

「――――」

「かわりに、我々も、めったなことでは、向こうに潜入できません。四日前の晩の闘いは、少し強引だったのですが、ひそかにガゴルのみに相手を絞《しぼ》って、攻めたのですが、ガゴル自身や、五老鬼や、三幻鬼《さんげんき》のために、それは失敗しました。この次は、もう少し、規模を大きくして、彼等と闘うつもりです。そのために、あなたの力が必要なのです」

「で、わたしは、捕えられて、どうすればいいのですか？」

「捕えられたら、あなたは、必ず、お仲間とまた、一緒になるでしょう。問題は、その時です」

「――――」

「その時に、あなたは、ここで、わたしとこのような話をしたことを、誰も聴いている者がいないと判断した場合でも、お仲間の誰にも話してはいけません」

「何故ですか」

「それは、必ず、誰かに訊かれると思って下さい。我々が闘いの準備をしていたことくらいは、言ってもいいでしょう。とにかく、牢には入れられていなかったし、ある程度の自由もあったので、逃げ出したと、そういうことにして下さい。真実味をもたせるために、我々も、何人かに、あなたの後を追わせます。しかし、我々が、あなたを見つけるよりも先に、向こうがあなたを見つけるでしょう」

「そして、捕えられるわけですね」

「しかし、殺されはしません」

「儀式のためですね」

「はい」

「で、捕えられて、どうするのですか？」

「今、こちらから向こうに潜入するのは難しいのですが、向こうには、すでに潜入している我々の仲間がいます。その仲間が、あなたに連絡をとってきます」

「────」

「あなたが、捕えられている時、誰かが、あなたに、あることを訊いてくるでしょう。その人間が我々の仲間です」

「はい」

「それで、その時、あなたは、あることを答えてくれればいいのです」

「それは、どのような──」

「最近アフリカで、死滅しかかっている動物を知っているかと、そうあなたに、その人間は英語で問いかけてくるでしょう。その時、あなたは、象《エレファント》であると、そう答えてくれればいいのです」

「象《エレファント》？」

「そうです」

「どういう意味なのですか？」

「その意味は、あなたは知らない方がいいでしょう。近くに、ガゴルがいた場合、あなたが知っているその言葉の意味を、ガゴルが、直接、あなたの心から盗むかもしれません」

「それだけ？」

「それだけです」

ムンボパは言った。

「それで、我々は、うまくやるでしょう──」

「この計画が、ガゴルに、事前に洩《も》れる心配は？」

「まず、ないと思います。当然我々のところにも、ガゴルの手の者が潜り込んでいるでしょう。ですから、ここに、わたしとアイヤッパンが直接来たのです。わたしの声の届く範囲には、我々の信用のおけるものしかおりません——」

言葉を切り、ムンボパは、アイヤッパンを見やった。

「どうだ？」

問われたアイヤッパンは、無表情のまま、眼を閉じ、ほどなく、また眼を開いた。

「特別には、誰も、近くに怪しい者はいないようです」

アイヤッパンは言った。

どうやら、このアイヤッパンという男、人の気配を嗅ぎとる能力があるらしい。

「儀式までには、必ず、あなたたちを救い出します。いかがですか。協力していただけますか——」

加倉は、口をつぐんだ。

考える。

もとより、ムンボパと、このアイヤッパンがいなければ、なかった生命である。

しかし、だからといって、もう一度、あの牢に入りたくはない。

捕えられれば、儀式——つまり、食人の贄《にえ》にされることが、今はわかっているのである。

だが、協力をすれば、仲間四人の生命が助かるかもしれないのだ。

「もし、断ったら？」

「あなたが、元気になり次第、この土地を去っていただきます。もう、あまり、人数は割《さ》けませんが、一人案内人を付けます。それで、一番近い町まで、行ってもらいます。ここまで、二度とやって来れぬように、ジャングルの中の道を使ってもらうことになります」

「また、四日前のように、誰かに襲われることもありますか」

「充分にあるでしょう」

また、加倉は沈黙した。

思考が混乱していた。

このような時に、結論を出せるような思考の訓練をしていない。

その選択の幅の中には、自分の生命の終り——死が入っているのである。

どちらを選択しようと、その中には、死が含まれているのだ。

思考を、停止《ていし》してしまいたいと思った。

判断を、誰かの手にゆだねてしまいたい。

そうすることができるならばだ。

日本でも、自分は、様々な人生の選択肢《せんたくし》に立たされてきた。

その都度《つど》、自分は、自分で判断をし、自分の意志でここまでやってきたのだ。

カメラマンを選んだのもそうだ。

しかし、日本でのその選択の中には、死は含まれてはいなかった。

どの選択が正しくて、どの選択がまちがっていたかは、両方を同時に選べぬ以上、確認のしようがない。

しかし、日本での、いや、加倉がこれまで属していた世界での選択の失敗は、勇気とその気さえあれば、やりなおしが利《き》く。

生命までは、なくならないからである。

しかし——

この、ナラザニアへやって来るのも、自分の意志で決めたのだ。

しかし、死までは考えていなかった。

事故での死はありうる。

しかし、それは、事故ということでなら日本でもあるのだ。

今、加倉が立たされている選択肢《せんたくし》の分かれ道の先には、充分な可能性として、死が含まれている。

加倉は、口を、開こうとした。

口は開いたが、しかし、声は出て来なかった。

ムンボパの顔を見、アイヤッパンの顔を見た。

救いを求めるように、ムンボパに向かって視線を送った。

ムンボパは、静かに首を左右に振った。

「残念ですが、我々は、あなたに対して、その選択について、何の助けもしてあげられません。あなた自身が決めることなのです」

ムンボパの言う意味は、充分にわかった。

「あなたたちが、ナラザニアの首都と行き来している道が、ジャングルの中にはあるのではありませんか」

「あります」

ムンボパは言った。

「その道は、使えないのですか。どうせ、わたしは、その道を覚えられはしないでしょう。その道を逆にたどって、再びここへ来ることにはならないでしょう」

「今は、戦闘状態にあります。その道は、かえって危険です」

「あなたたちの闘いを待ってからというのはどうなのですか？」

「我々は、非戦闘員の面倒を、この闘いが終るまで、みているわけにはいきません。そこまで余裕《よゆう》のある闘いではありません。あなたは、勝手に自分の身を守るか、我々と共に闘うかです。それでも、あなたには、死の危険があります。あなたが、向こうにわざと捕えられる方法が、もしかすると、あなたとあなたのお仲間にとっては、一番安全なことかもしれません」

「――――」

「何故なら、ガゴルたちは、儀式以外の場所で、あなたたちを殺そうとはしないからです。そして、我々は、ガゴルの儀式を、阻止しようとしているのです」

「――――」

「もし、我々が負ければ、儀式は行われることになり、あなたは、そこで、死ぬことになるかもしれません。しかし、あなたがここに残ったとしても、我々の負けはあなた方の死です。あなたが、向こうに捕えられ、今お願いしたことを、きちんと果たしてくれれば、我々の勝利の確率が高くなるのです」

ムンボパは、言うべきことは、全て言い尽くしたというように、口をつぐんで、加倉を見た。

加倉は、堅く押し黙って、口をつぐんでいた。

「明日の朝までなら、返事を待てます」

ムンボパは言った。

「いえ」

加倉は言った。

「明日の朝までの時間は必要ありません」

「――――」

「やります。ガゴルのところへ、また、行きましょう」

「おう」

ムンボパは、そう言って立ちあがって、右手を差し出してきた。

加倉も立ちあがっていた。

ムンボパの差し出してきた、手を握った。

「感謝しますよ。カクラ」

「やれるだけやってみましょう」

「必ず、あなたがたを、無事に、日本へ帰れるようにしましょう」

ムンボパと、向かいあってみると、ムンボパの身長は、加倉よりも遥かに高い。

優に、二メートルはあるだろう。

「で、お話しいただけますか。さきほどの事情を──」

「わかりました。お話ししましょう」

ムンボパは、そう言って、あらためて、椅子に腰を下ろした。

4

「わが、マラサンガ王国には、大量の黄金があります」

ムンボパは、静かに語り出した。

「その量は、おそらく、世界の金相場を、大きく書き換えることのできるものです」

「金!?」

「あなたも、あの洞窟で、黄金のマハー仏陀《ブードゥー》の像を見たでしょう」

「ええ」

それは、十二体の、等身大の仏像であった。

その仏像の前で、無数の男女が、さまざまなかたちで交わり合っているのを、このマラサンガに入り込んだ時に、加倉は、他のメンバーと一緒に見ている。

あれが、中身まで金だとすれば、かなりの量の黄金になるが、しかし、世界の金市場を揺り動かすほどとは思えない。

「あれは、ほんの一部なのです。ある場所には、あなたが想像する以上の黄金が、マハー仏陀《ブードゥー》の像として、あるいは別のかたちとして、あるのです」

嘘とは思えない口調であった。

なおも、ムンボパは語った。

そのムンボパの言葉によれば、すでに、ナラザニアの一部の人間も——政治家や軍人を含めて、そのことを知っているという。

「その黄金の使い道と、儀式について、ガゴル派と我々との間で、意見がわかれたのです」

ムンボパ派は、儀式については、反対であった。

食人の儀式はやめるということで、二〇年前、ムンボパの父の代に、ガゴル派と話がついている。

しかし、二年ほど前から、ガゴル派は、食人の儀式を復活させた。

ガゴル派の結束を固めるためだ。

今でも、古い、マラサンガ王国の、マハー仏陀《ブードゥー》を信仰する人間たちの間では、食人の儀式を望む声が強い。

その食人の儀式は、そもそも、初代、マラサンガ王国の王であり、マラサンガ仏陀《ブードゥー》の祖である、アジャールタの死の時に始まった。

仏陀《ブードゥー》によると、死んだ人間の肉を食すると、その人間が、それまでに積み重ねてきた徳、能力、そういうものが、食した人間の肉体に乗り移ると考えられていた。

それで、アジャールタの死のおり、アジャールタ自身の命により、その肉体が、信者たちによって食われたのである。

始めは、聖者や、特別に力の強いもの、勇者の死のおりに、その死んだ身体が食されていたのが、いつの間にか、それとは別に、定期的な儀式として、その食人の習慣が定着した。

太祖の国から、この国に八人の僧と工人がやってきたおり、それを、殺して喰ってからそうなったとも言われている。

ともかく、それが、毎年、アジャールタの命日の日に、儀式として行われるようになり、今日まで残ってきたのである。

食されるのは、異教徒、異人種、そして、誰もいない時には、信者の中から、人が選ばれた。

過去、この国は、イギリスの植民地であった。

それが、三〇年前に、独立をした。

そのおりに、ムンボパの父の国王が、食人の習慣をやめるように、提案をし、様々な、いさかいや闘いを経て、一〇年後の二〇年前に、それが、やめられることとなった。

それが、二年前、ガゴルの手によって復活したというのである。

「それは、我々が知ったのが、二年前ということであり、実は、もっと昔から――ことによったら、二〇年前のその時から、隠れて食人は続けられていたのかもしれません」

「儀式は、どういうものなのですか」

「まず、贄《にえ》の心臓を、生きながら取り出して、それを、マヌントゥに捧《ささ》げます」

「マヌントゥに？」

「そうです」

「何故？　マヌントゥと、仏陀《ブードゥー》とは、どういう繫《つなが》りがあるんですか？」

「詳《くわ》しいことまでは、我々にはわかりません。おそらく、ガゴルが、この土地の秘密について は、一番知っているものと思われます」

「どのような秘密ですか？」

「このあたりの土地には、昔から、古い——つまり、古生物が棲息《せいそく》しているのですよ。シーラカンスのことは、あなたも知っているでしょう？」

「はい」

「あれと同様に、あなた方の感覚では、化石種と呼ばれるような生き物が、このジャングルには生きているんです。あなたも見た、恐竜のようなもの——」

「ムベンベ？」

「そう。ムベンベです。そして、マヌントゥ」

「それで——」

「『始源経』によりますと、アジャールタが、ここに仏国土を立国しようと決心したのは、その、古生物がいたためらしいんですよ。これまで、見たこともないような、恐竜がこの土地にはいる。そして、マヌントゥも。その神秘に、アジャールタは、惹《ひ》かれたのでしょう——」

「——」

「で、そのマヌントゥの語源ですがね、マヌントゥというのは、古代インドの言葉と、我々のバントゥー語との合成なんです」

「というと?」

「マヌというのは、古代インドの文献などに出てくる、人類の始祖と考えられている者の名です。そして、あなたは、御存じかもしれませんが、バントゥー語で、〝ントゥ〟というのは、つまり〝人間〟という意味です。仮に、わかり易《やす》く造語で例をあげれば、〝バードントゥ〟と呼べば、〝鳥人間〟ということにでもなりますか——」

「では、マヌントゥというと——」

「始祖原人、始祖人類、そういうような呼び方になるかもしれません」

言われた途端に、不思議な、眩暈《めまい》にも似た感覚が、加倉を襲った。

このような、人類史的なレベルの話を、このような場所で聴かされた驚きと、とまどいがあった。

「余談ですが、ガゴルや、五老鬼のような、特殊な人間が、このマラサンガの地に現われた理由は、マヌントゥにあると、わたしは思っています」

「というと?」

「かつて、仏陀《ブードゥー》の教えからすると、必ず、誰かが、マヌントゥとも交わっていたはずなのです」

加倉は、一瞬、言葉に詰まった。

「そ、それは、つまり、ガゴルたちは――」

「マヌントゥと交わった人間たちの子孫《しそん》であるとわたしは考えています。そういう人間たちが、次々に生まれてきた時期のことが、『始源経《アーランバ・スートラ》』には書かれています。その時期に、クサトーリャと、バラモナと、このマラサンガに〝階級《ジャーティ》〟ができあがってきたらしいのです……」

「気が遠くなりそうな話ですね」

加倉は、溜め息をついた。

「話をもどしましょう。黄金についての意見の対立の話でした――」

「ええ」

「この国が今、たいへんな状況にあるのを、あなたは御存じですか？」

「この国というと、ナラザニアですか、マラサンガですか？」

「どちらもです」

「どのような？」

「熱帯雨林の減少から来る土地の砂漠化ですよ」

「それは知っています。西の砂漠が、毎年、かなりの速度で、熱帯雨林を減らしているようですね」

「そうです。原因は、色々考えられます。熱帯雨林を切り開いて、牧場にしてゆく動きが、今、ナラザニアにはあります。そして、これは、ナラザニアにも、マラサンガにも言えるのですが、焼き畑です」

「ええ」

「つまり、森を焼いて、その跡に作物を植え、その作物を収穫したあとで、また、別の森林を焼いて畑にしてゆく——」

「——」

「この速度が、森林の回復の速度を上まわっているのです」

「ええ、焼き畑をしても、作物が穫《と》れるのは、二年か、やっと三年目まででしょう——」

「そうです。しかし、森林が、やっともとにもどるには、二十年、いや三十年以上はかかってしまうのです。森の中の、一部が焼けたというのなら別ですが、広い範囲が焼かれれば、完全に元にもどるには、二〇〇年はかかるでしょう。それが、もっと広範囲になれば、もう、土地は元にはもどりません。砂漠化してゆくだけです——」

　初めて、ムンボパの顔に、苦悩の色が浮いた。

「そして、今、ナラザニアの様々な土地で、人々が飢え始めています。近くの国の砂漠化は、ナラザニアよりもひどく、そういう土地からの難民が、すでに、この一年で、ナラザニアに一万人も入ってきています。食料が、足りないところへ、難民がやってきて、ますます、食料が失くなってきます——」

「――」

「人間の集まる所には、病気が発生し、たちまち、その病が、体力のない人間たちを、殺してゆきます」

ムンボパは、眼の奥に、強い光を溜めて、加倉を見た。

「これは、このナラザニアだけの問題ではなく、近くの国は、どこも、似たような問題と、さらには、アパルトヘイトの問題も抱えています」

加倉は、口をはさまずに、ムンボパの言うにまかせた。

「しかし、我々の国が、他の国と、唯一、違うものがあります」

ムンボパは続けた。

ムンボパの声が大きくなった。

「それが、マハー仏陀《ブードゥー》です」

言ってから、ムンボパは、首を左右に振った。

「いえ、正確に言うなら、黄金です。ナラザニアには、マラサンガ王国の、大量の黄金があるのです」

きっぱりと言って、ムンボパは、加倉を見た。

加倉は、顎を引いてうなずいた。

「その黄金が、使い道によったら、もしかしたらこのナラザニアを、いえ、このアフリカ

を救うかもしれないのです。それほど大量の黄金が、このマラサンガ王国にはあるのです
――」

「――――」

「しかし、それには、これまで秘密にしていた、マラサンガ王国のことを、世界に、知らせねばなりません――」

ムンボパは苦汁を飲むような表情になった。

「できることなら、わたしは、このマラサンガ王国のことを、世に知らせたくはないのです。しかし、それでは、この危機をどうやって救うのですか。これは、ナラザニアの問題ではなく、マラサンガの問題でもあるのです。このまま、この状態が続いてゆけば、いずれ、マラサンガ王国のことは、いやでも世界に知れることになります」

「――――」

「これまで、マラサンガ王国のことや、黄金のことが、世界にわからなかったことは、奇跡です。この、アフリカの、広大なジャングルが、その奇跡を生んだのです。この熱帯雨林が、ムベンベを、マヌントゥを、世界の眼から隠してくれたのです。そのジャングルが失くなったら――」

「いつかは、マラサンガ王国のことは、人々の知るところになるでしょうね」

「そうです」

ムンボパは、拳《こぶし》を握って言った。

いつの間にか、闇が、外から小屋の中に忍び込み始めていた。

かまどに、あらたな薪《まき》がくべられ、その炎の灯りが、ムンボパの、美しい黒い肌と、その瞳の表面に動いている。

ジャングルの虫が鳴き始めていた。

「マラサンガの黄金を使うことで、それが救われるのです」

「――――」

「しかし、その時、世界に、マラサンガの人間が、ジャングルに迷い込んできた白人を捕えて、儀式でそれを食べていたことも、同時にわかってしまうのです。それが、過去のことならともかく、今も続けられていることがわかったら――」

「たとえ、黄金があっても、援助を受けるのが、難しくなるかもしれませんね」

「そうです」

「そのために、ガゴルたちと――」

「はい」

「ガゴルたちは、黄金について、どのように考えているのですか」

「表向きは、黄金の方が大事だと言っているのです。正確に言うなら、マハー仏陀《ブードゥー》の像の方がね。それは、信仰の問題ですから、しかたがありません」

「今、表向きは、と言いましたが」

「ええ。マラサンガには、仏像のかたちになってない黄金が、まだ、大量にあるのです。それだけでも、とりあえず、このナラザニアの危機を救うことができるのです」

「――――」

「それだけの量の黄金なのです」

ムンボパは言った。

言葉もなかった。

信じられないことだが、ムンボパの言うことに嘘はなさそうであった。

「ガゴルは、その黄金を使って、別の取り引きをしようとしているのです」

「別の？」

「この国の軍隊か、あるいは別の国と取り引きをして、強力な軍事国家を、この国に造ろうとしているのです。すでに、外国の、そういう人間が、このナラザニアに来ています」

「――」

加倉は、アラン・クォーターメンのことを思い出した。

「ガゴルの仲間の、白人を見ました。アラン・クォーターメンと名のっていましたが――」

「その男がそうです」

「やはり……」

「しかし、その男も、このマラサンガの黄金が、どれほどの量のものかを、まだ、知ってはいません。もし、それがわかったら――」

「わかったら？」

「ガゴルが考えているような取り引きは無理でしょう。この国は、強力な軍事国家になってゆくかもしれませんが、それからは、ガゴルも、マラサンガもはずされることになるでしょう。マラサンガそのものが、この世から消滅してしまいます」

「本当に――」

「そうなるでしょう。マラサンガがなければ、もっと大量の黄金が、自由になるのですからね」

「ガゴルはそのことを――」

「考えています。ガゴルは、そうならないために、今から、色々と計っているようです――」

「どんなことを？」

「たとえば、マヌントゥの虫を飲ませて、自分に近づいてくる白人や、有力者を、自分の思い通りにあやつることです」

「マヌントゥの虫とは？」

「マヌントゥの胃の中にいる寄生虫のようなものなのですが、これを、他の人間の体内に入れると、その人間を、自由に、操《あやつ》ることができるのです。しかも、その人間は、痛みを感じなくなります。ガゴルや、ンガジは、それを、胃の中で飼っているのです」

「ガゴルやンガジは、それで平気なのですか?」

「ええ。あのふたりは、特別です。マヌントゥの血も、濃くひいています」

「おそろしいことですね」

「ええ。ガゴルのやり方でも、いずれは、失敗するでしょう。大国を嘗《な》めてはいけません。一時、優位にたっても、いずれは、マラサンガの滅《ほろ》びに、つながります。そうならないためには、世界の世論を味方につけねばなりません」

そうか――。

と、加倉は思った。

そのためにも、マラサンガ王国の、仏陀《ブードゥー》信仰の、食人の習慣をやめさせねばならないのだ。

「現在、マラサンガ王国に属しながら、必ずしも仏陀を信仰しない人間たちが、出てきています。以前から、そういう人間たちもいたのですが、この十年間で、急速に、その人口が増えました。今後、さらにその数は増えてゆくでしょう」

ムンボパの表情から、哀しみの色が消えて、強い決意の色が、そこに現われた。

「あなたはどうなんですか」

加倉は訊いた。

「わたしですか。誤解のないように言っておきたいのですが、わたしは、仏陀《ブードゥー》を信仰しています。マラサンガの法もね。ただ、ガゴルとは、その意見を異にしているということです」

「そうですか」

「ガゴルは、これまでにも、何度かわたしの生命をねらってきました。わたしを倒せば、マラサンガは、ガゴルの思う通りになるからです」

「ガゴル派と、あなたの派とは、どれくらいの人数がいるのですか――」

「およそ、半分ずつの、どちらも正確に一万五千人弱といったところでしょう」

「一万五千……」

「その人数とて、いつ、ガゴルの方へ動くかもしれません」

「というと？」

「わたしの信仰が疑われたら、それで、その一万五千人の人数は激減するでしょう。だから、わたしの一存で、マハー仏陀《ブードゥー》の像や黄金を、国のためであっても勝手に持ち出したりはできないのです。たとえ、小さな像一体でもね。それを、わたしが持ち出して、勝手に金に替えたりしたら、たとえ、わたしであろうとも、ガゴルに絶好の口実を与えることになります。生命の危険にさらされるでしょう。仏陀《ブードゥー》は、そういう宗教なのです」

「あなたでも？」

「わたしでも。いいですか、カクラ。あなたが、もし、日本へ帰ることがあっても、この国から、黄金を持ち出したりしてはいけません。今の段階で、それが信用されるかどうかはともかく、ここでの体験について、あなたがお国でやがて語ることになるのは、仕方がありません。できれば、我々自身の手でそれをするまでは、語ってほしくはないのですがね。しかし、その証拠として、黄金や黄金の像を持ち出すことは、避けて下さい」

「持ち出したら？」

加倉は訊いた。

ムンボパは、しばらく黙り、そして、

「殺されるでしょう」

低い声で、はっきりと告げた。

「しかも、あなたを殺しにゆくのは、このわたしであるかもしれません」

ムンボパは真面目な口調で、そう告げた。

第四章　黄金宮

1

声がかかったのは、捕えられて、五日目の朝であった。
「外へ出ろ」
そう言われて、あの牢から、加倉は外へ出た。
佐川、剣、皆川、小沢も一緒であった。
六人の、武器を持った男たちが、一緒についてきた。
槍を持った男がふたり。
ライフルを持った男がひとり。
山刀を持った男が、三人。
その六人が、加倉たち五人を囲むようにして、ジャングルの中を移動してゆく。

「いよいよかな」

剣が、皮肉っぽい声で、言った。

「まさか」

そう言ったのは、皆川であった。

剣の言ういよいよ、というのは、儀式の日のことである。

加倉を含む、他の三人は無言であった。

昨夜、食事は出されなかった。

今朝——今も、食事の前に、外に連れ出されたのだ。

つまり、昨日の昼に食事をして以来、水以外のものを、何も口にしていないことになる。

「こいつは、いよいよだぜ」

剣は、昨夜も、寝る前にそう言った。

食事を出さないのは、胃や腸の内部を空《から》にして、食人の儀式にそなえるためだろうと剣は言ったのである。

今朝も、食事が出なかったのは、その日が今日だからだと。

銃を突きつけられ、外へ出ろと言われるままに、外へ出て、朝のジャングルの中を歩き出したのである。

しばらく前——。

ムンボパのキャンプを抜け出し、半日もゆかないうちに、加倉は、ガゴルの手の者に捕えられた。

捕えられて、ガゴルに色々と問われた。

しかし、加倉は、ムンボパのキャンプにいたことはしゃべったが、そこで、ムンボパとかわした細かい会話のことは、何も言わなかった。

戦闘中だから、味方をせよと、ムンボパにそう言われたと、加倉はガゴルに言った。

ムンボパのキャンプでは、戦闘の準備を進めており、彼等の言うには、近いうちに闘いになるだろうと。

自分は、闘いに加わりたくない。

巻き込まれたくない一心で、一週間分の食料を手に入れて、あそこを抜け出してきたのだと。

とにかく、川に沿って下ってゆけば、いつかはマケホ川にたどりつくことは、もうわかっていたので、なんとか、単独でも帰りつくつもりであったと、加倉は言った。

恐かったのは、ガゴルだけであった。

〝もし、ガゴルが、おまえの意志を探ろうとしていたことが感じられたら、いい方法がある〟

と、村を出る前、ムンボパが加倉に言った。

その方法を、ムンボパにかわって教えてくれたのが、アイヤッパンであった。

〝もし、ガゴルが、そういうようなことをしてきていると思ったら、静かに、次のような呪言《マントラ》を唱えれば、一見、ガゴルには、あなたが何も考えてはいないように見えるはずです〟

と、アイヤッパンは言った。

その呪言《マントラ》というのは、

〝オム・ンゲオ・サラサガニ・ガゴル・オ・サガニ・カクラ・フーム〟

そういうものであった。

思うだけでも効果があり、唇を動かせばなお効果があり、声を出せばもっと効果があると、ムンボパが付け加えた。

場合によって、それを使いわけよと——。

しかし、その呪言《マントラ》を使うまでもなかった。

他にも、そのキャンプのことを、色々と問われた。

それは、ムンボパとの打ち合わせ通りに、見たままを答えた。

一番難しかったのは、ガゴルに、何故、ムンボパたちは、おまえや、おまえたちを助けようとしていたのかと、そう問われた時であった。

儀式のために、日本人を喰わせるわけにはいかないからだと、そう言っていたと、加倉はガゴルに答えた。

儀式のことを知っているのか、と問われた。

知っている。

と、加倉は言った。

食人のことだと、アラン・クォーターメンという男に言われ、ムンボパにもそう言われた。

おまえたちは、本当に人を喰うのか、と、加倉は問うた。

場合によってはな――とガゴルは言った。

アラン・クォーターメンという白人が、どうしてここにいる？

やつは、この国に、観光に来た男さ。

そういう話をして、ガゴルのもとを辞した。

ガゴルが、あっさり自分を帰したのは、牢で、仲間との会話の中から、裏があるのなら、その裏の話をさぐろうと考えてのことだろうと、加倉は考えた。

加倉は、牢の中においても、ガゴルのところで話をした以上のことは、何も話さなかった。

そして、昨夜になり、今朝になったのであった。

剣が、いよいよだと言ったことに、皆川は、極端に怯《おび》えをあらわにした。

他の四人は、あのオロンゴに捕えられ、他の仲間に引き連れられて、また、牢に入れられたのだという。

剣が、軽い鞭《むち》打ち症になっていた。

他の三人は、全身に打撲《だぼく》傷がある。

しかし、骨が折れたりとか、そういう大きな怪我は誰もしていないようであった。

歩くうちに、ジャングルが開け、小さな泉の岸に出た。

ジャングルに囲まれた澄んだ水であった。

ゆったりと流れる、川音がする。

近くに川があり、そこの水が、浅い地下をくぐって、この泉を造っているらしかった。

人が、いつもやって来る場所らしく、木の枝を組んで造った椅子とテーブルが、岸辺にあった。

「服を脱げ」

そう言われた。

もう、ぼろぼろになっている、シャツと、ズボンを脱いだ。

そして、靴も。

全裸にさせられた。

石鹼《せっけん》を、渡された。

「身体を洗え」

そう言われた。

皆川の瞳に、強い怯えの色が浮いた。

何故、そんなことを言うのか。

これまで、沐浴《もくよく》めいたことは、何度かさせられたが、こんなに綺麗《きれい》な水ではなく、濁った川の水で、それをした。

石鹼などを渡されたのは初めてである。

何故だ!?

誰も、声を発しなかった。

食人の儀式については、細かいところはともかく、全員が、すでに、加倉から聴かされて知識を持っているのである。

「なかなか、いい姿だな」

加倉が、頭を泡だらけにして洗っているところへ、声が聴こえてきた。

そちらへ眼をやると、いつ来たのか、椅子に、あの、アラン・クォーターメンが座って、加倉を見ていた。

「せいぜい綺麗にしておくんだな」

と、アランは言った。

「おまえのような白人が、どうして、ここにいる?」

加倉は言った。

「さてね」

どこの国の利益を代表して来たのかと、うっかり、加倉は聴きそうになった。

しかし、そんなことを言って、ムンボパのところで仕込んできた他の知識を、ここでしゃべってしまっては何もならない。

加倉は、口をつぐんだ。

しかし、それにしても、いつ、あの声がかかってくるのか。

声がかかって来なければ、ムンボパの伝言を伝えられないではないか。

「今夜を楽しみにしてるよと言いたいところなんだが、残念ながら、わたしは、現場を見せてもらえそうにない。それで、今朝は、ここまで、きみの顔を見に来たのさ——」

アラン・クォーターメンは言った。

今夜!?

加倉は、ぎくりとした。

ならば、もう、時間がないではないか。

いつ、あの声がかかってくるのか。

「まったく、可哀そうなものだなあ。さっきまで生きていた生物が、ひと晩たつと、この地上から消えてしまうんだからね」

アランは続けた。

「このアフリカでも、今、色々な野生動物が絶滅しかけているのは、知っているだろう」

アランが言った。

その時、あやうく、加倉は声をあげそうになった。

まさか。

まさか、この男がそうなのか。

自分に銃を向けたこの男が、ムンボパの言っていた男なのか。

もしかしたら、これは、罠《わな》か？

「知っているさ」

加倉は答えた。

まだ、加倉は迷っている。

「何が絶滅しかけてるんだ。言ってみろよ。え、まさか、人間だなんて言うんじゃないだろうな」

「象《エレファント》さ。アフリカ象だよ」

加倉は言った。

「当っているとも、いないとも言える答だな。いつどうなるかわからないワシントン条約で、やっと守られているわけだから、まあ、その答も悪くはない。密猟者も、数が減らないようだしね」

言い終えて、アラン・クォーターメンは立ちあがった。

「楽しかったよ」

片手をあげて、アラン・クォーターメンは、加倉に微笑した。

背を向けて、去っていった。

「糞――」

剣は低い声で言った。

「あの気にいらねえ男の頭に、鉛の弾を一発ぶち込んでやりてえぜ」

剣は、音をたてて、歯を噛んだ。

2

夕刻に、迎えが来た。

銃を持った男が、三人。

山刀を持った男が三人。

槍を持った男が、三人。

それだけの男が、武器を手にして、五人を連れに来たのである。

「ひいっ!」

皆川は、高い悲鳴をあげた。

「い、いやだ、いやだっ!!」

叫んだ。

牢の隅に、背を押しつけ、動こうとしなかった。

他の四人が外へ出た後、三人の黒人が中へ入ってきて、強引に、泣き叫ぶ皆川を抱えて、外に連れ出した。

「や、やめろっ!!」

皆川は、牢の外の、土の上に倒れた。

身体中に、土を塗りたくった。

顔に。

首に。

腕に。

足に。

「ど、どうだ、どうだ。汚れたぞ。こんなに汚ないおれを喰うのか——」

ふいに、皆川のズボンの前が濡《ぬ》れた。

小便をしたのだ。

そして、いやな、臭《にお》い。

糞だ。

皆川は、糞まで、ズボンの中に排泄《はいせつ》していたのである。

「ひいっ、ひっひっひ」

声をあげた。

笑った。

狂ったような笑い方であった。

「どうだ。これでも喰うのか、このおれを喰うのか!?」

その皆川を、左右から、ふたりの黒人が無言で抱えた。

皆川は暴れたが、どうしようもない。

動き出した。

すでに、ジャングルの向こうに、陽は没していた。

皆川が、ああしていなければ、もしかしたら自分が皆川と同じことをしていたかもしれない――。

と、加倉は思った。

自分は、もしかしたら、ムンボパが自分たちを救ってくれるかもしれないという、微かな望みを持っている。

それでも、恐かった。

わざとでなくとも、小便をもらしてしまいそうだった。

外は、薄明であった。

まだ、熱気が残っているジャングルの中を歩いてゆく。

空は、濃紺だ。

ひとつ、ふたつ、星が光っている。

その星が、ジャングルの梢越しに見える。

森の中は、急速に暗くなっていった。

皆川は、今は、啜《すす》り泣きに近い声をあげて、歩いていた。

ゆくうちに、前方に、灯りが見えた。

炎の灯りだ。

それが、濃さを増してゆくジャングルの闇の中に、点々と見えていた。

声も、聴こえてきた。

低い、男たちの声が重なって、届いてくる。

読経《どきょう》の声とも、アフリカの、哀調を帯びた歌ともつかない、不思議な韻律を持った声であった。

唄？

それとも、呪言《じゅごん》の声であろうか。

炎の灯りに近づいてゆくにつれて、その声が大きくなる。

「あの声だな……」

後方を歩いている剣が言った。

加倉も覚えている。

初めて、このマラサンガの聖地にやってきたおりに、耳にした、あの声だ。

地底から洩れてくるような、低い、動物の唸り声にも似ている。

どこか、甘美で、人の肉の細胞の中まで入り込んできて、人の官能を育てあげてゆく声——。

タム……

そして、あの、低い、よく通る、乾いた太鼓の音。

タム……

トム……

オム……

その音が、呪言の声に、不思議なリズムと間《ま》を造り出している。

タム……
トム……
オム……
オム……
オム……

さらに、人の肉体の奥に眠る、獣性を愛撫《あいぶ》するような、香の匂い。
それ等が近くなってゆく。
炎の近くまで来た。
ジャングルの中に、細くできた径《みち》の両側に、全裸の男女が、立って並んでいた。
それらの男女が、それぞれ、手に、松明《たいまつ》を持っているのである。
男や女の、黒い肌の上に、てらてらと炎の色が揺れる。
その男や女たちが、呪言の声をあげているのだった。

男や女たちは、半分、眼を閉じ、恍惚《こうこつ》となっている。

「おっ立ててやがる……」

歩きながら、剣は言った。

剣の言う通りであった。

男たちの、股間のそれは、黒々と、堅くそそり立って、天を仰いでいた。

そして、女たちは、その両足の間——太股の内側を、その上から流れてきたもので、濡らしていた。

径の左右に並んでいる男女は、いったい何人ぐらいであろうか。

五〇人——。

一〇〇人——。

いや、どこまで歩いても両側にその姿があるところを見ると、五〇〇人か、それ以上の一〇〇〇人くらいはいるかもしれない。

しかも、その全員が、身体のどこかに、黄金の飾りを着けているのである。

首輪。

腕輪。

耳輪。

それらの黄金だけでも、夥《おびただ》しい数になる。

ゆくうちに、ジャングルが開けた。

広場があり、そこに、これまでの人数に倍する人間たちが群れていた。

いずれも、全裸で、低く、あの呪言を唱えている。

その声が重なって、海鳴りの音のようにも聴こえる。

広場の奥に、星の出た空を背景にして、黒々と、岩山が聳《そび》えていた。

一番最初に来た時に見たものとは違うが、どうやらここは、同じ岩山の別の場所のようであった。

岩山に近づいてゆくと、人の群の中に、どよめきがおこり、うねるように、道を空けようとする者たちと、近づいて来ようとする者たちの動きが起こる。

その間を縫《ぬ》って、歩いてゆく。

そして、ようやく、裸ではない男たちに、出会った。

五人の男――。

しかし、裸ではないが、身に纏《まと》っているのは、どれも黄金であった。

素肌の上に、直接、黄金の鎖《くさり》を編んだものを着ている。

黄金の、ヘアバンドをし、黄金の杖を持ち、黄金の腕輪をしていた。

そして――。

なんと、その五人の男たちは、加倉たち五人に、うやうやしく礼をして、加倉たちの手を握り、その手を引いて歩き出したのであった。

　広場のどよめきが、さらに大きくなった。

3

　そこは、岩山の一部に空いた、巨大な岩の裂け目であった。

　高さが二〇メートル。

　幅が、八メートルほどの、岩の裂け目だ。その裂け目は、上にゆくほど狭くなっていって、二〇メートルほど上で閉じていた。

　岩山の表面には、無数の、気根や、蔓《つる》を下げた、ジャングルの樹々が覆《かぶ》さっていた。

　そこに空いた裂け目——洞窟の入口にも、炎の点《つ》いた松明を持った男や女たちが、立っている。

　裂け目の下方から上方まで、途中の岩のでっぱりや溝に、あるいは立ち、あるいは座って、彼等は呪言を唱えているのである。

　洞窟の中に、入っていった。

　その洞窟の両側にも、人が松明を持って立っている。

「いよいよだな……」

佐川が、微かに震える声でつぶやいた。

皆川は、もう、魂が抜け切った者のような足取りで歩いている。

小沢は、足を震わせている。

剣は、歯を噛んでいる。

恐怖というより、こんなところで死ぬのか、という怒りの方が、今は、剣の意識の大半を占めているらしかった。

煙が、洞窟には充満していた。

その煙の匂いと、香の匂い。

呪言の声が、ますます大きく、肉を内側から震わせるような響きをもってきた。

こういう状況でさえなければ、それは、感動的なくらいの、音楽的な陶酔《とうすい》感があった。

長い距離を歩いた。

そして、ふいに、その洞窟の広間へ、五人はたどりついていた。

圧倒的な眺めが、そこにあった。

「おう――」

思わず、五人は、それぞれに声をあげていた。

ほんの数瞬、死をも忘れて、その光景を見守った。

それは、何と言ったらよいのか、どう表現したらよいのか、加倉にはわからなかった。

見えたのは、ただ、黄金の色。
黄金の光。
その、グラデーション。
広い、洞窟の、石の壁の全てが、黄金で埋まっていたのである。
床もだ。
床、天井、壁、あらゆるものに、黄金の板が埋め込まれている。
その壁際に、等身大の仏像が立っている。
いずれも、股間の男根を、大きく屹立《きつりつ》させた仏像だ。
生誕仏。
苦行仏。
覚醒仏。
交合仏。
説法仏。
涅槃《ねはん》仏。
あらゆる仏伝の題材が、そこで、等身大の仏像になっている。
等身大の象があった。
黄金の象だ。

その象の上に座している仏陀《ブードゥー》。

そして、その仏陀《ブードゥー》を囲む、人々。

それ等も皆、黄金であった。

仏陀の涅槃《ねはん》像の周囲に、様々な人種の群が、集まって、涙を流している。

その数、およそ、一〇〇人。

その一〇〇人が、全て、黄金である。

涅槃《ねはん》像の後方に立っている沙羅双樹《さらそうじゅ》もまた、黄金であった。

そして、正面の奥には、二〇メートルはある洞窟いっぱいに、古代インドの城を模した宮殿が建てられていた。

黄金の宮殿である。

その宮殿の屋根も、その屋根を支える柱も、黄金でできていた。

宮殿の、内部もそうだ。

そして、その宮殿の中心に、巨大な座仏があった。

座した状態で、高さが、十メートルはあろう。

しかも、像は、二体であった。

なんと、その座した仏陀像は、その腕《かいな》に、自らの肉体を抱いているのである。

つまり、その、黄金宮殿の中心仏は、仏陀自身が仏陀自身を抱き、交わっている歓喜仏であったのである。

抱いている仏陀も、抱かれている仏陀も、大きく口を開いて、己《おの》れの歓喜を訴えている。

それは、苦痛に、顔を歪《ゆが》めているようにも見えた。

それは、痛みを、全身で叫んでいるようにも見えた。

座した仏陀に、衣をめくりあげた仏陀が、正面から向き合うかたちにまたがっている。

しかも、なんと、その座した仏陀の屹立《きつりつ》したものが入り込んでいるのは、女陰であった。

そしてなお、貫かれている仏陀には、男根があったのである。

その男根は、大きく勃起《ぼっき》して、天に向かって突きあげている。

ふたなり――

チベットなどに伝わっている仏伝には、仏陀が、両性具有者であったとする記述が少なくない。

このアフリカの地――マラサンガ王国においては、それが、ここまで極端なかたちで示されているのであった。

なんという――

なんという――

ここまでの潜在的な、業、力を、仏教がその裡《うち》に持っていたのか。

「これぞ、わが、マラサンガ王国における、マハー仏陀《ブードゥー》の、秘仏中の秘仏よ――」

声がした。

ガゴルの声であった。

見ると、その、仏陀歓喜仏の前に、ガゴルが、あの、黄金の衣装に身を包んで立ってい
た。

黄金宮の中心に、ただひとり、ガゴルがいる。

その、黄金宮殿の壁一面には、小さく窪《くぼ》みが造られていて、その窪みに、小さな黄金の
仏像が一体ずつ置かれているのであった。

その、宮殿の外には、およそ、百人の、やはり黄金の装身具に身を包んだ男や女たちが
いる。

そして、その男女を囲むようにして、松明を持った男たちが立っているのである。

その炎が、おびただしい数の仏陀の上に揺れている。

妖しい光景であった。

黄金宮殿の前には、祭壇《さいだん》らしきものがあり、その祭壇の手前に、黄金でできた炉《ろ》があり、
その炉の中でも、炎が燃えているのである。

これほど、途方《とほう》もない量の黄金が、一ヵ所に存在するのか？

ムンボパが、〝想像もできない量の〟と言っていた意味が、加倉にはわかった。

しかも、ムンボパの話では、なお、まだどこかに、加工されてない黄金が、大量に残っ

ているというのである。

溜め息が出た。

「くううっ」

剣は、声をあげた。

「素晴らしい」

佐川は呻《うめ》いた。

「ああ」

小沢は言った。

「金《きん》……」

と、皆川は囁いた。

そして、呪言の声。

炎。

黄金の色。

五人を案内してきた男たちが、高い声で叫んだ。

すると、呪言がやみ、広場にいた男や女たちが、左右に割れた。

その奥に、黄金宮がある。

そこに、ガゴルがいる。

ゆっくりと、案内の男たちが、加倉たちの手を引いて歩き出した。

従《つ》いてゆくしかない。

すぐ後方には、黄金の槍を持った兵士が、やはり、黄金の衣裳《いしょう》を身に纏《まと》って、従《つ》いてきている。

その槍の切先は、加倉たち五人に、それぞれ向けられている。

怪しげな動きをすれば、たちまち、その槍で突き殺されてしまうだろう。

黄金の槍が、闘いでどれだけ実戦的かはともかく、ここは、戦場ではない。

人を、一回突き殺すだけなら、むろん、充分な威力を発揮する。

祭壇《さいだん》の前に、立ち止まった。

「おう……」

ガゴルが声をあげた。

「来たか、ようやっと、来たか……」

数歩、前に歩いてくる。

祭壇の向こうに、黄金の階段があり、その階段が、黄金宮の床の高さまで、登っている。

その階段の、一番上部に、ガゴルは立った。

「これだけの、黄金、史上のいかな王とて、一度に眼にしたことはあるまい」

日本語であった。

「どれも、箔《はく》ではないぞえ。中の、芯までの黄金ぞ……」

言って、

「マヌントゥ！」

ガゴルが叫んだ。

すると、その広場に集まった人間の群が、口々に――

「マヌントゥ！」

「マヌントゥ！」

「マヌントゥ！」

始源人類の名を叫んだ。

その〝マヌントゥ〟という言葉が、次々に、洞窟から外へうねり出てゆき、外へ、夜のジャングルへと響きあがった。

「マヌントゥ！　アジャールタ！」

ガゴルのその声が合図であったかのように、宮殿の横手から、巨大な黄金の檻《おり》が、黄金の、車のついた台にのせられ、黄金の鎖に曳《ひ》かれて出てきた。

「マヌントゥ!?」

佐川が、声をあげた。

その、黄金の檻の中には、あの、マウンテンゴリラに似た、マヌントゥが入っていたのである。

「さあ、今宵《こよい》は、交《まぐわ》え。放て。成仏の晩ぞ。この穢土《えど》にこそ極楽あり。彼岸すなわち、この穢土ぞ！」

洞窟の内部に、どよもしに似た、歓呼《かんこ》の声があがった。

ガゴルが片手を上げると、嘘のように、その騒ぎが収《おさ》まった。

ガゴルが、その黄色い眼を動かして、五人を見た。

加倉。

剣。

佐川。

小沢。

皆川。

その順で視線が動き、その視線が、皆川の上で止まった。

「ひいいっ！」

皆川が声をあげた。

「その男ぞっ」

ガゴルが叫んだ。

たちまち、数人の男が、わらわらと現われて、皆川を捕えた。

持っていた刃物で、たちまち、皆川の衣服を裂いて丸裸にした。

「おう、臭うわ……」

ガゴルが言った。

皆川の尻に、まだ、糞が付いている。

「そなたが一番ぞ。その臭いを放つおまえを、最後までそこに置いておくわけにはゆかん」

ふわり、
と、ガゴルの身体が宙に浮きあがる。

「そなたの心臓は、マヌントゥに。脳と睾丸《こうがん》はこのわしが、血など一滴もこぼさずに、全て啖《くろ》うてやるわいなあ」

皆川が、獣の声をあげた。

信じられないことに、皆川は、凄い力で自分を押さえていたふたりの男の腕をふりほどき、走り出した。

「ほう、ほう……」

嬉しそうな眼で、ガゴルが宙から、その皆川が、わめきながら走る姿を眺めている。

ふいに、何か、眼に見えぬものにつまずいたように、皆川の身体が、前に倒れて転がった。

ガゴルが、何かしたのだ。

糞。

ムンボパ、どうした。

まだ、助けには来ないのか。

再び、皆川が捕えられるのを見ながら、加倉は歯を噛んだ。

もう、絶望的な状態であった。

これだけ、人のいる中へ、いったい、どうやって、誰が助けに来るというのか。

四人がかりで、皆川は、祭壇の前に連れて来られ、その上に、素裸のまま、仰向けにされた。

頭を剃髪《ていはつ》している、黄金の僧衣を纏《まと》った男が出てきた。

手に、抜き身の、黄金の剣を持っている。

「あややややあっ」

皆川は、もはや、意味不明の声をあげ続けている。

四肢を押さえつけられた皆川の胸の上に、その剣が一度のせられた。

その剣が、ゆっくりと上に持ちあがってゆく。

僧の唇から、低い呪言の声が洩れ始めた。

その声に、洞窟内の男たちの声が和した。

どこからか、リズムと間をとって、太鼓の音が響き始める。

タム……
トム……
オム……
オム……

その時――。
不思議な、呪言とは別のざわめきがあがった。
洞窟の、入口の方角からだ。
ガゴルが、眼を吊りあげた。
僧の手が止まる。
そのざわめきが、ゆっくりと、洞窟内の広場――宮殿の間まで近づいてくる。
そして、重い、地響き。
洞窟の入口と、その広場とをつなぐ洞窟が終るあたりの人垣が、左右に割れた。
そこから、巨大な生命が、一頭、入ってきた。
体高、五メートル。

巨大爬虫類《はちゅうるい》——。

恐竜——ムベンベ。

いや、しかし、それは、あのティラノザウルス形の恐竜《ムベンベ》ではなかった。

二足歩行ではなく、四足歩行をするムベンベ——トリケラトプスに似たかたちの恐竜であった。

なんと、その恐竜は、全身のほぼ半分近くに、黄金を纏《まと》っていた。

その背の上に、黄金の鞍《くら》がのっている。

その鞍の上に、ひとりの、男が座り、ムベンベの口にまわされた、手綱がわりの黄金の鎖を曳《ひ》いていた。

その男は、全身を、あでやかな、金《きん》の鎧《よろい》で覆《おお》っていた。

黄金の兜《かぶと》。

黄金の剣。

なんと、きらびやかな衣裳であることか。

そして、黄金の鎖でできた黄金の手綱。

その男は、胸を張って、その、黄金宮殿の広場に、入ってきた。

ひとりではない。

鞍はもうひとつあり、その男の後ろのその鞍には、別の男が座っていた。

「ムンボパ！」

ガゴルと、加倉が、同時に声をあげていた。

その背の、前にある黄金の鞍に座していたのは、ムンボパであった。

その後方に座しているのはアイヤッパンである。

広場は、混乱した。

男や女たちが、声をあげる。

「よくぞ来た、ムンボパ」

ガゴルは言った。

「ここがおぬしの、墓場と知れ！」

ガゴルが片手をあげると、武器を手にした男たちが、一斉《いっせい》に動いた。

その時、ムンボパが、右手を高々と上にあげた。

「騒ぐな、これが見えぬか！」

大きな声で、ムンボパが一喝《いっかつ》した。

黄金宮殿の間《ま》の大気を、ムンボパのその声が、びりびりと震わせた。

ムンボパの右手の上に、高だかと持ちあげられていたのは、ひとつの、髑髏《しゃれこうべ》であった。

その髑髏《しゃれこうべ》の頭に、金の王冠が覆《かぶ》せられていた。

「これぞ、マラサンガの初代の王、仏陀《ブードゥー》の始祖にして、太祖ガウタマ・シッダルタの息子、アジャールタ様である」

ムンボパが叫んだ。

アジャールタ！

アジャールタ！

その、声が、人々の間を、駆《か》け抜けていった。

たちまち、騒ぎが静かになってゆく。

「マラサンガの民よ、我は、アジャールタを祖にもつ、この国の王である。ムンボパである。わが言《こと》を聴け！」

激しい声で、ムンボパは、叫んだのであった。

第五章　五老鬼

1

灯りを消した車の中で、鬼猿《きざる》は、静かに、ゆるい呼吸を繰り返していた。
蛇骨《じゃこつ》と、雷祥雲《リースーウン》が、屋敷の中に潜入してから、幾何《いくばく》かの時が過ぎている。
その屋敷を囲む塀《へい》が、向こうに見えている。
レンガの塀だ。
高さは、約二メートルほどだ。
蔓《つた》が、その塀に絡《から》んでいる。
屋敷の内部は、まだ、しん、と静まりかえっている。
屋敷塀の前は、狭いアスファルト道路である。
そこに、街灯がひとつ。

った。


その灯りが、蔓の這《は》う塀と、アスファルト道路の路面を照らしている。

いつでも発進できるように、エンジンは掛《か》けたままだ。

しかし、ふたりは出て来ない。

運がよければ、雷祥雲《リースーウン》と蛇骨《じゃこつ》は、黄金の勃起仏と平八郎と共に、外へ出てくるはずであった。

予定では、屋敷の様子をさぐって、いったんもどってくることになっている。

その後に、計画をたてて、あらためて今夜なり明日なりに、この屋敷に忍び込む。

そういう手筈《てはず》であった。

それにしても、あの、雷祥雲《リースーウン》という老人は、奇妙な人物であった。

今日、会ったばかりというのに、すっと人の懐《ふところ》に入り込んでしまっている。

鬼猿《きざる》が、九州からもどってきて、蛇骨と合流したのは、昨夜であった。

そして、今日の夜に、ふたりで、鳴海容三《なるみようぞう》の屋敷に向かった。

今のように、外に車を停めて、鬼猿がその中で待ち、蛇骨が屋敷の中に忍び込んだ。

平八郎の居場所を調べ、黄金の勃起仏の置いてある場所を調べるためだ。

蛇骨は、鳴海の屋敷の中で、獄門会の男の鼻の穴の中に、長い針を差し込んだ。それで、脳を貫くぞと脅して、その男から、平八郎と黄金仏の置いてある場所を訊き出した。

平八郎もいない。黄金仏も、現在は、容三の屋敷の中にはないという。

平八郎も、黄金仏も、町田にある、鳴海の女——岡村喜美代《おかむらきみよ》の屋敷だという。

それを訊き出しているおりに、蛇骨は、雷祥雲《リースーウン》と会ったのだという。

地虫平八郎の女、村山七子《むらやまななこ》に、百万円の金をもらって、わざわざ平八郎を助け出すために、台湾から日本にまでやってきたのだと、雷祥雲《リースーウン》は、蛇骨と鬼猿に言った。

信じられないような話だが、それを信じさせるような、不思議な魅力が、その雷《リー》老人にはあった。

それで、この町田にある、岡村喜美代の家まで、三人でやってきたのであった。

そして今、鬼猿は、車の中から、一区画先にある、岡村喜美代の屋敷を眺めているのであった。

と——

不思議な、黒い影が、岡村喜美代の屋敷の前にある、住宅の陰から出てきた。

長身の人影だ。

全身が、黒い。

黒いズボンに、黒いシャツを着ているらしい。

その人影は、歩きながら、屋敷塀に近づき、その塀を右手に見ながら歩き出した。

ちょうど鬼猿の方に向かって歩いてくるかたちになる。

右手に長いものを持っている。

槍であった。

その人影は、歩きながら、塀の内側の気配をさぐっているようであった。

その動き。

リズム。

シルエット。

それ等に見覚えがある。

鬼猿がそう思った時、ふわり、と、男は跳躍して、屋敷塀の上に片手をかけ、軽々とその上に、乗っていた。

屋敷内部にある、欅《けやき》や、楓《かえで》の梢が、その人影の上にかぶさっている。

その人影が塀の上にいたのは、ほんの一瞬であった。

するりと、その人影は、塀の内側に身を躍らせていた。

あの男か!?

鬼猿は思った。

あの男——四日前の晩、御殿場《ごてんば》で、鬼猿と闘っていたンガジを、槍で刺し殺した黒人だ。

ムンボパだ。

ムンボパが、何故、ここに?

自分を裏切った男、剣英二を殺しに来たか!?

外へ出ようとした鬼猿は、はっとして、懐《ふところ》の縄に、手で触れていた。

今、まさに、自分が開けようとした、運転席のドアの窓に、巨大な顔が張りついていたからである。

普通の人間の、二倍以上、三倍近くはある。

潰れた鼻。

分厚い唇。

白い眼球。

黒人の顔であった。

鬼猿が驚くと、その黒人の顔が、にいっと笑った。

こん、こん、と、フロントグラスを叩く音がした。

鬼猿がそちらに目をやると、ボンネットの上に、子供が、膝を抱えてしゃがんでいた。

小学校の三年生くらい。

半ズボンにTシャツを着た、黒人の子供である。

その子供が、ガムを嚙みながら、にやにや鬼猿を眺めて笑っているのである。

ぬう!?

こやつら、ただ者でない。

鬼猿は、強くそれを意識した。

鬼猿に、気配を読まれぬように、ここまで、車に近づくことができたのだ。

いくら、鬼猿が、ムンボパに気持を奪われていたとはいえ、並みの人間たちでないこと
は、それだけでもわかる。

「おじさん……」

と、その子供が言った。

フロントグラスごしに届いてくる声は小さかったが、日本語であった。

妙な訛《なま》り——イントネーションがある。

「今、あの家に入っていった男のひと、知ってるの？」

鬼猿は答えない。

ゆっくりりと、呼吸を整える。

「奇妙な格好をしてるね。それ、日本のお坊さんの格好だね」

笑った。

しゃべり方が、子供っぽくない。

大人のようだ。

「ぼくの知り合いの、ンガジというのが、おじさんみたいな格好のひとと闘っている最中に、殺されたんだよ」

「——」

「誰が殺したと思う?」

子供が、悪戯《いたずら》っぽく、白い歯を見せた。

「今、おじさんが見ていた、あの屋敷に入っていった男が、ンガジを殺したんだよ」

子供が眼を細める。

ぴりぴりと、背を這い登ってくるものがある。

危険だ。

背を這い登ってくるそれが、危険を告げていた。

「へえ――」

と、鬼猿は言った。

「おまえ、もしかしたら、さっきのあの男の知り合いか?」

「うん。友達じゃないんだけどね」

「というと?」

「敵だね」

そろりと、その子供が言った。

「もしかすると、おまえの名前のことなんだが、イグノシ、と言うんじゃないか――」

囁くように、鬼猿が言った。

その子供が、にっ、と、無邪気な顔で笑った。

「そうだよ……」

その時で、あった。

車の天井を、いきなり、強烈な衝撃が襲ってきた。

ぼこん、
と、天井がへこんで、そのへこみが、鬼猿の頭部を打つところであった。

さっきの、でかい男の腹が、運転席の窓ガラスの向こうに見えていた。

その男が、立ちあがって、岩か何かを抱えて、おもいきり、車の屋根に打ちつけたに違いない。

いや。

もしかすると、素手でやったのか!?

オロンゴ!?

その名が、頭に浮かんだ。

九州で、小沢が、イグノシのことも、オロンゴのことも語っている。

五老鬼のふたりだ。

このふたりまで、日本に来たのか!?

鬼猿は、身を沈めて、天井の凹《へこ》みから身を守り、ドアを押しあけて、オロンゴの腹に打ちあて、外に出ようとした。

しかし、ドアが開かない。
屋根にあてられた衝撃で、ドアが変形したのだ。
次に、もう一度、強い衝撃があった。
さらに天井が低くなった。
む。
慌《あわ》てて、助手席の方に移動しようとした時、屋根の中央が、大きく凹んだ。
「くうっ」
鬼猿は、声をあげた。
しまった。
運転席の狭い空間に閉じ込められたのだ。
その時、強烈な勢いで、運転席のドアに衝撃があった。
大きく内側に凹んだドアで、身動きがとれなくなった。
窓ガラスが砕けて、ばらばらと鬼猿の上に落ちてきた。
まさか。
この男、このおれを、車の中で、圧死させるつもりなのか。
強い恐怖が鬼猿を襲った。

糞。

どうやって、ここから脱出する？

この男と、この状況で、どうやって闘う？

そうだ。

自分には、武器がある。

それならば、この狭い場所からも、このオロンゴと闘うことができる。

鬼猿は、懐から、その武器を取り出した。

ロープだ。

蝮《まむし》の皮をなめし、それを細く裂いて、より合わせて造ったものだ。

より合わせる時に、自分の髪や、陰毛を一緒に巻き込んでいる。

真言《マントラ》を呪《ず》しながら、新月から、満月までの間に、その作業をした。

念をその時に込める。

そのロープを、自分の意志と、念と、そして簡単な手首のアクションで、自在にあやつるのである。

しかし、相手は、尋常《じんじょう》の人間ではない。

小沢の話では、ライフルの銃弾を受けて、平気で立っていたという。

ならば――

鬼猿は、そのロープの先端に、数本の釣り鉤《ばり》をセットした。

その鉤の先端に、褐色の何かがこびりついている。

〝オロンゴ、これを受けてみるか――〟

その時――

銃声がした。

岡村喜美代の屋敷の方角からだ。

その一瞬、オロンゴの意識が、わずかにそれた。

今だ。

〝裏密の術、受けてみよ〟

鬼猿の手から、するりとロープが伸びて、ドアの、窓ガラスの割れたその隙間《すきま》から、外に這《は》い出ていた。

そのロープに、オロンゴが気づいたその時、ロープはすでに、オロンゴの腰から上へ這い登って、オロンゴの、太い首に巻きついていた。

「締めよ！」

鬼猿は、ロープを小さく引いて、鋭くそう言った。

2

ザジが、大きく後方へふっ飛んだ。
「今だ」
平八郎は、おもいきり踏み込んだ。
よろけたザジの懐に入り込んだ。
ザジの顔面に、おもいきり拳《こぶし》を叩き込んだ。
堅い、生ゴムを叩いたような感触があった。
たて続けに、一発、二発――
三発目の時、
「ほれ、後ろぞ」
雷祥雲《リースーウン》の声がした。
言われるまでもなかった。
このザジという馬鹿の手口はわかっている。
後頭部をねらっているのだ。
長い腕のリーチを生かして、その指先で、おれの前にいながら後ろからおれの延髄《えんずい》を砕こうとしているのだ。

いったん腕を伸ばし、その後に肘を曲げ、指先を平八郎の後頭部に向けて、それでおれの後頭部を突こうとしているのである。

平八郎は、頭を沈めながら、おもいきり、額でザジの胸部を突いた。

ザジが、後ろに揺らぐ。

いや、わざとだ。

わざとよろけながら、平八郎の顔面に、左膝を跳ねあげてきた。

それをブロックして、平八郎は、おもいきり、ザジの股間に、右手をあてにいった。

脚が細いので、みごとに、そこに手が入り込んだ。

しかし、ザジが、身体を横にねじって、逃げる。

それを平八郎の指が追う。

届いた。

威力はなくなっていたが、平八郎の右手の指が、ザジの股間に届いていた。

指先に、柔らかいものが触れた。

きんたまだ。

それを、おもいきり握り潰してやった。

ザジが、眼をむいて、叫び声をあげた。

「どうでえ、この糞ったれ!!」

思ったところへ、ザジの左手が疾《はし》ってくる。

顔だ。

それを、はずす。

わずかに遅かった。

左の耳たぶの根元を、ザジの右手の爪で裂かれていた。

かまわず、ザジの顔面に、拳を打ち込んでゆく。

さっき、叫び声をあげたくせに、拳で殴られているザジの顔は、無表情であった。

こんなにぶん殴っているのに、痛そうな顔をしない。

平八郎にとっては、やりにくい相手であった。

もともとが、自分に対して、相手が怯《おび》えてくれれば、ますます調子が出てきて、パワーが増してくるタイプなのである。

土下座して、許してくれと言っている相手の後頭部を、靴底で踏みつけるのは、平八郎の得意な技のひとつである。

きんたまを握り潰されて、悲鳴をあげたばかりだというのに、少しも痛そうな顔をしていないのだ。

極めてやりにくい。

自分の方が、手数では勝っているのに、勝っている気分がしない。
その時、剣英二が、何か、思い出したように、そろそろと後方に退がり出した。
後ろにある、玄関から、家の中に入ろうとしているらしかった。
しかし、平八郎には、そこまで注意をはらっている余裕はない。
平八郎が、蹴りを放った。
その時——。
ふいに、ザジの身体が、平八郎の蹴りをかわしながら、地面に沈んだ。
土下座をするように、四つん這《ば》いになって、平たくなった。
勝機！
空振りをしたばかりの足の踵《かかと》を、ザジの脳天目がけて、おもいきり打ち下ろしていた。
地面から、ふわりと、ザジが跳びあがるのと同時であった。
跳んだザジの顔面に、平八郎の、靴の底がぶちあたった。
勝ったか!?
ザジが、地に沈んだ。
動かない。
しかし、平八郎は、容赦《ようしゃ》をしない。
その脳天に、もう一度蹴りを放とうとした時、

すうっ、
と、ザジの身体が、蜘蛛《くも》のように平八郎に向かって這い進んできた。
ゴキブリのように生命力の強い男であった。
逆に、ザジが、平八郎の股間をねらってきた。
これは、考えてみたら、平八郎自身がよく使う手であった。
土下座をし、相手を油断させておいて、立ちあがりざま、股間を殴るのだ。
ザジの上に、全体重を乗せて膝を落としてやろうと思った平八郎は、その時、びくん、
と背筋を凍らせた。
「この馬鹿！」
鋭い殺気を感じたのだ。
はじかれたように、思わず横へ跳んでいた。
と――
横手の樹の上方――斜め上から、凄い勢いで、飛んできたものがあった。
それが、ザジの背を貫き、深々と、ザジを地面に貫き止めていた。
槍であった。
勢いのついたザジの身体が、その槍を中心にして、独楽《こま》のようにぐるりと回った。
ザジは、それでも、表情を変えずに、手足を動かした。

地面に針で止められた蜘蛛《くも》のようであった。
不気味な光景であった。
「やつか!?」
その槍を見て、平八郎が、構えた。
「むう」
雷祥雲《リースーウン》が、低く声をあげた。
その時、樹の上から、大きく跳躍をして、飛び下りてきた人影があった。
ザジが、地面に刺さっているその槍を抜こうとしているところだった。
落ちざまに、その槍の柄をつかみ、その人影は、落下の体重をその槍にかけた。
抜けかけた槍が、また、深く潜り込んだ。
「ムンボパ！」
その時、声がした。
塀《へい》のむこうからであった。
何人かの男たちと、平八郎と、雷祥雲《リースーウン》は、そちらを見た。
ぎょっとする光景が、そこにあった。
二メートルはある塀の、そのさらに上に、人の顔があったのだ。
眼をぎょろりとむいた、黒人の顔だ。

その時には、剣は、家の中に飛び込んでいる。

その黒人は、塀の外側に立っているだけなのだが、その頭部は、塀よりなお高い場所にあった。

ザジの背に、両足を乗せて、ムンボパは、平然とその顔を見た。

いきなり、強い衝撃が、塀を打った。

レンガ塀が、音をたてて崩れた。

そこから、おそるべき巨漢が、そこを、またぐようにして入ってきた。

身長、二メートル三〇センチ。

体重、三〇〇キロ。

「オロンゴ……」

ムンボパは、槍を引き抜いた。

「な、ななな──」

なんだてめえ、と、平八郎はそう言うつもりが、言葉にならない。

「見てたぜ」

と、たどたどしい英語で、オロンゴは言った。

「おまえと──」

平八郎を見、

「おまえが、ザジをやったんだ」

ムンボパを見た。

小学生のような、英語で、バントゥー訛りがある。

その時、雷祥雲《リースーウン》が捨てた拳銃を拾い、それに弾を込め終ったばかりの男が、動転《どうてん》して、オロンゴに、銃を向けた。

「こらっ」

発砲した。

一発、二発、三発――。

オロンゴは、自分の右手を両眼の前に軽くかざしただけであった。

頬。

喉。

胸。

弾丸が、そこに、びしびしと音をたててぶつかり、血がはじけた。

オロンゴは、倒れない。

今、銃を撃ったばかりの男に向かって、悠々と歩き出した。

男は、あまりのことに、驚いて、その場を動けない。

オロンゴに向かって、銃口を向け、撃つ、撃つ、撃つ、撃つ。

しかし、オロンゴは、無造作に、眼をかばうだけである。

オロンゴが、その男の、拳銃を持った右手を、拳銃ごと巨大な右手に握った。

発砲の音。

しかし、音がしたのは、それが一回きりだ。

オロンゴは、左手でその男の右手首をつかみ、いともあっさりと、拳銃を握った手を、ちぎって、捨てた。

拳銃を握ったままの手首が、音をたてて落ちる。

「あひひひひっ！」

手首が失くなった男は、声をあげて、血を噴《ふ》き出している自分の手首を見つめた。

その男の頭部をつかんで、オロンゴがひねった。

男の顔が、後ろの、仲間の方を向いた。

「むふう」

鳴海容三は、それでも逃げようとはしなかった。

手の者に囲まれているとはいえ、たいした胆力である。

「やめろ、オロンゴ……」

その時、家の方に、声がした。

剣だった。

剣が、二階の窓のところに、ライフルを片手に握って立っていた。

「そいつらは仲間だ。そこの、ムンボパと、爺いと、ザジと闘っていた男が敵だ――」

「そのライフルは使えんのか」

鳴海が叫んだ。

「奴ら、忍び込んだ時に、銃口の中に、コルクを押し込んで行きやがった」

剣が答える。

オロンゴが、ムンボパに向きなおった。

その、向きなおったオロンゴの口めがけて、ムンボパが、おもいきり、槍を突き出していた。

左手の平で、オロンゴが、その槍の切先を受けた。

槍が、その手の平に潜り込んだ。

そして、手の甲に突き抜けるかに見えた。

しかし、槍先は、手の甲には突き抜けなかった。

ムンボパが、槍を引く。

引いて、構えた。

そして、初めて、ムンボパは、それに気がついた。

その時には、平八郎も、雷祥雲《リースーウン》も、それに気がついていた。

オロンゴの首に、ロープが巻きついていた。

鬼猿のロープであった。

そして、そのロープの端——オロンゴの腹のあたりに人間の手首がぶらさがっていた。

その手は、そのロープの端を、しっかりと握っていた。

鬼猿の手首であった。

「鬼猿が——」

平八郎が、つぶやいた。

「あの男が、やられたかよ」

雷祥雲《リースーウン》が言った。

「じ、爺い、どうする!?」

平八郎が叫んだ。

「まさか、この化物と、やれたあ言わねえだろうな」

「逃げよ」

と、雷祥雲《リースーウン》は言った。

「逃げる?」

「こやつの相手は、わしがする。ぬしは、逃げよ。わしは、後から、東長密寺へゆく」

雷祥雲は、きっぱりと言った。

平八郎は、
ひゅう、
と、口笛を吹いた。
「頼んだぜ爺い！」
叫んで、平八郎は走り出した。
まったく、ためらうことをしない男だ。
平八郎が走り寄ってゆくのは、さきほどの、レンガ塀の崩れた場所だ。
その後を、槍を持ったムンボパが追う。
それを、オロンゴが追おうとする。
その前に、雷祥雲《リースーウン》が、立ち塞《ふさ》がった。
無造作に、オロンゴの前に、立った。
オロンゴは、あっさりと、平八郎とムンボパを追うのをあきらめた。
「やる、のか？」
「そうだ」
雷祥雲《リースーウン》は、そこに突っ立ったまま、言った。
獄門会の人間数人が、平八郎の後を追っただけだ。
鳴海は、鼻で、興奮したように息を吸いながら、雷祥雲《リースーウン》と、オロンゴと、ふたりのなりゆきを見守っていた。
雷祥雲《リースーウン》は、ゆっくりと、動くか動かないかの速度で、腰を沈めていった。
同時に、両手を前に持ち上げてゆく。
息をゆっくりと吸い、ゆっくりと吐く。
太極拳——
オロンゴは、ただ、それを、奇妙なものでも見るような眼つきで、見守っている。
すっと、雷祥雲《リースーウン》の身体が沈んだ。
沈んで、動いた。
斜め横に動きながら、オロンゴの右側にまわり込んでゆく。
オロンゴは、それを、眼で追っているだけだ。
オロンゴは、動かない。
相手に攻撃をさせておいて、捕まえる——それが、オロンゴのやり方らしい。
オロンゴの、右足の、おそろしく近い場所まで雷祥雲《リースーウン》は動き、
とん、
と、左手の、掌を、オロンゴの腹にあてた。
もうひとつ。
そして、もうひとつ。

右。

左。

ゆっくりした動作のように見えるが、ほとんど一瞬の間に、それだけの掌底を叩きこんでゆく。

しかし、オロンゴも疾《はや》かった。

雷祥雲《リースーウン》に、三度しか叩かせなかった。

凄い速さで、オロンゴの左手が動いた。

雷祥雲《リースーウン》を捕えに来たその手を、雷祥雲《リースーウン》は、下から左足で蹴りあげた。

その左足をつかまれた。

いっきに上に、雷祥雲《リースーウン》の身体が持ちあげられた。

オロンゴの左手が、雷祥雲の左足を捕え、高だかと上に振りあげた。

そして、打ち下ろす。

雷祥雲の身体が、後頭部から、おもいきり、地面に叩きつけられるかと見えた。

そうなったら、雷祥雲《リースーウン》の頭部は、原形をとどめぬまでに、潰《つぶ》れてしまうであろう。

雷祥雲《リースーウン》が、自分の左足をつかんでいる、オロンゴの左手首のどこかを、宙にある時、右手の人差し指で突いた。

オロンゴの指がはなれた。

四つん這《ば》いになって、雷祥雲《リースーウン》は、地面に着地した。

地面に、叩きつけられようとしたそのスピードを殺すには、四つん這《ば》いでなければ無理であった。

それほど凄《すさ》まじい速さであったのだ。

オロンゴが、四つん這いになった雷祥雲《リースーウン》を、踏みつけようとした。

転がって、雷祥雲《リースーウン》が逃げる。

立ちあがる。

オロンゴが、雷祥雲《リースーウン》を追おうとした。

その、オロンゴの足が、もつれた。

雷祥雲《リースーウン》を追い切れずに、オロンゴが、そこに、音をたてて倒れた。

もがく。

その前に、雷祥雲が、最初と同じように、無造作に立っている。

「おう……」

声をあげたのは鳴海であった。

讃嘆《さんたん》の声だ。

「では、帰らせてもらうよ——」

雷祥雲《リースーウン》はそう言った。

鳴海たちに身体の正面を向けたまま、後方に向かって走った。

塀の手前まで来ると、そのまま、後方に跳躍した。

事前に、塀までの距離と、その高さを、しっかり視認していたのだろうが、たとえ、そうであっても、めったな人間にできることではない。

月光の落ちる塀の上に立って、

「失礼する」

雷祥雲《リースーウン》は言った。

雷祥雲《リースーウン》の姿が、塀の上から消えた。

そこには、青い闇が、月光に濡れたように残っているばかりであった。

3

蛇骨は、夜の庭で、玄馬《げんば》——昇月《しょうげつ》と向かいあっていた。

月光の中である。

互いに、正面からかけあう術については、熟知《じゅくち》している。

術は効《き》かない。

技と技、体力と気力の勝負である。

術が効くとすれば、技《わざ》の闘いの虚をついてかけ合う術だ。

しかし、これまで、その隙《すき》はどちらにもなかった。

蛇骨の、白い左頬に、赤い筋が斜めに入っている。

そこから、血がこぼれ落ちている。

昇月の左腕の、スーツの袖の上腕部が裂けて、そこに肌が覗いている。

その肌に、傷がついている。

さらに、下に下ろした左腕の袖口から、血の滴《しずく》が、一滴、二滴、手の甲を伝って地面にこぼれ落ちている。

どのようなやりとりが、これまでにあったのか。

蛇骨の左手には、あの、長い針が握られている。

昇月の右手には、小さな、菱形《ひしがた》をした鉄の武器が握られている。

掌牙《しょうが》、と呼ばれる、隠剣《おんけん》の一種である。

持ち方によって、うまく手の中に隠すこともできるし、ふいに拳の外にその刃物の先端を出現させて、相手を切ったり、突いたりすることもできる。

それを、変幻自在にあやつり、相手を倒す。

それで、ふたりは、ここまで闘ってきたのである。

ほとんど、休み無しの闘いであった。

地を疾《はし》り、樹上に飛び、宙でぶつかり、攻撃をかけあった。

それで、勝負がつかなかった。

闘いの最中に、むこうから銃声が聴こえた。

ふたりは、その銃声を合図のように、互いに後方に跳んで、間合をとり、そして、睨《にら》み合ったのだ。

「変らず、疾《はや》い動きよな蛇骨――」

昇月がつぶやいた。

「あなたこそ、鋭い……」

蛇骨が言った。

言いながらも、互いに、相手の隙をうかがっている。

「楽翁尼は、息災《そくさい》か？」

「かわらずに――」

蛇骨は答えた。

「どうだ。楽翁尼と、交《や》ったかよ」

「残念ながら――」

「不正直な男よ」

昇月が、唇の端を吊りあげて笑った。

「欲望のままに生きるのが正直とは限らぬでしょう」

「ふふん」

昇月が、呼吸を整え始めた。

みるみるうちに、昇月の呼吸が、乱れのない静かなものになってゆく。

それに合わせるように、蛇骨が、同様に呼吸をコントロールしてゆく。

たちまちのうちに、ふたつの肉体と意識は、周囲の風景に同化して、その気配が透明になっていった。

その時——。

ふ、
ふ、
という微《かす》かな笑い声が聴こえた。

それは、ふたりの耳に聴こえた。

上だ。

ふたりの斜め上方でしきりと揺れている、欅《けやき》の梢のどこかで、その笑い声はしたのだ。

誰か!?

しかし、蛇骨も昇月も、視線をはずせない。

はずせば、その瞬間に、相手に先《せん》をとられるからである。

先をとられたら、受けにまわらざるを得なくなる。
今の、声の主を確かめるには、さらに、間をとらねばならない。
く、
く、
と、鳥の鳴くような、小さな笑い声。
それでも、ふたりは視線をはずせない。
蛇骨は、黙って、昇月を睨《にら》んでいる。
昇月の眼には、赤く、血の糸がからみついている。
と——。
その昇月の赤い眼が、ふいに、前にせり出してきた。
眼だけではない。
昇月が、口をかっと開いたのだ。
その口の中の犬歯が、ぬうっ、と伸びた。
びりっ、
と、音をたてて、昇月の左右の唇の端が、耳の下まで裂けた。
昇月の額から、めりめりと音をたて、角《つの》が生え出てくる。
蟻のような小さな虫が、昇月の顔を這っている。

いや、蟻ではない。
黒い獣毛であった。
獣の毛が、昇月の顔から生《は》え出て来ているのである。
有り得ない。
有り得ないことだ。
有り得ないことなら、つまり、これは、
幻覚――。
蛇骨は、自分の頭部に気を集中させ、頭部から、外に向かって、気を放った。
それで、蛇骨は、自分の脳にからみついていた、思念の霧を払い落としたのであった。
見れば、昇月は、もとの昇月である。
その昇月の眼が、蛇骨を睨《にら》んでいた。
「今のは、おまえがやったのか、蛇骨――」
昇月が言った。
ということは、昇月もまた、何かの幻覚をその眼で見たらしい。
「いいや」
つぶやいて、そろりと、蛇骨が下がった。
「ほほう。ということは――」

と、昇月が下がる。
充分な間合をとって、ようやく、昇月と蛇骨は、斜め上方を見やった。
欅《けやき》の梢があった。
そのうちの、太い梢が、風に、その枝を上下に揺らしている。
そこに、黒い影がうずくまっていた。
子供だった。
子供が、揺れる欅《けやき》の枝に、二本の足で乗って、しゃがんでいるのである。
しゃがんで、ふたりを見下ろしている。
小学校の、二年か三年——八歳くらいであろうか。
黒人の子供だ。
半ズボン。
素足。
着ているのはTシャツだ。
「つまんないな、もうやらないの……」
少年が、訛《なま》りのある日本語で言った。
「せっかく、やり易《やす》いようにしてやったのにな——」
今の、幻覚のことを言っているらしい。

ならば、この子供が、今、我々に幻覚をみせたのか。

蛇骨は唸《うな》った。

鮮やかな手並《てなみ》であった。

「おじさんたち、なかなか、不思議な闘い方をするね……」

子供は、人なつこい表情で言った。

「今のは、おまえがやったのか？」

「そうだよ」

と、子供。

「おもしろい、やり方をするな、と思ってね」

「おもしろいやり方？」

「身体の中に溜め込んだやつを、外へ出したり、消したり——」

「ほう、おまえにわかるのか」

「少しならね」

その口調、落ち着き。

ただの子供ではない。

ただの子供が、どうして、揺れる枝の上に立てるのか。

「あれ——」

と、子供は、声をあげて、蛇骨の懐に眼をやった。

上からの位置だと、その懐に嵌《はま》ったものが見えるのだ。

「それ、黄金の仏像だね」

枝が、地に下がり、上に持ちあがってゆくその頂点で、子供の足が、その枝を離れ、子供の身体が、ふわり、と宙に浮いた。

「おじさん。それ、ぼくんだぜ」

子供は、宙から、蛇骨に声をかけた。

「返してもらおうかな」

「そうはいかないんだ。悪いけどね」

「じゃ、力ずくってわけだね――」

子供はそう言って、

「もう少し見ていたかったんだけど、あんたの屍体から、その仏像をもらうことにするよ」

独り言のように囁いた。

「ひっ込んでいてもらおうか。おまえが何者だか知らんがね――」

昇月が言った。

子供に言う口調ではない。

完全に、大人に向かって言う口調である。

「おやあ——」

子供が、笑いながら、不思議そうな顔をした。

「あんた、これから、あんたのかわりにぼくがこいつを殺してやろうっていうのに——」

「わからんようだな。よく聴くんだ。おれは、こいつがただ死ねばいいと思ってるんじゃない。おれの手で殺したいと思ってるんだ」

「ふうん……」

子供が、考えた。

子供が、地に降り立って、

「複雑な人だな……」

つぶやきざまに、蛇骨に向かって、その子供が動いた。

凄い速さだ。

左手で蛇骨の懐の仏像を取ろうとした。

蛇骨が、後方に跳ぶ。

蛇骨の後を追って、子供がなおも迫ろうとしたそこへ、

「しぇい!」

昇月が子供を襲った。

子供は、昇月の攻撃を、上に跳んでかわしていた。
チャンスであった。
蛇骨は疾った。
後方の、レンガ塀に向かって。
跳ぶ。
片手をレンガ塀の上方に突いて、蛇骨は軽々と、外へ飛び出していた。
子供が、その後を追おうとする。
そこへ、昇月が、その子供に、掌牙を投げつけた。
子供は、その掌牙を、片手ではらいのけた。
宙で、掌牙が消え、もう、その子供が、その掌牙を握っているのであった。
子供と、昇月が、闘いになりそうになった時——。
「やめて下さい。玄馬さん。そいつは、味方です。マラサンガのイグノシですよ」
声がかかった。
剣が、そこに立って、イグノシと昇月を見つめていた。

転章

1

そこで、地虫平八郎は、茫然《ぼうぜん》として立ち尽くしていた。

それは、車ではなかった。

かつては車ではあったかもしれないが、今のそれは、車とは呼べないものだ。

屋根がべこべこに潰《つぶ》れ、ボンネットが潰れ、ドアが大きくひしゃげている。

車の上部が、めくりあげられ、折りたたまれている。

そして、血の匂い。

くしゃくしゃになった運転席から、ひしゃげたドアの隙間を伝って、アスファルトの上に血が垂《た》れている。

「くむう……」

低い声を、平八郎はあげただけであった。
このたたまれた運転席の中に、今も、人がいるのは確かなことであった。
しかし、その人が、生きているとは思えなかった。
もし、いたとしても、肋骨《あばらぼね》と背骨がくっついてしまっているだろう。
膝と肩とがくっついて、足の親指が顔面にめり込んでいるかもしれない。
「鬼猿……」
平八郎は、声をもらした。
雷祥雲《リースーウン》の話では、この中にいるのは鬼猿のはずであった。
平八郎の斜め後方に、ムンボパが立っている。
立って、平八郎と、かつて車であったものを見つめている。
そのふたりの周囲に、ふたりを追ってきた獄門会の男たちが倒れている。
「あの、でかい、オロンゴという黒人がやったのか?」
平八郎は言った。
そうとしか思えない。
「オロンゴなら、できる……」
ムンボパが、平八郎の後方から声をかけた。
しかし、いつまでも、ここでぐずぐずはしていられない。

逃げて、タクシーにでも乗らなければならない。

平八郎がそう思ったところへ、蛇骨が現われた。

「どうした!?」

蛇骨が言った。

平八郎は、黙って、車を示した。

蛇骨は、車を見て、どういうことがおこったか、すぐに理解したらしい。

「やられたか――」

「敵はオロンゴ――」

ムンボパが言った。

「来たのか、オロンゴが――」

すでに、小沢からアフリカでの話を聴かされている鬼猿から、オロンゴのことは、蛇骨も耳にしている。

蛇骨は、もう一度、車を見た。

月光の中で、たたまれた車の透き間から、血が、いつまでも滴《したた》り続けていた。

2

雷祥雲が姿を消して、ほどなく、むっくりと、オロンゴが起きあがった。

足が、ふらついている。

「オ、オロンゴ……」

オロンゴの名を呼ぶものがいた。

ザジであった。

ザジが、地に這いつくばった姿勢のまま、オロンゴを見あげた。

「お、おれは——おれはもう、助からん……」

バントゥー語で言った。

「おれを、おれの身体を喰え——」

ザジが言う。

「おれの体内には、ンガジの血が流れている。おれも、ンガジも、おまえの、身体の中で、
生きる……」

オロンゴが、ザジの背から潜り込んでいる槍をひき抜いた。

ザジの片足を掴《つか》んで、上に持ちあげる。

持ちあげて、あらためて、その胴と、頭部とを握った。
オロンゴが、いきなり、ザジの心臓のあたりの肉に、かぶりついた。
めきめき、みりみり、という音。
「ぐう……」
と呻き、眼だまを裏返して、ザジが息絶えた。
肋《あばら》を、オロンゴの歯が噛み砕き、その肋から、歯で肉をひきはがしてゆく。
そして、噛む。
喰う。
凄まじい光景であった。
オロンゴがザジの肉を呑み込もうとすると、それが、首でつかえた。
その首に、鬼猿のロープが、まだからみついている。
強引に呑み込んだ。
ぶっつりと、鬼猿のロープが切れていた。
ほどけたロープが、地に落ちた。
そのロープを、獄門会のひとりが、その手に拾おうとした。
「痛え」
その男は、声をあげた。

指に、何かか刺さったのだ。
釣り鉤《ばり》のようであった。
その鉤《はり》を、一方の指でつまんで、抜く。
抜き終えぬうちに、ふいに男は、胃を押さえ、喉を押さえた。
顔に、苦悶の表情が浮いている。
「どうした!?」
鳴海容三が声をかけた。
男は、喉を爪で掻きむしりながら、

がはっ、

大量の赤い血を吐いた。
地に倒れ込んだ。
悶絶して、死んでいた。
「毒のようです」
別の男が、ロープを、近くで見つめながら言った。
オロンゴの首にからんでいたあたりのロープのその部分に、いくつもの釣り鉤が付いている。

そして、その鉤の先端にこびりついているもの――

そのうちの何本かは、確実に、オロンゴの首に刺さっていたに違いない。

それでも、オロンゴは死なないでいる。

不死身に近い化物であった。

ザジは、もう、死んでいた。

そのザジの肉を喰べているオロンゴの顔から、ばらばらと落ちてきたものがあった。

拳銃弾であった。

さっき、顔に撃ち込まれたものが、今、落ちてきているのである。

このオロンゴを、たった三発の掌底《しょうてい》をあてただけで倒してのけた、あの奇妙な老人、雷祥雲《リースーウン》も、ただ者ではない。

そこへ、剣と、昇月と、そして、イグノシがやってきた。

「イグノシです」

と、剣は、その子供を、鳴海に紹介した。

しかし、イグノシは、もう、ザジの屍体に飛びついて、その肉を喰べている。

「ふん」

昇月は、冷たい眼で、その光景を見た。

「やつは？」

鳴海が昇月に訊いた。

「そこのガキが邪魔をしましてね、逃げられました」

昇月——玄馬はそう言った。

その時、ザジを取り落として、ふいに、オロンゴが、腹を抱えた。

「ごえええええっ」

腹を抱え、そして、膝をついて、庭の土の上に、今、喰べたものを吐き出した。

「どうした？」

昇月が訊いた。

奇妙な老人に、腹を打たれて、さっきまで倒れていたのだと、鳴海は昇月に説明をした。

「むう……」

昇月は、オロンゴに歩み寄った。

オロンゴの腹に、手をあてる。

オロンゴが、唸って、昇月の頭に、拳を打ち下ろした。

その拳が、空を切った。

昇月は、もう、オロンゴの腹から手を離して、もとの位置へ退がっていたのである。

「その老人に、やられましたな」

昇月は言った。

「やられた?」

鳴海が訊いた。

「ええ、気を当てられて、ついでに、大きく内臓全体を、揺《ゆさ》ぶられてます。腎臓《じんぞう》、肝臓、胃は、ずたずたになっていますな」

昇月が、感情を殺した声で言った。

「できるのか、そんなことが?」

「できますよ。人間の肉体は、言うなら、水の塊《かたまり》です。中国拳法では、人の肉体について、そのように考えています。拳や掌を人に当てるというのは、その人間の身体である水の塊に、波動を生じさせることなのです。このやり方だと、外傷を残さずに、内部だけを破壊することができるのです。腹などは、とくに、やり易《やす》いでしょう」

「玄馬、おまえも、それができるのか?」

「お望みとあらば、やってさしあげましょうか」

「いや、いい――」

鳴海が、額《ひたい》に汗を浮かべていた。

「このオロンゴ、今、生きているのが不思議なくらいです。とんでもない化物ですな――」

「玄馬――」

「いえ。鳴海さん。わたしの名は、玄馬ではありません。昇月というのです」

「昇月――」

「かつての、わたしの名です。失われていた記憶が、何もかも、もどってきました」

「そうか」

「ゆきます」

「ゆく？　どこへだ？」

「九州へ」

昇月は言った。

苦悶の表情が浮きそうになるのを、強い意志の力で、昇月は押さえ込んだ。

「女に、会いにゆきます」

昇月の脳裏に、楽翁尼の顔が浮かんでいた。

「会わねばならぬ女がいるのです」

愛しい女が――。

――暴竜編・了

3仏呪《ブードゥー》編　あとがき

なんともはや、いつの間にかというか、それともようやくというべきか、ともかくも『黄金宮』の三巻目である。

この本を書き始めるにあたって、漠然と頭の中にあったものが、三巻書いてようやく、おおかた出そろったというところである。

その中には、当初の予定になかったことも何割かは混じっている。その何割かが、なにやらとんでもない方向へ、この物語をもっていってしまいそうである。

『ソロモン王の洞窟』をやるつもりであるのに、なかなかそうはならず、結局は、夢枕獏流になってしまうあたりは、これでよいのか、それともこれが夢枕獏の限界であるのか。

そのあたりは、とてもひと口には言い切れぬ問題を含んでいるように思う。

さて——

平成元年から、平成二年にかけて、

パリ・

← ベルリン
← ブリュッセル
← モスクワ
← ロンドン

と、とんでもない移動を繰り返しながら、この物語の後半百三十枚を書き綴《つづ》ってきたのである。

そもそも、プロレスがいけない。

モスクワで、十二月三十一日に、猪木がプロレスをやるものだから、これはどうしても見にゆかねばならなくなってしまうではないか。

それがどうしてこういう複雑なルートになってしまったのかというと、色々ややこしい事情があるのであった。こみいっていて、その理由は、とてもここには書いていられない。

ともあれ、猪木のプロレス人生に感動し、あれやこれやの原稿、およそ三百三十枚余りを旅行中の二十日間でやるという予定を、必死になって消化しながらの移動であった。

しかも、なんと、あと二日を残して、予定の量のおよそ半分、百五十枚を旅行中に書いてしまったのであった。

そしてここはロンドンなのであった。

このロンドンでやったことと言えば、ただひたすら原稿を書くことの他に、ひとりでうろうろしながら、ベイカー街221番地Bまで行ったこと、大英博物館を見たこと——そのくらいである。

そこで、モーツアルト直筆の楽譜と、ベートーベン直筆の楽譜が、ふたつ並んでいるのを見てきたのだった。

モーツアルトの楽譜をひと目見た時におれはぶっ飛んだ。

「こいつは天才だぜ」

まさに、その楽譜の筆致《ひっち》は、流れるごとく、のりにのっている流行作家が、ひと晩百枚、わき目もふらずにぐいぐいと書き飛ばしたような原稿に似ているのである。

しかも、その内容は、おれのようなちんけな流行作家のごときが書くものではなく、なんとも美しいきわめつきの音楽である。

かなわねえよ。

世界は広い。

おれたちが、注文を受けて原稿をぶっ書くように、モーツアルトだって、貴族のやつらに、一ヵ月後の晩餐会《ばんさん》用の曲を一曲作曲《つく》っておけと言われて、それでぶっ書き飛ばしたに違いない原稿なのだ。

苦しい苦しい推敲《すいこう》は、頭の中でか、紙の上でかは知らないが、どこかで必ずあったに違いないのだろうが、それが見えないのだ。いともかろがろと、楽譜の上に、モーツアルトの指が、モーツアルトの天才が踊っているのである。翔《と》んでいるのである。

こいつあ、ただごとじゃないぜ。

その横が、ベートーベンだよ。

これがまた、モーツアルトとは別のタイプの天才だよ。

頭よりも先に、もう手が動き出して、メロディーを書くタイプじゃない。

頭に浮かんだメロディーを、つねに、全体とのバランスを考えながら、楽譜の上に書いてゆくタイプだ。

どの一小節を書いている時でも、つねに、ベートーベンの頭の中には、全体があるようである。

巨大な全体を常に見ながら、細部にこだわってゆく。建築してゆく。創造してゆく。

これもまた、一種の天才である。

何か、楽譜を見ただけで、そんな感じがしてきてしまったのであった。

それが、それぞれどういう曲かはわからないし、ぼく自身は楽譜も読めない人間なのだが、そういうことが（あたっているかどうかはともかく）感ぜられてしまったのであった。

いやさて——

本書のことに、話をもどさねばならない。

本書において、ようやく、書き始めた当初に頭に浮かんでいたことを、ひと通り書き終えたというところまでであった。そして、さらには、予定になかったことまで、何割かは書いてしまっているというところまでであった。

この三巻を書いているうちに、さらに色々とふくらんできた部分もあり、この話もどうやら、あと三巻ほどは続いてしまうことになりそうである。

なにやら、とんでもないことになってしまったのであった。

地虫平八郎は、ようやく、渋谷区最強から、史上最強への道を歩き始めたところであり、この先どうなるかはお楽しみというところである。

黒密。

裏密。

この東西対決もおもしろく、東が、あの、年齢不詳の少女のごとき楽翁尼《らくおうに》であれば、西は、あのガゴルである。

この、この世に長く生きすぎたふたりの、思想対決もおもしろそうである。

それまで、もう、三巻ほどは、おつきあいいただきたい。

平成二年一月十日　ロンドンにて

夢枕　獏

4暴竜編　あとがき

『黄金宮』の第四巻、暴竜編をお届けする。

ついに、四巻となってしまった。

角川でやっている『大帝の剣』と、似たようなペースでやっており、むこうもすでに四巻目まで書いている。

今回は、ほとんど、半分以上を、アフリカでの物語を追うことについやしてしまった。

ここにきて、ようやく、話の大きな骨格が見えてきた。

頭の中では、以前から考えてはいたことなのだが、実際に物語として原稿用紙に書いてゆくのはたいへんな作業であった。

書き下ろし――。

他の仕事と並行しながら、およそ九日間で本編を書きあげてしまった。

過去における、凄まじい仕事量をこなしていた日々が、完全に復活してしまったようである。

色々なものを耐えながら、仕事をやることが、以前よりはうまくなったと思う。

ひと皮むけたようだ。

プロとしては気分がよく、この上はこのペースでぐいぐいと——とぼくが考えているのかというと、そうではない。

いくら何でも、このペースは異常だ。

くるしみのストレスで食べすぎて、三キロ太った。こんなことをやっていると精神がもたなくなってしまう。

今月は、いつもの仕事量はそのまま残っているので、二冊分をやってしまうことになる。

しかし、それはこの月だけだ。

四月は、さすがに、仕事をいくつか休ませてもらうことにした。

独りで、あちらこちらとうろついて、できることなら、空海の足跡をたずねて、もう一度、長安まで行ってみようかと思っている。

ぼくの友人の空手家が、ヨーロッパで試合をすることになっており、できれば、中国からそちらの方にもまわってみようかと思っているのである。

もう、四十一歳なのだ。

ここらで、がつんとした、ぶっ太《と》い仕事に手を染めるというのは、悪いことではなかろうと思う。

なにはともあれ——

この時期に、これだけの量の仕事を、こなしたのだという自信は大きい。

今年に入ってから、休んだのは正月の三日間だけだ。

あとは、常に、常に書き続け、小説のことが頭から離れなかった。

胃も痛くなった。

二月にキマイラを書き終えた時には、もう、誰かと話をしなければ、死んでしまいそうな気分だった。

ともかくも、乗りきった。

この自信は大きい。

また、ヒマラヤへゆく——。

平成四年三月十一日 新宿にて

夢枕 獏

解説

大倉貴之

本書は、夢枕獏『黄金宮』シリーズの既刊四作を二巻本に仕立てたものである。『黄金宮』は書き下ろしで一九八六年に講談社ノベルスから刊行された『黄金宮　勃起仏編』でスタートし、何《いず》れも書き下ろしで、八九年『黄金宮Ⅱ　裏密編』・九〇年『黄金宮Ⅲ　仏呪編』・九二年『黄金宮Ⅳ　暴竜編』の四作がある。講談社文庫から九二年に『黄金宮1　勃起仏編』が刊行され、文庫版『黄金宮4　暴竜編』が出たのが九五年である。スタート時からは、三十七年、文庫版『黄金宮4』から数えてもおよそ二十八年ぶりの復活という「事件」なのだ。

結論から先にいうと、夢枕獏が『黄金宮1　勃起仏編』の〈あとがき〉に書いているように、本書は、夢枕獏流『ソロモン王の洞窟』を目指したものだというのがよく判る。

本書は、夢枕獏流『ソロモン王の洞窟』といった趣向の物語である。／『ソロモン王の洞窟』は、昔から好きでたまらなかった物語のひとつであった。／ぼくが、初めてこの物語に接したのは、まだ鼻たれのガキの頃である。本ではなくＮＨＫのラジオドラマであった。（中略）主人公であるアラン・クォーターメンというネーミングもすばらしい。当時は暗黒大陸と呼ばれていたアフリカへ冒険行に出て行く主人公の名は、こうでなくてはいけない。／今でこそ、ぼくの視線は、古代中国、インド、ヒマラヤあたりに向いているが、昔は何をおいても、まずはアフリカだったのだ。／秘境、ジャングル、ライオン、魔術、秘宝、恐竜——当時、ぼくが胸をときめかせていたものたちは、今、どこにいってしまったのだろうか。

と、あり、この後、現代という舞台に少年時代に胸をときめかせた物語を描きたいという意欲と、現代日本から読者を、ついにはアフリカのジャングルのまっただなかへ連れ去ろうという企みも明かしている。

わたしがヘンリー・ライダー・ハガードの『ソロモン王の洞窟』を知ったのは、大久保康雄訳による創元推理文庫版（一九七二年初版）で、読んだのは七〇年代後半、当時、わたしはＳＦを中心に人生で一番本を読んでいた時期なので、冒険小説の古典として『ソロモン王の洞窟』を読んだ。残念ながら同じ頃に読んだ本の中にあったかなぁ？　という程度の印象しかのこっていない。一方、一九五一年生まれの作者は〝果てしの知れない砂漠を越えて……〟というラジオドラマの主題歌まで覚えているという。この辺りのことに興味が湧いて、中途半端だがヘンリー・ライダー・ハガードの『ソロモン王の洞窟』について調べてみた。

創元推理文庫版の訳者大久保康雄の解説によると、そもそもハガード（一八五六―一九二五）の『ソロモン王の洞窟』は、一八八三年（明治十六年）に出版されたロバート・ルイス・スティーヴンスン（一八五〇―一八九四）の『宝島』に対抗して書かれ、『宝島』の刊行から二年後の一八八五年に発表されたとある。一方、コナン・ドイル（一八五九―一九三〇）は、ハガードを目標に歴史小説を書き始めたという（ディクスン・カー『コナン・ドイル伝』より）。やがて、ドイルは一九一二年（明治45年・大正元年）にチャレンジャー教授を主人公に南米のジャングルに先史時代の生物が生き残っているという冒険小説『失われた世界』を発表。ちなみに、ドイルは写真で見たギアナ高地の奇景をみて時間に取り残された世界が存在する『失われた世界』を構想したとされている。

本邦への『ソロモン王の洞窟』の紹介はわたしが調べた限りでは、一九二八年（昭和三年）に改造社から刊行された、世界大衆文學全集第二十八巻の平林初之輔訳『洞窟の女王／ソロモン王の寶窟』が最初のようだ。

訳者、平林は、京都生まれ。早稲田大学英文科卒。初期プロレタリア運動の理論派として活動した。著作に『無産階級の文化』などがある。評論家、推理作家として「新青年」

に参加し、自作を発表する一方、翻訳家としては、ヴァン・ダインの『グリイン家の惨劇』などの諸作品を訳出し、日本に紹介した。一九三一年、パリで開催された第一回国際文芸作家協会に日本代表として渡仏し彼の地で客死。

また、『ソロモン王の洞窟』を調べていたら、「WEB本の雑誌」でのコラム「目黒孝二の何もない日々」(2008年7月14日)に出会った。

〈気になるのは、この日本「奇想小説」コレクションがほかにも出たんだろうかということだ。というのは、『東遊記』の巻末に予定作品一覧があり、面白そうな書目がそこに並んでいるからだ。幸田露伴『宝窟奇譚』には、ハガードの名作『ソロモン王の洞窟』を文豪・露伴が舞台を北海道に移して描く異色作、という紹介がついている。読みたいよなあ。こういうのは、だいたい期待を裏切られることが多いんだけど、それを確認するためにも読みたい。(…)日下三蔵や北原尚彦の名前が収録予定作品の解説者としてあがっているので、彼らに聞けば簡単にわかるのかもしれないが〉とあった。

さらに調べてゆくと、幸田露伴の最初の弟子で四歳年上の、朗月亭羅文は『ソロモン王の洞窟』(ハーガッド原作)を蝦夷十勝岳の幕末物に仕立てた『宝窟奇譚』を露伴との合作にしてもらったり、親交のあった三遊亭圓朝の伝記を読売新聞に連載したりした。二人とも二十代のころである(地域雑誌「谷中・根津・千駄木」六号「根津の文人　羅文さんのこと」より)。目黒さんが読みたいと思った幸田露伴『宝窟奇譚』は、朗月亭羅文の作であったのだ。

改造社の平林訳『洞窟の女王／ソロモン王の寶窟』（一九二八年）から創元推理文庫版（一九七二年）『ソロモン王の洞窟』、横田順彌訳出『ソロモン王の洞窟』（一九九八年）までの間には全集収録作が多いが、香山滋訳『ソロモン王の宝窟』をはじめとして数多く刊行されていたのだった。

- 一九二八年　平林初之輔訳『洞窟の女王／ソロモン王の寶窟』改造社　世界大衆文學全集第二十八巻
- 一九四六年　高垣眸訳『ソロモンの洞窟』大日本雄弁會講談社　少國民名作文庫
- 一九五二年　陸奥二郎訳『ソロモンの宝窟』日本書房　世界童話文庫　五十三
- 一九五二年　高垣眸訳『ソロモンの洞窟』講談社　世界名作全集　二十九
- 一九五七年　大木惇夫訳『ソロモン王の洞窟・洞窟の女王』小山書店新社
- 一九五八年　宮脇紀雄『ソロモン王の宝』金の星社
- 一九五八年　香山滋訳『ソロモン王の宝窟』偕成社　名作冒険全集　九
- 一九六三年　大木惇夫訳『ソロモン王の洞窟』小学館　少年少女世界名作文学全集　三十五
- 一九六六年　花岡大学訳『ソロモンの洞窟』小学館　少年少女世界の文学　八　イギリ

ス編
・一九六七年　高垣眸訳『ソロモンの洞窟』講談社　世界名作全集　三十六
・一九七二年　大久保康雄訳『ソロモン王の洞窟』創元推理文庫
・一九七三年　各務三郎訳『ソロモン王の宝窟』朝日ソノラマ　少年少女世界冒険小説
一
・一九九八年　横田順彌訳『ソロモン王の洞窟』講談社　痛快世界の冒険文学　一〇

閑話休題。

夢枕獏流『ソロモン王の洞窟』である『黄金宮』に話を戻すと、今回、三十余年ぶりに『黄金宮』シリーズを再読して、本書が八〇年代の新書ノベルスのブームを牽引した作者を象徴するシリーズであり、伝奇小説と冒険小説のハイブリッド作品だったことがよくわかった。

五月、快晴の新宿の歩行者天国で中年の男が身体にペイントを施し、頭にダチョウの羽根飾りを被った大男に槍で背後から刺されるところから幕を開け、死ぬ間際の男から結跏趺坐した黄金の仏像と地図を渡されたのが主人公、地虫平八郎であり、その仏像はなぜか陽根を勃起させていた。見事な導入部ではないか。

現在は書き下ろし文庫時代小説が大変な人気なのであるが、まずは本書が書かれた八〇年代の新書ノベルスブームについて書いておきたい。新書ノベルスは、光文社が五九年に創刊したレーベル「カッパ・ノベルス」が開拓したといえる。六〇年代から松本清張『ゼロの焦点』や『砂の器』でベストセラーを生み、高木彬光、城山三郎、柴田錬三郎ら人気作家の作品を月二冊のペースで刊行。人気作家の作品を単行本より安価に買えて持ち運びに便利なことから人気になった。特筆すべきは新聞への大型広告で、以来、戦後のエンタテインメント小説を代表するレーベルになってゆく。七〇年代になると夏樹静子らのミステリ系の新人作家、小松左京のSF『日本沈没』、大藪春彦のアクション小説に加え、赤川次郎、西村京太郎も人気シリーズを開始してゆく。

七〇年代後半から八〇年代にかけて他社も次々に新書ノベルスに参入。

SF作家では、祥伝社のノン・ノベルで、平井和正「ウルフガイ」シリーズや半村良の「伝説」シリーズが、徳間書店のトクマ・ノベルズでは田中芳樹「銀河英雄伝説」シリーズが人気になる。そして、八二年にソノラマ文庫の『幻獣少年キマイラ』からスタートした「キマイラ」シリーズで若者から支持されていた夢枕獏が、八四年に「サイコダイバー」シリーズ『魔獣狩り　淫楽編・暗黒編・鬼哭編』をつづけて刊行。時をおかずにトクマ・ノベルズ「闇狩り師」シリーズ。双葉社のフタバノベルスで「餓狼伝」シリーズ、光文社・カッパノベルスでは「獅子の門」シリーズがスタート。ソノラマ文庫で同時期に活躍した夢枕獏と菊地秀行は〈伝奇ヴァイオレンス〉あるいは〈エロスとヴァイオレンス〉

の呼称と共に活躍を続けることになる。

ちなみに文庫版『黄金宮3　仏呪編』の帯には〈スーパーアクション&伝奇巨編シリーズ最新刊〉と大書されている。

本書の伝奇的設定の特色は、二六〇〇年前のインドから始まり紀元前三世紀のアショカ王の時代に焦点を当てたところである。空海が唐から様々なものを携えて帰朝し、二年半も九州に滞在し、それらを選別し、九州に残し特に秘したとされる『秘聞帳』を守る田中家（東長密寺＝裏密寺）。アショカ王の時代に、十二人の黒人が仏陀の生涯における記念すべき地に、碑を建てたアショカ王を訪ねてきたと『秘聞帳』に書かれていて、かつて、この地に生まれた人間により、仏の教えを伝えられたといい、アショカ王に献上したのが、黄金の仏像こと歓喜交合仏であったという。

東方へ伝播した仏教は、一世紀に北インドから中央アジアまでを治めたクシャーナ朝のカニシカ王も保護、やがて中央アジアを経て中国へと伝播。一方、西（アフリカ）へも伝播し、やがて変容し、黒い密教といえるような奇怪なものとなり、絶滅した恐竜のような姿をしたムベンベや神聖な獣としてマヌントゥ（アフリカのイエティ）をあがめるマラサンガ王国へと変容していた。

主人公の地虫平八郎はストリッパー村山七子のヒモである一方、高村光太郎『智恵子抄』や宮沢賢治の『銀河鉄道の夜』を愛読し詩を書き、中国拳法の達人である。『魔獣狩り』に登場するスタイリッシュで下品な毒島獣太を思わせるが、更に下品で小狡い辺りが魅力である。

　夢枕獏の新書ノベルス代表作、「サイコダイバー」シリーズが二〇一〇年に『新・魔獣狩り13　完結編・倭王の城　下』で完結、二〇一四年に「獅子の門」シリーズも『鬼神編』で完結。『餓狼伝／新・餓狼伝』、『闇狩り師』は、現在も連載で書き続けられているが、物語は終盤を迎えている印象がある。

　この『黄金宮』シリーズは現時点での最終巻『暴竜編』の「第五章　五老鬼」、そして「転章」において、日本では主要登場人物たちが舞台を九州の裏蜜寺に移し、激しい闘いが繰り広げられることが告げられている。

　本シリーズはスタートが遅かった、いわば後発の書き下ろしシリーズのため損をしているところがある。先行シリーズが多数あるためか、作者の作風が伝奇ノベルスから歴史小説に移行しつつある時期からの長い中断が続いているが、昨年、小学館「ビッグコミックスピリッツ」誌に一九八四年から一九八七年まで連載されながら中断していた『妖獣王』が祥伝社『小説ＮＯＮ』で復活した例もあるので完結を期待したい。

　わたしは、ルーカスやスピルバーグに映画「インディアナ・ジョーンズ」シリーズのインスピレーションを与えたといわれるヘンリー・ライダー・ハガード『ソロモン王の洞窟』を半世紀ぶりに再読しようと思っている。

秘境探検ものが成立しにくくなった現在でも『黄金宮』の魅力は色あせていないことを解説の最後に記しておく。

二〇二三年三月

本書は講談社より刊行された『黄金宮3　仏呪《ブードゥー》編』（1993年2月）と、『黄金宮4　暴竜編』（1995年8月）の2作品を収録しました。

なお本作品はフィクションであり実在の個人・団体などとは一切関係がありません。

徳間文庫

黄《おう》金《ごん》宮《きゅう》 Ⅱ

仏呪《ブードゥー》編・暴竜編

2023年5月15日　初刷

著者　夢《ゆめ》枕《まくら》獏《ばく》

発行者　小宮英行

発行所　株式会社徳間書店

東京都品川区上大崎三－一－一
目黒セントラルスクエア
〒141－8202

電話　編集〇三(五四〇三)四三四九
販売〇四九(二九三)五五二一

振替　〇〇一四〇－〇－四四三九二

印刷
製本　大日本印刷株式会社

ISBN978-4-19-894855-9　(乱丁、落丁本はお取りかえいたします)

徳間文庫の好評既刊

夢枕　獏

宿神《しゅくじん》　第三巻

　清盛《きよもり》は言う。――西行《さいぎょう》よ、おれがこれからゆく道は、修羅《しゅら》の道じゃ。その覚悟をした。ぬしにはこの清盛が為《な》すことの、良きことも悪《あ》しきことも見届けてもらいたい。西行は言う。――おれには、荷の重い話じゃ。おれはおれのことで手いっぱいじゃ。心が定まらずおろおろとしている。ただ……そのおろおろの最中に、歌が生まれる。歌が今のおれの居場所じゃ。歌があるから、おれがいるのじゃ。

徳間文庫の好評既刊

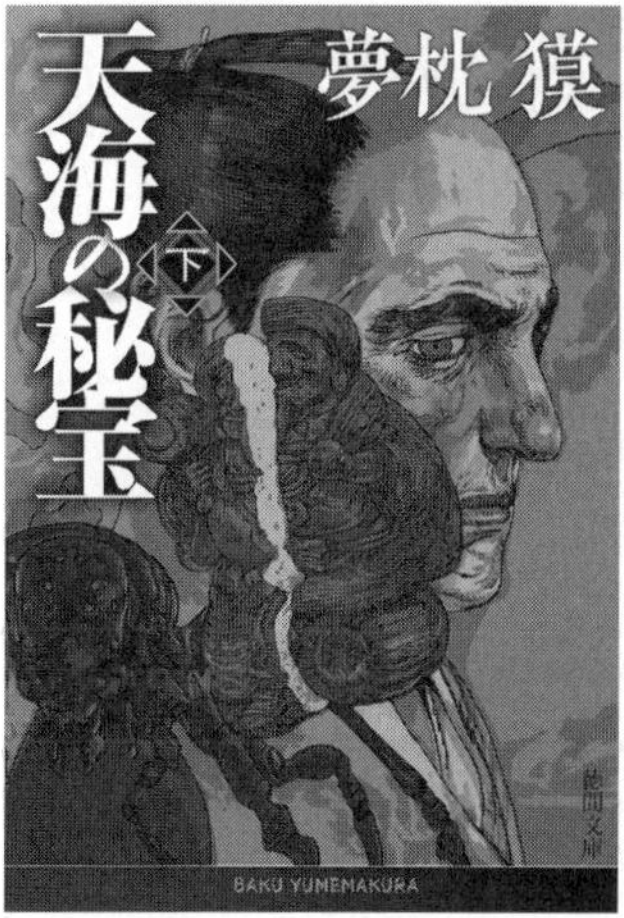

夢枕　獏

天海の秘宝　下

　謎の辻斬り、不死身の犬を従えた黒衣の男「大《だい》黒《こく》天《てん》」、さらなる凶行に及ぶ強盗団「不知火《しらぬい》」。不穏きわまりない状況の中、異能のからくり師・吉《きち》右《え》衛門《もん》と剣豪・十三《じゅうぞう》は、一連の怪異が、江戸を守護する伝説の怪僧・天《てん》海《かい》の遺した「秘宝」と関わりがあることに気づく……。その正体は？　そして秘宝の在処は、はたしてどこに!?　驚天動地の幕切れを迎える、時代伝奇小説の白《はく》眉《び》。